Michael Innes
Applebys Arche

Aus dem Englischen von Manfred Allié

DuMont

Die Deutsche Bibliothek – CIP-Einheitsaufnahme

Michael Innes:
Applebys Arche / Michael Innes. Manfred Allié (Übers.). – Köln : DuMont, 2002
    (DuMont's Kriminal-Bibliothek ; 1114)
ISBN 3-8321-5713-3

Die der Übersetzung zugrunde liegende Ausgabe erschien 2001 unter dem Titel
Appleby on Ararat bei House of Stratus, London
© 1941 Michael Stewart

© 2002 für die deutsche Ausgabe: DuMont Literatur und Kunst Verlag, Köln
Alle deutschsprachigen Rechte vorbehalten
Umschlagmotiv von Pellegrino Ritter
Umschlag- und Reihengestaltung: Groothuis, Lohfert, Consorten (Hamburg)
Satz: Greiner & Reichel, Köln
Druck und Verarbeitung: Clausen & Bosse, Leck
Printed in Germany
ISBN 3-8321-5713-3

Kapitel 1

Miss Curricle ließ ihr Buch sinken und blickte durchs Fenster der Sonnendeckbar ins Freie. »Der Himmel«, verkündete sie, »ist wolkenlos und von tiefstem Blau.«

Man mochte sich fragen, warum sie einen so dozierenden Tonfall anschlug, denn die meteorologischen Fakten waren offensichtlich und – fast schon in den Tropen – auch nicht ungewöhnlich. Vielleicht war hinter Miss Curricles didaktischer Art die Tradition einer Familie von Verwaltungsbeamten zu spüren; in den neunziger Jahren hätte ihr Vater um Punkt fünf Uhr einen Aktendeckel schließen und im gleichen Ton verkünden können, daß wieder einmal zum Wohle des Empires die Pflicht getan war. »Von *tiefstem* Blau«, wiederholte Miss Curricle, und wieder mit solcher Befriedigung, daß man denken konnte, sie selbst habe den unsichtbaren Pinsel angelegt und die Farbe so kräftig aufgetragen. »Mr. Hoppo, haben Sie sich den Himmel angesehen?«

Mr. Hoppo setzte sich beflissen auf, eine Bewegung, bei der ihm ein unsichtbares Kleidungsstück den Hals einschnürte; mit zögerndem Zeigefinger lockerte er den nicht vorhandenen Kragen eines Geistlichen; und als ihm aufging, wie unnötig die Frage war, setzte er eine Miene auf, die vor Wohlwollen nur so strahlte. »Ein prachtvoller Himmel, das kann man sagen.« Er reckte sich in seinem Liegestuhl, um – was auf einem großen Überseedampfer oft gar nicht so einfach ist – einen Blick aufs Meer zu werfen. »Und auch der Ozean« – er sagte es mit dem Ton eines Mannes, der zu jeder Unterhaltung etwas Wertvolles beisteuern wird –, »auch der Ozean ist von einem exquisiten Blau. Einem außerordentlichen Blau. Bestenfalls noch in der Bucht von Neapel ...«

»Der Ozean«, erwiderte Miss Curricle knapp, »ist nicht so blau wie der Himmel.« Miss Curricle mißbilligte die Einführung eines zweiten Elements, vielleicht weil sie von ihrem Platz aus nur Glas und weiße Farbe und den Himmel sehen konnte und nicht die Absicht hatte, sich zu regen. »Der Himmel ist von *intensivstem* Blau. Das Meer ist ebenfalls blau – aber nicht ganz so blau.«

»Ich fürchte, da kann ich Ihnen nicht zustimmen. Vielleicht können Sie es von Ihrem Platz aus nicht angemessen würdigen. Wenn Sie einmal hier herüberkommen …«

»Danke, das dürfte wohl kaum erforderlich sein. Der Ozean verändert seine Gestalt in diesen Breiten nicht plötzlich.« Miss Curricle drückte ihren verlängerten Rücken noch fester in den Liegestuhl und wahrte dabei doch in ihren unnachgiebig gespannten Schultern exakt das gebührende Maß an Damenhaftigkeit. »Und bevor ich Platz nahm, hatte ich Gelegenheit mich zu vergewissern, daß er weniger blau ist als der Himmel.«

»Weniger leuchtend, das mag sein. Aber was die schiere Farbintensität angeht … oh, sehen Sie, ein Wal!«

Von ihrem Platz an der Erfrischungstheke war Mrs. Kitterys leises Kichern zu hören – ein Zeichen, daß hinter den groß und treu dreinblickenden Augen durchaus ein wacher Verstand lag.

Miss Curricle kehrte vom Fenster zurück, an das sie gestürmt war. »Ich sehe keinen Wal. Und ich glaube auch nicht, daß Mr. Hoppo einen gesehen …«

Mrs. Kittery nahm den Strohhalm, mit dem sie ihre Limonade schlürfte, aus dem Mund. »Alles ist blau«, seufzte sie. »Die See und der Himmel und sogar die Uniformen der Jungs. Eine friedliche Farbe, das schon. Aber manchmal wird mir von soviel Blau ganz blümerant. Ich fände es schöner – *noch* erholsamer –, wenn die See grün wäre. Wie eine große weite Wiese.«

»Die See«, ergriff Miss Curricle ihre Chance, »*ist* grün. Eindeutig grün. Ein *reines* Blau findet man nur am Firmament. Salzwasser ist von sich aus farblos oder hat bestenfalls einen leicht grünlichen Ton. Das kann jeder an Bord eines Schiffes an seinem Badewasser sehen.«

Mrs. Kitterys Strohhalm blubberte gefährlich. Miss Curricle warf Mr. Hoppo einen Blick zu, der zu sagen schien, daß er sich ja nicht unterstehen solle, sich von der Stelle zu rühren, solange sie mit ihrer neuen Gegnerin beschäftigt war. »Ihnen fehlt doch nichts, Mrs. Kittery? Spüren Sie den Seegang? Oder ist es nun doch das eine Glas Limonade zuviel? Sie wissen, nicht wahr, daß ein Gefühl unendlicher Trauer oft keine tiefere Ursache hat als eine zu reichliche Mahlzeit – oder in Ihrem Falle einen zu reichlichen Limonadengenuß? Nun wo ich Sie näher betrachte, kommen Sie mir ganz wie die Art von Frau vor, die keinen Zucker verträgt.«

»Aber ich bin nicht unendlich traurig, Miss Curricle. Nur wenn ich hier so sitze, dann fühle ich mich manchmal ein bißchen blümerant. Und das liegt nicht am Magen. *Ich* denke, mir schadet die Limonade überhaupt nicht, jedenfalls nicht, bis ich in Ihr Alter komme.« Mrs. Kittery wartete, daß Miss Curricle den strengen Blick abwandte, mit dem sie sie musterte. »Und außerdem mag ich Limonade. Die ist knorke, wenn einem so richtig heiß wird.«

Mr. Hoppo lachte glücklich, ein Sinnbild der Herzensgüte. »Ein Tag wie dieser treibt einem den Schweiß auf die Stirn«, stimmte er herzhaft zu, »selbst wenn man nur ein paar Ringe auf Deck wirft!« Er hielt inne und fragte dann freundlich: »Wie, bitte, haben Sie das eben genannt?«

»Knorke.«

Da wo die Erfrischungstheke in die eigentliche Bar überging, senkte sich ein drei Monate altes Exemplar der *Times*. »Ah«, sagte eine Stimme voller Bonhomie, »die junge Dame ist Australierin. Wer hätte das gedacht!« Das Gesicht eines Militärs kam zum Vorschein, den Blick anerkennend auf Mrs. Kittery gerichtet. »Da wundert es uns natürlich gar nicht, daß sie sich eine grüne See wünscht. In ihrem Land – auch wenn es ein schönes Land ist, gewiß – ist schließlich alles braun und grau. Tausende von Quadratmeilen braun und grau.« Eine militärische Augenbraue hob sich lustig, als wolle sie auch noch das letzte Fünkchen Zweifel daran vertreiben, daß es nicht böse gemeint war. »War mal für eine Woche da. Prachtvolles Land, glauben Sie mir. Ein wenig unheimlich natürlich, und praktisch kein Wild. Aber verdammt hübsch.«

Mrs. Kittery sah ihn mit noch runder gewordenen Augen an. »Sie sind Künstler?« fragte sie. »Normalerweise brauchen Besucher ziemlich lange. Bis sie es *sehen*, meine ich.«

»Künstler?« Die *Times* breitete sich flugs wieder aus. »Nichts dergleichen, Ma'am. Steward, kleinen Whisky!«

»Ich war beeindruckt«, sagte Mr. Hoppo mit einer Stimme, die streng, aber doch voller menschlicher Wärme war, »von den Städten – Großstädten sollte man sie ja schon beinahe nennen. Man erwartete sie nicht; man hatte nur den Outback vor Augen. In Melbourne hätte man beinahe denken können, man sei in – nun, sagen wir, Glasgow. Den besseren Stadtteilen natürlich.« Er hielt inne und setzte einen Ausdruck auf, von dem sein Spiegel ihm versichert hätte, daß er wunderbar verwegen war. »Aber ich glaube, was mir am meisten im Gedächtnis bleiben wird, ist die Seife.«

»Bei Seife«, meinte Miss Curricle, »hätte ich weniger an endlose Weiten gedacht als an grenzenlosen Dreck. Das müssen Sie uns erklären.«

Mr. Hoppo, vielleicht weil er sich ausmalte, wie lustig seine eigenen Worte wirken würden, quittierte die Bemerkung mit einem pflichtschuldigen Lachen. »In der australischen Seifenreklame«, erklärte er, »wird stets darauf hingewiesen, daß die Seife dem Gesetz zur Lebensmittelreinheit entspricht. Ich habe es nie ohne Erheiterung sehen können. Das Land der Sapophagen. Vielleicht wollen die Australier uns auch zu verstehen geben, daß sie wirklich ernst mit der Maxime machen, daß es beim Menschen vor allem auf die innere Reinheit ankommt.«

Wieder gluckste Mr. Hoppo. Die *Times* knisterte mißbilligend – wobei die Kritik vielleicht weniger dem Scherz galt als der Tatsache, daß er von einem Mann kam, der selbst im Tropenanzug nie ganz seine geistlichen Kleider ablegte. Miss Curricle, sichtlich unschlüssig, was sie darauf antworten sollte, wurde von einem nervösen Lachen überwältigt. Und ein stiller junger Mann in der gegenüberliegenden Ecke gab sich einen Ruck und sandte versuchsweise ein mitfühlendes Lächeln hinüber zu Mrs. Kittery. Sie erwiderte es, doch spürte er nichts Verschwörerisches an der Art, wie sie zurücklächelte. Sie brauchte seine Unterstützung nicht, denn sie hatte die Stimmung, die in ihr heranwuchs, das Gefühl, daß sie Anstoß erregte, noch gar nicht bemerkt. Ja, sie stieß nun sogar selbst unvermittelt ein lautes Lachen aus, wie jemand, der plötzlich einen Scherz erkennt, der schon lange zu sehen war.

»Als *ich* nach Australien kam«, sagte Miss Curricle, »war ich im Glauben, es sei Neuseeland. Ein Mißverständnis. Jemand im Reisebüro hatte mir den falschen Prospekt gegeben. Ich fand, die Landschaft hielt nicht, was man mir versprochen hatte, und beschwerte mich, und da kam es heraus. Daß ich in Wirklichkeit in Australien war. Und sie wollten mir nichts erstatten. Aber ich habe dann auch in Australien Anerkennenswertes gefunden.« Miss Curricle sagte es mit einiger Schärfe, so als wolle sie ausdrücklich betonen, daß sie es war, die die Unterhaltung auf gepflegtere Bahnen zurückbrachte. »Da war zum Beispiel – lassen Sie mich überlegen – ja, da war zum Beispiel ein Zoo. Irgendwo – in Sydney, glaube ich, oder vielleicht war es auch Melbourne – gab es einen hübschen Zoo. Einen ausgezeichneten Zoo, möchte ich fast sagen. Nur daß einige der Tiere arg mager aussahen.«

Der stille junge Mann hatte den Eindruck, daß Mrs. Kittery allmählich auf ihrem Barhocker unruhig wurde. Aber vielleicht waren das auch nur die ersten Anzeichen, daß sie gleich ein weiteres Glas Limonade bestellen würde. Oder … Der Militär hatte die *Times* beiseite gelegt und studierte nun etwas in einer

Zeitschrift. Er sah Mrs. Kittery an. »Lustiger Bär aus den Kolonien, fünf Buchstaben«, sagte er.

»Wie bitte?«

»Lustiger Bär aus den Kolonien, fünf Buchstaben. Fängt mit *K* an.«

»Koala. So ein Blödsinn.« Mrs. Kittery stieg von ihrem Barhocker.

»Blödsinn?«

»Einen Koala einen lustigen Bären aus den Kolonien zu nennen. Das ist blödsinnig und dumm.«

Mrs. Kittery sprach wie jemand, der plötzlich weiß, daß er nicht mehr länger schweigen darf. Es fehlte nicht viel zum Eklat. Alle starrten sie überrascht an, verständnislos.

»Wir haben auch keine verhungerten Tiere in unseren Zoos. Wir essen keine Seife und tun nicht, als seien wir Neuseeland. Wir …«

Mr. Hoppo breitete mit professioneller Geste die Arme.

»Harmloses Geplänkel, meine liebe Mrs. Kittery«, sagte er. »Ein schwüler Vormittag, das ewige Gleichmaß der Reise – und schon wird ein wenig gelästert. Colonel Glover wollte nur …«

»Dummes Zeug!« Der Militär hatte seine Zeitschrift niedergeworfen – »und seien Sie so freundlich, Sir, und lassen Sie mich für mich selbst sprechen. Geplänkel, daß ich nicht lache! Reden Sie doch nicht um den Brei herum. Wenn die junge Dame die Wortwahl anstößig findet, dann soll sie es sagen. Kann mich erinnern, daß mal jemand einen prachtvollen Retriever, den ich hatte, einen lieben kleinen Kerl genannt hat. Kommt einem die Galle hoch. Und Sie, Sir, sparen sich Ihr Colonel-Glover-wollte-doch-nur.«

Mr. Hoppo richtete sich in seinem Liegestuhl auf. »Ich habe lediglich …«

»Pah!« schnaubte Colonel Glover.

Miss Curricle nahm ihr Buch unter den Arm und erhob sich.

10

»Ich kann mich nur zurückziehen. Man sollte nicht glauben, daß englische Gentlemen …«

»Papperlapapp!« riefen Mr. Hoppo und Colonel Glover wie aus einem Munde.

»Ich muß schon sagen, ich finde Sie allesamt abstrus!« sagte Mrs. Kittery.

»Abstrus!« brüllte Mr. Hoppo plötzlich. »Waren Sie es denn nicht, Madam, Sie und Ihr Bär, die überhaupt erst …«

»Mäßigen Sie Ihre Stimme, Sir«, mahnte Colonel Glover; »mäßigen Sie Ihre Stimme in der Gegenwart von Damen.«

»Sir«, erwiderte Mr. Hoppo, »heben Sie sich Ihre Ermahnungen für den Exerzierplatz auf.«

»Empörend!« sagte Miss Curricle ein wenig schrill. »Em*pö*-rend!«

Der stille junge Mann stieß einen leisen, doch – hatte es den Anschein – seltsam wirkungsvollen Seufzer aus. Denn einen Moment lang herrschte Schweigen. Und in dieses Schweigen hinein meldete sich von der Tür her eine neue Stimme.

»Man darf eintreten?« fragte sie.

Die Stimme des Schwarzen. Was die Sache erst recht peinlich machte – wie ein Streit vor den Ohren der Dienerschaft. Und noch mit gewissen Imponderabilien dazu, denn dieser Schwarze war kein Diener; ja, er betrug sich wie ein Souverän von größter Macht. Bei einem Inder wäre es einfacher gewesen. Bei Indern kannte Colonel Glover sich aus, er wußte, wie man sie jeweils an einem bestimmten Ort zu behandeln hatte – und das war ja schließlich alles, was man wissen mußte. Colonel Glover hatte schon häufiger Leuten erklärt, daß ein und derselbe Inder jeweils nicht ganz derselbe Inder war, je nachdem, wo man ihn traf: in der Kolonialverwaltung, in einem Gliedstaat, auf einem Schiff von England nach Indien, auf einem Schiff von Indien nach England oder – wie in diesem Falle – auf einem Schiff, das weder von noch nach Indien fuhr. Doch bei diesem Schwarzen, das hatte Colonel Glover schon ein-

11

gestanden, da kannte er sich nicht aus; Asiaten und Anglo-Inder, hatte er gesagt, waren schließlich schon ein recht weites Feld, und da konnte man nicht erwarten, daß er auch noch alles über Afrikaner wußte. Im Grunde war die Sache ganz einfach – *ganz* einfach. Aber es gab vielleicht Ausnahmen – Sonderfälle, von denen dies einer sein mochte. Der Erste Offizier – der Ire war und vielleicht nicht allzu verläßlich – hatte geschworen, der Bursche besitze einen Diplomatenpaß. Der Kapitän hielt ihn für einen Missionar. Unvereinbare Auffassungen, von denen die erste extrem unwahrscheinlich war. Obwohl man sich da auch nicht mehr sicher sein konnte, seit Halifax Außenminister war. Doch wie dem auch sein mochte, hier stand er nun, eine mächtige Gestalt, die stets von leiser Musik der Trommeln umgeben schien, im Begriff hereinzukommen und sich ein Sorbet zu genehmigen. Und war Zeuge dieser Szene geworden.

»Man darf eintreten?« fragte der Schwarze.

Es ist nicht üblich, daß man um Erlaubnis bittet, wenn man die Bar auf einem Sonnendeck betritt, um ein Sorbet zu essen. Der Schwarze brachte also ausdrücklich die Rassenfrage auf. Seine Worte, ernst und wohlmoduliert, mochten aus einer tiefen See der Einfalt aufsteigen, doch ebensogut sprudelten sie vielleicht aus einem nicht minder tiefen Quell der Ironie empor. Die Formulierung war fremdländisch, und zwar mit Absicht; der Eton-Akzent hatte nichts Aufgesetztes. Und er bewegte sich zwischen den unabgeräumten Tischen wie ein mächtiger Jäger. Mrs. Kittery interessierte sich sichtlich für ihn. Colonel Glover hustete, versuchte etwas zu sagen, brachte es nicht heraus, hustete noch einmal, wie ein Motor, der erst beim zweiten Versuch anspringt. »Schöner Morgen«, sagte er. »Wenn auch ein wenig schwül.«

Der Schwarze – konnte er ein Zulu sein? – lächelte strahlend. »Ich habe es gern feucht«, sagte er – in schönstem Schulbuchenglisch und als töne die Stimme aus einem Lautsprecher, der den Worten noch zusätzliche Größe und Fülle verlieh. »Wissen Sie, wohin ich in London oft gehe? In das Tropenhaus im Zoo.«

»Ins Tropenhaus!« Miss Curricle war verblüfft.

Der Schwarze verneigte sich. »Zu den Gorillas«, fügte er mit ernster Stimme hinzu. Und dann holte er tief Luft, streckte beide Arme aus und trommelte sich, wenn auch dezent, an die Brust.

Miss Curricle raffte unwillkürlich ihren Rock, als rechnete sie damit, daß sie jeden Augenblick hinter einem Baumstamm Zuflucht suchen müßte. »Das muß eine große Umstellung sein«, sinnierte sie. »London, meine ich. Nach – nach dem Teil der Welt, aus dem Sie kommen.«

Mr. Hoppo machte eine Handbewegung, die den gesamten umgebenden Ozean umfaßte. »Kennen Sie«, fragte er herzlich, »den Pazifik gut?«

Der Schwarze antwortete nicht sogleich, und sie blickten alle hinaus aufs Meer, als ob sie dort in den Wellen die Antwort finden könnten. Der Horizont, der aus dieser Höhe sehr fern wirkte, wogte gleichmäßig, eine leicht gezackte Linie zwischen den beiden Blautönen. Er umfaßte nur Leere, das immerwährende Auf und Ab des Ozeans. Niemand konnte den Pazifik kennen, und vielleicht war es das, was der Schwarze mit seinem Schweigen zum Ausdruck bringen wollte. »Nur einen kleinen Winkel davon«, sagte er dann. »Ich war eine Zeitlang auf den Tamota-Inseln tätig.«

»Ah«, sagte Mr. Hoppo, und seine Stimme nahm eine ganz neue Färbung an. »Wie verstreut die Schäflein doch sind. Und wie wenige …«

»Ich bin Anthropologe.«

»Tatsächlich!« Mr. Hoppo gab den ekklesiastischen Tonfall sogleich wieder auf und rückte seine Züge zu einer halbwegs glaubwürdigen Darstellung des aufgeschlossenen Wissenschaftlers zurecht. »Eine faszinierende Arbeit, Sir.«

»Ich habe einige bemerkenswerte Funde gemacht. Ich könnte mir vorstellen, daß es Sie interessieren wird.«

»Zweifellos.« Mr. Hoppo sagte es ohne rechte Überzeugung.

»Insbesondere bin ich auf einen Inkarnationsmythos gestoßen …«

»Ah!« Mr. Hoppo sah sich um. »Wo habe ich denn bloß mein …«

»Mr. Hoppo«, erklärte Miss Curricle, »ist ein Mann der Kirche.« Sie sagte es mit einer Strenge, die durch die nicht ganz eindeutige Aussage nur um so unerbittlicher wurde. »Ich persönlich habe durchaus ein Interesse …«

Mrs. Kittery fiel ihr ins Wort. Ihre Pupillen, war dem stillen jungen Mann aufgefallen, hatten sich beim Anblick des Neuankömmlings geweitet, wie er es sich bei seinem eigenen Anblick gewünscht hätte; und als sie nun das Wort an ihn richtete, war sie eifriger denn je. »Dieser Zoo«, fragte sie; »dieser Zoo in London. Würden Sie sagen, daß die Tiere dort gefüttert werden, wie es sich gehört?«

»Nein.« Die Art, wie er sie ansah, zeigte weder Vertraulichkeit noch Überraschung, aber es war ein leiser Anflug von Übermut, ein Einvernehmen in seiner Stimme; vielleicht, dachte der junge Mann, gab es urtümliche, verborgene Sinne in ihm. »Nein. Was den reinen Nährwert angeht, mag es solide genug sein. Aber den Vorlieben der Tiere trägt man kaum Rechnung. Nehmen Sie das Flußpferd zum Beispiel: Ein Hippopotamus braucht seine Mangos.«

»Bei uns in Australien bekommen die Flußpferde *immer* Mangos«, sagte Mrs. Kittery und hielt inne, damit ein ärgerlicher Laut von Miss Curricle gut zur Geltung kam. »Und Zimtäpfel – nicht wahr?« Sie blickte mit tiefster Unschuld dem Schwarzen in die Augen.

»Ganz recht«, erwiderte dieser. Er warf einen kurzen Blick zu Colonel Glover, der drohend gehustet hatte. »In Maßen natürlich.«

14

»In Maßen.« Mrs. Kittery bot dem Schwarzen von ihren Kartoffelchips an, und nun hustete auch Mr. Hoppo. »Wissen Sie was?« sagte sie unvermittelt. »Mir ist gerade der Titel für ein Buch eingefallen.«

»Tatsächlich?« fragte Mr. Hoppo und machte hinter dem Rücken des Schwarzen ein mißbilligendes Gesicht. »Ich wäre nie auf den Gedanken gekommen, daß Sie Schriftstellerin sind.«

»Bin ich auch nicht. Aber manchmal fallen mir Titel für Bücher ein, und ich male mir aus, wie das wäre, wenn ich sie schreiben würde.« Mrs. Kitterys Worte waren nun mit einem unverhohlenen Schmachten ganz an den Schwarzen gerichtet. »Dieser hier ist durch« – sie suchte nach dem rechten Wort – »Gedankenverbindung entstanden. Ist das richtig?«

Der Schwarze lachte, und sein Lachen war wie sein Tonfall korrekt und geradezu angsteinflößend lebendig. »Das kann ich erst sagen«, antwortete er, »wenn ich den Titel kenne.«

»Er heißt …« Mrs. Kitterys Heiterkeit kannte kein Halten mehr. »Er heißt …« Sie prustete. »Er heißt *Mr. Hoppos Hippo.*« Und sie lachte das helle, reine Lachen dessen, der das Glück eines einfältigen Verstands genießt.

Da ein Lachen wie auch ein grimmiges Gesicht unhöflich gewesen wären, lächelte der Schwarze. Er lächelte Mrs. Kittery an, deren Arm ihn nun fast berührte. Und dieses Lächeln, vielleicht weil es genauso lebendig und exotisch war wie die Stimme, war zuviel für Colonel Glover. Die strengen Regeln von Puna, das Dekorum von Kuala Lumpur rebellierten in ihm. »Eine britische Lady …« hob er an und hielt inne, denn der stille junge Mann trat ihm entschlossen in den Weg.

»Da haben wir ja das halbe Empire beisammen«, sagte der junge Mann forsch. »Jetzt fehlt uns nur noch ein irischer Dickschädel, und die Harmonie wäre vollkommen.«

Alle schwiegen verlegen.

»In unserem Reich geht die Sonne nie unter. Deshalb kommt auch nie der neue Tag, an dem wir unseren alten Zorn vergessen.« Er sagte es mit dem flüchtigen Lachen, mit dem man Kinder über eine Nichtigkeit zum Lachen bringt. »Ich glaube«, fügte er dann in ganz anderem Ton hinzu, »ich habe eben den Gong gehört.«

»Hm.« Colonel Glover holte umständlich die Uhr aus der Tasche. »Ein Uhr.«

»Schon Mittagszeit«, rief Mr. Hoppo, der noch sein Hippopotamus verdaute und recht rot im Gesicht war. »Das hätte man nie …«

Miss Curricle erhob sich. »Der Himmel *und* die See«, sagte sie majestätisch, »sind von einem schier unübertrefflichen Blau.«

»Aber ich glaube wirklich« – Mr. Hoppo strahlte verwegen –, »der Himmel ist noch ein *klein* wenig blauer.«

»Nicht doch; ich gestehe gern zu, daß die See …«

»Es ist alles so friedlich«, meinte Mrs. Kittery. »Womöglich niemand außer uns in hundert Meilen Umkreis. Alles so« – sie suchte nach einem Wort, das groß genug war – »so unberührt.«

»›Umflossen von der unberührten See‹«, sprach Mr. Hoppo in jenem merkwürdigen Tonfall, den Geistliche oft haben, wenn sie ein wenig Bildungsgut anbringen.

»Unser guter Lord Tennyson«, seufzte Miss Curricle, und vielleicht zitierte sie unbewußt Worte, die sie einst in der Kinderstube beeindruckt hatten.

»Friedlich«, sagte Colonel Glover. »Das vor allem. Unglaublich friedlich. Wie weit fort wir von allem sind. So weit fort, daß man gar nicht glauben will, daß draußen Krieg herrscht. Verdammt merkwürdiges Gefühl.«

Es trat eine Pause ein, in der alle sich ernüchtert ansahen. Dann meldete sich Mr. Hoppo vom Fenster her. »Miss Curricle, ich sehe einen Wal.«

Miss Curricle lächelte beinahe kokett. »Also wirklich, Mr. Hoppo …«

Aber Mr. Hoppo runzelte die Stirn. »Jedenfalls *glaube* ich ...«

Und im selben Moment geschah es. Das Schiff erbebte. Das ganze Universum flog davon wie eine Fahrstuhlkabine, deren Seil gerissen ist. Alles war zu einem einzigen gewaltigen Schlag geworden, in dessen Herzen die zerberstenden Cocktailgläser klirrten.

Was Mr. Hoppo gesehen hatte, war kein Wal gewesen.

Kapitel 2

»So dürfte den Abderiten zumute gewesen sein, als sie in ihrer Nußschale zur See fuhren.« Miss Curricle schlitterte bei diesen Worten ängstlich über das Fensterglas und blickte neugierig in die Tiefe. »Und ringsum ist nichts zu sehen?«

Der Schwarze, der hoch hinauf auf die gefährlich schwankenden Überreste der Theke geklettert war, schüttelte den Kopf. *»Od' und leer das Meer.«*

»Einer noch unpassenderen Sprache können Sie sich kaum bedienen.«

»Die Sprache der Schildbürger.«

»Kann ich jemanden«, fragte Mr. Hoppo, »mit einer Gilded Lady oder einem Raspberry Spider erfreuen?«

Die Sonnendeckbar – davon abgesehen, daß sie nun auf dem Kopf stand – sah noch fast so aus wie vorher. Doch der Dampfer, von dem sie einmal ein so unbedeutender Teil gewesen war, war verschwunden, und nur dies eine groteske Bruchstück schwamm noch auf dem leeren Ozean unter dem leeren Himmel. Angespannt und seltsam übermütig hatten die sechs, die über Wasser geblieben waren, einen Umgangston gefunden, der kultiviert und leicht ironisch war. Es war ein in aller Eile errichteter Notmast für die Gefühle. Gewiß fragte sich jeder einzelne von ihnen, wie lange er wohl halten würde.

Colonel Glover inspizierte ihr Gefährt. »Seinerzeit in Spanien hat man von den unglaublichsten Vorfällen mit schweren Bomben gehört«, sagte er. »Leute, die auf Kirchendächer geschleudert wurden und unverletzt oben hängenblieben. Solche Sachen. Aber nichts so Kurioses wie das hier.« Er stocherte an dem Glasdach zu seinen Füßen. »Das Gerüst ist aus Chromstahl, das Glas ist Panzerglas mit Einfassungen aus Gummi. Das dürfte halten. Schwimmt ausgezeichnet. Wahrscheinlich noch besser, wenn wir es ausbalancieren. Hoppo, schieben Sie

die Kiste Vichy-Célestins ein Stück Richtung Steuerbord –
neben Mr. …«

»Appleby«, sagte der stille junge Mann.

»Appleby. Mein Name ist Glover. Lancers.«

»C. I. D.«

Colonel Glover blinzelte in der gleißenden Sonne mit den
Augen. »Wie bitte?«

»Ich bin bei der Polizei.«

»Donnerwetter. Höchst unerwartet. Da werden Sie wohl hier
nicht viel Verkehr zu dirigieren haben, fürchte ich.« Colonel
Glover lachte abschätzig, den Blick – vielleicht auf der Suche
nach gesellschaftlicher Orientierung – auf den Horizont geheftet. »Kennen Sie zufällig meinen Neffen, Rupert Ounce?«

»Er war letztes Jahr mein Assistent.«

»Ah.« Glover war erleichtert. »So, nun haben wir uns alle
bekannt gemacht. Außer …« Er blickte hinauf zu dem Schwarzen im Ausguck.

»Unumunu«, sagte der Schwarze mit Nachdruck.

»Mr. Unumunu.«

Mrs. Kittery hatte auf einer großen Panzerglasscheibe auf
dem Bauch gelegen und den Fischlein zugesehen, die nur Zentimeter unter ihrer Nase vorüberflitzten. Nun drehte sie sich auf
den Rücken. »Womöglich sind Sie ein Prinz?« fragte sie.

Der Schwarze lächelte strahlend. »Früher war ich sogar einmal ein König. Später wurde ich dann zum Ritter geschlagen.
Darf ich mich vorstellen: Sir Ponto Unumunu.«

»Sir Ponto!« rief Colonel Glover verblüfft. »Ich hatte einmal …« Aber er bekam sich rechtzeitig in die Gewalt.

»In meiner Sprache bedeutet Ponto soviel wie ›umsichtig
im Kampfe‹. Vielleicht verträgt es sich nicht recht mit einem
englischen Adelstitel, dessen Träger heute eher umsichtig im
Geschäft gewesen ist. Miss Curricle, hier habe ich noch einen
bequemen Stuhl für Sie.«

»Ich danke Ihnen, Sir Ponto.«

Auf stählernen Kufen, auf Streifen aus leuchtend rotem Leder schaukelte Miss Curricle auf dem Pazifischen Ozean. Das Meer war still, nur das Auf und Ab der Wogen war zu spüren; es war wie eine große Achterbahn, nur flacher und langsamer, eingerichtet für einen wohlhabenden Herzpatienten. Das Blau des Himmels war schwer wie Bronze, die Sonne stand als uneingeschränkte Herrscherin am Firmament. Die auf dem Kopf stehende Glaskuppel trieb dahin in unbekannte Gewässer – ein Traumaquarium, an dessen Wände vorbeikommende Haifische und Teufelsrochen ihre Nasen drücken und die spinnenbeinigen Geschöpfe im Inneren bestaunen konnten.

»Sechs Siphons und eine Kiste Mineralwasser«, sagte Mr. Hoppo, der musterte, was von den Beständen der Bar heil geblieben war. »Whisky, Brandy, Port, Madeira, Sherry – *fino*, erfreulicherweise – und eine große Anzahl von Likören. Eine Kühlbox, leider ohne Eis – der Steward, der arme Bursche, war ja eben nach unten gegangen, um neues zu holen. Kaviar – ein sehr großer Topf voll. Eine Dose Kräcker, auf denen er serviert wurde. Gefüllte Oliven, Kartoffelchips, gesalzene Mandeln, Anchovis, Salzstangen: alles, was man braucht, um dafür zu sorgen, daß kräftig getrunken wird. Eine Dose Salz, aus der wahrscheinlich von Zeit zu Zeit nachgesalzen wurde. Glover, das ist nicht ohne Ironie.«

»Ein Ding, mit dem man Shakes zum Sprudeln bringt«, sagte Mrs. Kittery, die sich die Überreste der Erfrischungstheke vorgenommen hatte. »Aber es ist elektrisch, das wird uns nicht viel nutzen.« Sie seufzte enttäuscht. »Ein Päckchen Strohhalme. Eine Flasche Vanillearoma, noch gar nicht geöffnet, und auf dem Etikett steht, es reicht für hundertachtzig Liter. Eine Kanne Sahne. Rührstäbchen, Kirschen. Eine ganze Menge Dosenobst für Melbas und Fruchtbecher.« Eine unschuldige Freude machte sich in ihrer Stimme breit. »Die Eiscremetruhe ist noch heil. Preiselbeersoße, kandierte Ananas …«

»Zigarren«, fügte Miss Curricle hinzu und stieß mit der

Schuhspitze an die Kiste. Sie sagte es finster, als sei diese weitere nutzlose Entdeckung etwas, das sie mit ihrer eigenen Willenskraft hervorgebracht hatte. »Und zwei Feuerlöscher.«

»Vielleicht ein Segel.« Appleby zerrte aus einem umgekippten Schrank, der neben ein paar zersplitterten Fußbodendielen lag, ein großes Tuch hervor. »Damit wurde die Theke für die Nacht verhüllt. Aber haben wir auch einen Mast?«

»Die Bretter hier oben«, sagte Unumunu, »sind zu flach, aber es gäbe eine Teakholzstrebe, zehn mal zehn. Wenn wir die aufrichten könnten …«

»Und aus dem Tresen ließe sich ein Ruder machen«, sagte Glover.

»Mit einem Tischbein«, schlug Hoppo vor, »als Ruderpinne …«

Miss Curricle versuchte, das Gleichgewicht zu halten, als die Bar wieder sanft in ein Wellental glitt, und schlug ihr Buch auf. »Während Sie mit all diesen praktischen Dingen beschäftigt sind«, sagte sie, »werde ich Ihnen etwas vorlesen. Ich sollte dazu sagen, daß es sich um ein Buch mit dem Titel *Der Tongagraben* handelt, ein ozeanographisches Werk. Die wissenschaftliche Erforschung des pazifischen Meeresbodens ist in unserer gegenwärtigen Situation von ganz besonderem Interesse.«

Wie ein Fahrstuhl bewegte sich die Bar wieder himmelwärts; auf der Krone der Welle hielt sie einen Moment lang inne und ein feiner Gischtnebel besprühte alles; sie machte eine kurze Pirouette wie eine Ballerina, die in den Kulissen wartet, dann glitt sie wieder in die Tiefen hinab. Die Männer zerrten schwitzend an dem Teakholzbalken. Mrs. Kittery, deren makellose Figur unter der Sonne zu unschuldiger, doch spürbarer Sinnlichkeit erblüht war, faßte nach Kräften mit an. Es würde keine leichte Arbeit werden.

»›Cerberus muriaticus‹«, verkündete Miss Curricle, »*zeichnet sich als einzige bekannte Lebensform durch drei voneinander unabhängige Verdauungsapparate aus, mit allen Öffnun-*

gen, Verbindungen und zugehörigen Organen, die diese bemer-
kenswerte Lösung erforderlich macht. Wenn alle drei Mägen
gefüllt sind – meist durch den Verzehr gewöhnlicher Seegurken
oder Nierenkorallen –, bietet das Geschöpf einen grotesk auf-
geblähten Anblick und scheint von Qualen geplagt, die nicht
viel anders wirken als das rein menschliche Leiden des mal de
mer. Das Auge blickt glasiger als gewöhnlich bei Fischen, die
Bewegung ist durch heftige spastische Koliken beeinträchtigt,
die Mäuler sind wie im Krampf weit aufgerissen.‹«

Mrs. Kittery, die mit begehrlichem Blick die kandierte
Ananas betrachtet hatte, wandte sich recht abrupt wieder dem
Mast zu. Die Abwesenheit jeglichen Werkzeugs und die Zer-
brechlichkeit des Untergrunds, auf dem sie arbeiteten, bremste
das Tempo sehr; trotzdem standen die Chancen gut, daß sie einen Mast aufrichten und ein Segel aufziehen konnten, das eine
leichte Brise füllen würde. Der praktische Nutzen, ging es Appleby bei der Arbeit durch den Kopf, fiele kaum ins Gewicht.
Nichts konnte aus diesem absurden Gefährt ein Boot machen,
mit dem man über den Ärmelkanal navigieren konnte, ge-
schweige denn zu einem Ziel in der Unendlichkeit des Ozeans.
Doch die psychologische Wirkung, wenn sie ein wenig Fahrt
gewannen, konnte beträchtlich sein. Selbst der pure Anschein
von Seefahrt würde besser sein als das reine Dahintreiben. Gerade nachts, wenn man sich der schönen Vorstellung hingeben
konnte, nach den Sternen zu navigieren.

Glover versetzte dem Mast einen Schlag, daß es nur so
klatschte, warf einen besorgten Blick hinüber zu Miss Curricle – die nach wie vor die Moral der Gesellschaft auf ihre Weise
aufrechterhielt – und fragte dann leise: »Appleby – was halten
Sie davon?«

»Wenn das Meer so ruhig bleibt, werden wir etliche Tage
durchhalten. Dann eine Woche Koma. Mit etwas Glück bleibt
einer von uns vierzehn Tage lang wenigstens teils bei Bewußtsein. Keine schlechten Aussichten.«

»›Nicht mit diesen zu verwechseln‹«, fuhr Miss Curricle unbeirrt fort, »›ist der cerberus muriaticus muricatus. Hier ist jeder Unterkiefer mit einem scharfen Speer oder Dorn bewehrt, so daß seine Erscheinung ein wenig einem dreiköpfigen unterseeischen Einhorn gleicht.‹«

»Keine schlechten …?« Glover starrte Appleby an, aber durchaus mit etwas wie Anerkennung.

»›Wenn diese Spezies in Schwärmen im gespenstischen Dschungel des Meeresbodens auf Jagd geht, wirkt sie beeindruckend wild und kraftvoll. Eine kooperative Methode hat sich entwickelt. Jedes Individuum spießt drei oder mehr Seegurken auf seine Dornen und bietet diese Beute dann dem nächstgelegenen Gefährten zum Verzehr an.‹«

»Keine schlechten Aussichten, weil es uns immerhin eine gewisse Hoffnung läßt. Auf einer Schiffahrtsroute – selbst im Pazifik – sind vierzehn Tage schon etwas. Und natürlich wird vielleicht auch nach Überlebenden gesucht; je nachdem, was der Funker noch durchgeben konnte.« Appleby blickte grimmig hinaus auf die offene See.

»›Die Fortpflanzungsmethoden dieser Geschöpfe‹«, las Miss Curricle, ohne mit der Wimper zu zucken, »›sind in höchstem Grade kurios.‹«

Mrs. Kittery hielt kurz in ihrer Arbeit inne; Mr. Hoppo wirkte wie jemand, der ganz damit beschäftigt ist, in Gedanken eine kleine Melodie zu summen. Unumunu, der zur Arbeit sein Hemd ausgezogen hatte, stand ebenholzschwarz und reglos an der Stelle, die sie zum Bug erklärt hatten. Und gegen Westen versank die Sonne im Philippinenbecken. Sie waren allein mit sich und mit der Welt der Tiefsee, die Miss Curricle für sie heraufbeschwor. Der Ozean, unendlich leer in seiner ewigen Bewegung, mit seiner sich stetig hebenden und wieder senkenden Oberfläche, von Adern durchzogen, besprenkelt mit Schaum, hatte sie ganz und gar in seiner Gewalt. Und sie sehnten sich nach der Küste, nach etwas, das auch nur im entferntesten menschlich war, sehnten sich nach dem Rauschen der Brandung, einer Bananenschale auf den Wellen, dem ungeduldigen Tuten eines Dampfers am Pier, den Möwen, die über den Strand stolzierten oder vom Himmel herabstießen. Doch um sie herum blitzte bestenfalls einen Moment lang das Leben eines fliegenden Fisches auf, fließende Körper, die fast mit dem Licht verschmolzen, und unter ihnen schlug bisweilen ein übermütiger Delphin einen Purzelbaum.

Der *cerberus muriaticus* war abgehakt – die Daten übermittelt, die Sinne geschärft. Der Mast war errichtet, das Segel aufgezogen, und man spürte, daß die Bar sich nun auch nach einem anderen Willen bewegte als dem des Wassers. Mr. Hoppo erzählte von Inseln, Flugbooten, den Fahrten der Perlentaucher, den freundlichen Eingeborenen in ihren seetüchtigen Kanus. Sie unternahmen Anstrengungen, nach Geschlechtern getrennte Quartiere zu schaffen; Vorräte wurden eingeteilt, und es gab ein Mahl aus Eiscreme und Waffeln, das Mrs. Kittery selig zum High Tea erklärte. Der Feuerschweif der Sonne wurde zusehends kürzer, die Scheibe rötete sich, wuchs, berührte den Horizont, und im nächsten Augenblick war sie auch schon mit einem letzten grünen Lichtschein verschwunden. Miss Curricle, die in Erwartung zukünftiger Not die Krümel auflas, kommentierte es mit der Bemerkung, daß in diesen Breiten die Dunkelheit hereinbreche, ehe man sich versehe.

Gesichtszüge wurden undeutlich, nur die Umrisse blieben; für eine Weile lösten sich die Zungen. »Jetzt könnten wir Mr. Hoppos Hippo hier gebrauchen«, meinte Mrs. Kittery, bei der ein Witz eine Weile länger hielt als bei manch anderem. »Dann würden wir uns fühlen wie auf der Arche Noah. Mr. Hoppo, glauben Sie an die Arche – oder ist das nur eine Geschichte?«

Miss Curricle hustete warnend, als wolle sie sagen, daß sie theologische Diskussionen denkbar unangebracht in ihrer gegenwärtigen Lage finde. Doch Mr. Hoppo ging gern darauf ein. »Ich glaube daran, daß die Sintflut eine historische Tatsache ist, keine Frage. Aber zugleich ist es auch eine Geschichte, etwas, das die Vorsehung uns mit allegorischer Absicht gegeben hat.«

»Das wäre aber recht hart mit den armen Sündern«, meinte Unumunu, »wenn man sie den Qualen einer solchen Flut ausgesetzt hätte, nur um eine allegorische Erzählung daraus zu machen. Aber was die historische Tatsache angeht, da bin ich ganz Ihrer Meinung. In beinahe jeder Folklore finden sich Hinweise auf eine solche Flutkatastrophe. Das Abschmelzen des Polareises könnte eine Erklärung sein.«

Man konnte sehen, wie Mr. Hoppo sich aufrechter setzte, in der Art eines Universitätsdozenten, den ein unerwartet intelligentes Erstsemester plötzlich aus seinem Halbschlaf reißt. »Daß sich die praktische Seite des Geschehens«, sagte er mit wohlüberlegten Worten, »mit dem erklären läßt, was man gemeinhin natürliche oder wissenschaftlich faßbare Tatsachen nennt, heißt noch lange nicht …«

»Miss Curricle«, unterbrach ihn Mrs. Kittery, die für abstraktere Fragen keinen Sinn hatte, »könnte Noahs Weib sein. Und – und Sir Ponto wäre Ham.«

»Darf ich mich vorstellen: Mrs. Noah«, sagte Miss Curricle, die auch im Humor ihre Strenge bewahrte. »Wenn wir wirklich eine Art Arche sind – und ein *Schiff* sind wir ja wohl kaum –, dann wäre das vielleicht ein gutes Omen, daß auch wir unseren Berg Ararat finden werden. Und jetzt, finde ich, sollten wir alle zu Bett gehen.« Sie blickte sich um. »Uns zur Ruhe legen, sollte ich wohl besser sagen.«

Mr. Hoppo hantierte im Dunkeln. »Was für ein Glück, daß sich ein ganzer Stoß Decken erhalten hat! Ich muß weniger an Noahs Arche denken als an den *Schweizerischen Robinson*. Sie werden sich erinnern, wie stets alles auftauchte, was gerade gebraucht wurde.«

»Unglaubwürdig.« Miss Curricles Urteil stand fest. »Zu viele Besuche beim Wrack. Ich ziehe die *Koralleninsel* vor.«

»Oder gleich *Robinson Crusoe*«, meinte Glover. »Ich finde,

da geht nichts drüber. Da paßt jede Einzelheit ... 'merkenswertes Buch.«

»In der Überlieferung meines Volkes gibt es viele Geschichten von unbekannten Inseln«, sagte Unumunu, und in der Schwärze der Nacht klang seine Stimme nur um so tiefer. »Manche finden ihre Inseln erst nach vielen Tagen – manche nach vielen Monden. Manche Insel wird niemals gefunden, und das sind die glücklichen Inseln – die Inseln der Seligen. Auch das eine Legende, die man in allen Kulturen findet.« Er seufzte. »Ob bei Japhet, Mrs. Kittery, bei Cham oder bei Sem.«

»In unserer Zeitung gab es mal einen Fortsetzungsroman« – Mrs. Kitterys Stimme war ein wenig unsicher in der Dunkelheit –, »da kamen Leute nach einem Schiffbruch auf eine Insel ...«

Sie schliefen. So seltsam das war, waren sie alle – alle außer Appleby, der die erste Wache übernommen hatte – in ihren Winkeln dieses gefährlichen Fahrzeugs binnen kurzem in tiefen Schlaf versunken. Die Sterne funkelten, ein Meer von Glühlampen, und Orion schaukelte am Horizont. Wie ein Korken tanzte die Bar auf der wogenden See. Ein leises Klatschen war der einzige Laut; das besorgte Ohr vermißte das Beben, das rhythmische Stampfen des Dampfschiffes oder das hohe, gespenstische Pfeifen, das in diesen Breiten aus den Segeln kam. Ein leichter Westwind trieb sie voran, und die Geschwindigkeit mochte bei gut einem Knoten liegen. In neun Monaten, überlegte Appleby, konnten sie in Peru sein. Und erfahren, was von der Welt noch stand ...

Einer der Schläfer stöhnte leise. *Jeder in seinem kleinen Bett, träumend von Inseln ...* Er erhob sich und band das Steuer fest – noch reine Konvention, auch wenn sie am Morgen sehen wollten, daß sie ein brauchbares Ruder bauten – und blickte sich vorsichtig in der Bar um. Es war kein Tropfen Wasser eingedrungen; ihre Arche schwamm gleichmäßig, wie ein Boot, das nur für eine Regatta eine exotische Verkleidung trug und das die Nacht darin überrascht hatte. Aber in der Mitte dessen, was nun der Boden war, gab es eine Lüftungsklappe aus kräftigen, wasserdichten Lamellen. Daran brauchte man nur zu ziehen – Appleby fuhr nachdenklich mit den Fingern darüber, wie andere es in anderen Wachen der folgenden Nächte auch tun mochten. Man brauchte nur daran zu ziehen, und viel aller Voraussicht nach vergebliches Leiden wäre ausgestanden, würde, bevor es noch begann, hinuntersinken zu den emsigen Schwärmen des *cerberus muriaticus*.

Er hatte eine kleine Lampe in der Tasche und sah sich verstohlen die Luke näher an. Zum Öffnen diente ein Hebel – oder eigentlich kein Hebel, sondern eine Art Schlüssel, nur ein langer Stift mit einem Griff am einen Ende. Er zog ihn heraus und warf ihn ins Meer. Dann ging er zur Bar und hievte Whisky und Liköre über Bord; an der Erfrischungstheke warf er ihnen noch das Fläschchen voll Chemie, das für hundertachtzig Liter reichte, hinterher. Auf dem Rückweg zum Ruder stieß er mit dem Fuß an die Zigarrenkiste; er nahm vier heraus und warf den Rest ebenfalls fort. Polizisteninstinkt, dachte er bei sich, zündete seine eigene an und bezog wieder Posten. Bruchstücke von Versen huschten ihm durch den Sinn. Sein oder Nichtsein. Daliegen, kalt und regungslos, und faulen. Trink' ich Vergessen eines Tags, so raub' ich meiner Seele ihn. Doch wer wird hängen an vergeblich' Leben … Er zog an seiner Zigarre – einer guten Zigarre, die ihren Platz in jener Hierarchie der kleinen sinnlichen Freuden hatte, die jeden Menschen sich immer wieder ans Leben klammern und die Nacht des Alters hinausschieben ließ, so gut es ging. Er sah hinauf zu den Sternen. Sie hatten ihm nichts zu sagen, auch wenn sie unbestreitbar schön waren, und es war kein Wunder, daß man sie geheimnisvoll und ehrfurchtgebietend fand. Er blickte hinaus auf den dunklen Ozean. Zuviel Unendlichkeit war für niemanden gut. Er wandte sich der politischen Lage in der Türkei zu. Da taten sich doch interessante Möglichkeiten auf.

Kapitel 3

Die Sonne brauchte nun länger – mindestens zweimal so lang – für ihren Weg über den Himmel, und ihre Strahlen waren heißer – mindestens zweimal so heiß. Die Decken waren aufgespannt und warfen träge hin- und herschaukelnde Fleckchen Schatten. In einem davon kniete Hoppo und betete. Allen war es peinlich – allen außer Mrs. Kittery, die so etwas noch nie gesehen hatte und unschuldig zusah, die schwarzblauen Lippen geöffnet. Physisch hielt sie sich prächtig, dachte Appleby. Wie ein gutes Linoleum, das sich an allen Stellen gleich abnutzt. Aber selbst bei Mrs. Kittery würde es nicht mehr lange dauern, bis die Jute zum Vorschein kam.

Das Wellental, in das die Bar eintauchte, war tiefer als zuvor; bald würde das Wetter umschlagen. Hoppo rollte wie ein halbvoller Kartoffelsack, und schließlich schlingerte er hinüber zu Glover, der am Ruder saß. »Ich spüre«, flüsterte er, »wie ich immer höher und höher gerate.«

»Höher?« Glover blickte empor zu dem drohenden Wellenkamm hoch über ihnen.

»In meiner Einstellung. Ich habe noch einmal die Neununddreißig Artikel überdacht.«

»Neununddreißig Faden«, sagte Miss Curricle. »Vierzig Faden. Einundvierzig Faden.«

Miss Curricle hatte schon Tage zuvor den Verstand verloren und steckte seither tief im Tongagraben. Ihren Berichten zufolge war es kühl und dunkel dort unten – die Dunkelheit allerdings erhellt von Schwärmen und Wirbeln und Spiralen prachtvoll illuminierter Fische. Manche waren finstere Massen mit nur einem einzigen durchdringenden Suchscheinwerfer in der Stirn; manche zeigten, wie ein nächtliches Zirkuszelt, ihre Umrisse mit bunten Feuerperlen; manche waren ein einziger, halb durchsichtiger Lichtschein. Lichterreklamen, wie sie noch vor kurzem am Piccadilly Circus geprangt hatten. Und hier wie dort eine Welt der Gefahren. Miss Curricle duckte sich, und man wußte, daß sie gerade wieder dem Zuschnappen gewaltiger Kiefer entgangen war, sie wand sich, wenn die meterlangen Tentakeln nach ihr griffen.

Appleby saß am Bug und lauschte der Geisterstimme Unumunus und seinem unendlichen anthropologischen Monolog. Die Kipiti, die Aruntas, die Papitino, die Tongs. In Unumunus Fieberträumen schwebte die Bar über Mangrovensümpfe, über Wüsten und Tundren, zwischen Eukalyptus- und Palmbäumen. Die Inseln der Menschenfresser tauchten am Horizont auf und verdichteten sich zu Archipelen, deren flache Gewässer rot von Blut waren. Die Sonne schleuderte ihre Assagais, und der sanfte Wind wehte die Klänge der Trommeln herüber, unbekannte Gesänge, das Stampfen der Füße im Tanzritual.

(Die Kämme der Dünung waren, Blüten eines verzauberten Frühlings, hie und da gekrönt oder durchzogen von Schaum; Glover saß am Ruder wie verwitterter Granit.)

Die Bewohner der Kola-Inseln verehren die Wolken, die Eingeborenen von Luba wissen nicht, woher die kleinen Kinder kommen, und der Gott von Arrimattaroa ist eine gigantische Termite. Eins wie das andere hochinteressant, flüsterte Unumunu. Wissenschaftlich gesehen. Er sprach von Instituten, Stiftungen, Expeditionen, von Monographien und Museen. Man wußte nie, was als nächstes kam, und Appleby, selbst ein Mann der Wissenschaft, hörte fasziniert zu. Aus dem unglaublichsten Ritus, dem abscheulichsten Brauch ließen sich doch die schönsten Verallgemeinerungen ableiten, eine bahnbrechende, umfassende anthropologische Theorie.

(Die Sonne ging mit ihrem grünen Blitzen unter, und dann – wie um zu zeigen, wie zufrieden sie mit diesem Postkarteneffekt war – tat sie es gleich noch einmal. Es war niemand am Ruder; es gab kein Ruder; das Segel war nur noch ein zerfleddertes Banner; die Luft war heiß, still und trocken, nur ein leises Säuseln war zu hören, ein Stöhnen hinter dem Horizont.)

Hoppo, unter seiner Decke ausgestreckt, betete nun nicht mehr; Tage waren vergangen, seit er mit dem Doctor seraphicus über die Neununddreißig Artikel debattiert hatte und in um so luftigere Höhen entrückt worden war, in denen er Mrs. Kittery immer wieder neu mit seinen Meditationen über die Braut Christi oder die neun Ordnungen der Engel fasziniert hatte. Und nun, selbst von der Kraft der Seraphim, zerrte Mrs. Kittery an seinen Füßen, denn sein Kopf mußte in den Schatten, sonst würde er den Tag nicht überstehen.

Eine Zeitlang hatte Appleby das Kommando gehabt, doch nun war Mrs. Kittery an der Reihe. Als einzige war sie noch bei klarem Verstand – eine normale Frau, die unter den normalen Gefahren des Krieges um ihr Leben kämpfte. Und unter den Schiffbrüchigen strahlte sie mit der höheren Wirklichkeit, der höheren physischen Gegenwart einer homerischen Göttin. Miss Curricles Haar hatte eine gespenstische Korallenfarbe angenommen, ihre Gliedmaßen zuckten willkürlich; sie war so schwach geworden, daß sie kurz davor schien, eine Dimension zu verlieren, als hätten die unermeßlichen Kräfte von hundert Faden Tiefe auf sie den Effekt einer hydraulischen Presse. Glover war ein zerbröselnder Monolith, verblüffend aufrecht, doch nur noch eine leere Hülle; Hoppo war zusammengesackt wie die Haut des Bartholomäus; Unumunu nur noch eine Stimme, die bald in furchterregende Gesänge ausbrach, bald verzweifelt ihre anthropologischen Fetzen phantasierte. Doch Mrs. Kittery blieb, wie sie war, und wachte über alle; fünf Leute waren am Leben zu halten, und diese Herausforderung würde sie annehmen. Sie zog ihre Uhr auf und wartete, bis die Zeiger zweimal ihre Runde gemacht hatten, bevor sie die letzte Dose Birnen öffnete.

Unumunu hielt in seinem Gesang inne; eine ebenholzschwarze Wolke schwebte vor Appleby; die Stimme erklang direkt an seinem Ohr. »Oder nehmen Sie die Vorstellung, daß Energie von einem Körper auf den anderen übergeht. Nichts an den Naturvölkern ist interessanter als das – interessanter für die Wissenschaft … Wie heißen Sie?«

»Appleby – John Appleby.«

»Damit haben Sie sich in meine Hand gegeben, Mr. Appleby. Ich habe Ihren Namen, und damit habe ich Sie. Sie sind in meiner Macht. Ich habe *Ihre* Macht in mich aufgenommen. Mit Ihrem Namen sind Sie in mich eingegangen. Verstehen Sie? Das ist ein universeller Zauber, und ein höchst wirkungsvoller.« Die Stimme zögerte, dann fuhr sie um so schneller fort. »Ausgesprochen interessant. Berthold und Kemp-Brown haben Studien darüber veröffentlicht. Oplitz bei den Kagota … von der Guggenberg-Stiftung finanziert … die Poincet-Conti-Expedition.« Wieder zögerte die Stimme. »Und Kannibalismus«, sagte sie, »ist im Grunde nichts anderes.«

(Der Pazifische Ozean war sehr still geworden. Das Auf und Ab der Bar war nun nur noch eine Täuschung der Bogengänge; statt dessen drehte sich alles wie ein Rouletterad kurz vor dem Stillstand, ein unendlich träger Kreisel. Die Bar machte noch eine Umdrehung und dann noch eine, einen Moment lang stand sie vollkommen still, dann begann sie sich mit allmählich zunehmendem Tempo in die entgegengesetzte Richtung zu drehen. Hätten sie ein Barometer an Bord gehabt, so hätte es in diesem Augenblick ein sensationelles Absinken des Drucks angezeigt. Vielleicht wurde es eine Winzigkeit kühler; vielleicht war das der Grund dafür, daß Appleby die Augen öffnete.)

Appleby öffnete die Augen und sah Sir Ponto Unumunu, der nun keine anthropologischen Vorträge mehr hielt. Statt dessen schleppte er sich zu Mrs. Kittery hinüber. In der Hand hielt er ein kapitales Taschenmesser, eine der größeren Klingen geöffnet.

Was er vorhatte, war schnell erraten. Wenn Kraft sich magisch in Form eines halbwegs saftigen Schnitzels beschaffen ließ, dann konnte dieses Schnitzel nur von Mrs. Kittery stammen. Mit allerletzter Anstrengung versuchte Appleby, eine Warnung zu rufen. Eine Art Geräusch brachte er wohl hervor, denn Mrs. Kittery wandte sich um. Obwohl mit seiner Kraft fast am Ende, war der Schwarze doch nach wie vor eine bemerkenswert athletische Maschine, und der Blick, mit dem Mrs. Kittery ihn betrachtete, zeigte Zorn und die alte sinnliche Bewunderung zugleich. Er warf sich auf sie. Und sie trat zur Seite und versetzte ihm mit einer Flasche einen heftigen Schlag auf den Kopf.

Im selben Moment, in dem Mrs. Kittery Unumunu niederstreckte, packte der Sturm die Bar. Damit war alle dramatische Wirkung verdorben, die ein kleiner menschenfresserischer Anschlag sonst gehabt hätte. Die Bar drehte sich wie wild, und alle wurden nach außen geschleudert, dann machte sie einen Sprung nach vorn, daß die Passagiere nur so purzelten. Ein gewaltiger Dämon tobte zu ihren Häupten und schrie, als würde er von einem noch mächtigeren gequält, und in den Wassern rund um sie waren Kräfte am Werk, die selbst als Dämonen unvorstellbar waren. Und plötzlich *war* es dunkel – eine Dunkelheit, die um so angsteinflößender wirkte, weil sie vielleicht nur vom zutiefst verwirrten Verstand vorgegaukelt wurde. Die Bar neigte sich, und selbst durch den Sturm *war* noch ein besorgniserregendes Knarren zu vernehmen; dann neigte sie sich von neuem und es schien, als stürze sie sich unvermittelt von der tropischen in die arktische Zone. Eiskaltes Wasser durchnäßte sie – doch es kam vom Himmel und nicht aus der tosenden See. Geheimnisvolle Kräfte trieben die Bar, und sie stürmte voran, als schwämme sie auf die Kante der Niagarafälle zu, als wolle sie in den letzten Strudel aller Wasser dieser Erde stürzen, wie Poe ihn sich ausgemalt hatte. Die Bar schoß voran, der Sturm brüllte, und die Menschen, vom Regen erquickt, brüllten mit – wie Fallschirmspringer, die sich fallen ließen, bis ihr Körper es nicht mehr aushielt. Appleby stieß einen Schrei aus, und er hätte einen zweiten ausgestoßen, aber der Mast stürzte und schlug ihn nieder, wie zuvor Unumunu von der Flasche niedergeschlagen worden war. Seltsam blitzte im letzten Augenblick sein Bewußtsein noch auf, und er sah Miss Curricle, die nun gar nichts Verwirrtes mehr hatte, sah sie aufblicken wie im finsteren Einvernehmen mit den Himmeln. Und dann sank er zusammen, dem gläsernen Boden entgegen.

Kapitel 4

Gewöhnlich erwacht man aus einer Ohnmacht oder Betäubung in eine Welt der starken, doch verwirrten Sinneseindrücke – oder in eine Mischung, ein Kontinuum von Bildern und Tönen hinein, aus denen dann kurze Zeit später die Sinne wieder mit ihren gewohnten Konturen Gestalt annehmen. Doch bei Appleby erwachte zunächst nur die Nase.

Die Welt bestand aus einem erdigen Geruch – ein wenig feucht, ein wenig grün, doch um so vielfältiger, je mehr er versuchte, ihr Geheimnis zu ergründen, um so unfaßbarer in ihrer olfaktorischen Omnipräsenz, wie das Licht, das man durch ein Spektroskop betrachtet. Ein Labyrinth der Düfte in unendlicher Verlockung, wie bei einem guten Kaufmann die Woche vor Weihnachten. Alle Wohlgerüche Arabiens. Pfirsiche und Granatäpfel. Und alles wunderbar neu und unbekannt, wie ein erstes Erwachen der jugendlichen Triebe. Die Unschuld der Nase ... Appleby richtete sich halb auf.

Appleby richtete sich halb auf, und die Bewegung ließ ihn in eine neue Duftsphäre eintauchen. Es roch nach Weihrauch; und es gab noch einen zweiten Duft, so urtümlich, daß er ihn in den Haarwurzeln spüren konnte, als unsichtbare Finger, die ihm über das Rückgrat fuhren. Es roch nach Schweinebraten. Einen Moment lang schmolz das ganze Universum auf die jauchzenden Nerven an seiner Zungenwurzel zusammen.

Er schlug die Augen auf, oder vielleicht sah er auch zum erstenmal wieder durch Augen, die schon lange offenstanden. Und er sah Unumunu, gewaltig, gesalbt, ebenholzschwarz, entblößt bis zur Taille, wie er ein unbestimmbares Stück Fleisch auf einem Bratspieß drehte. Die Finger, die Appleby an seinem Rückgrat spürte, faßten zu wie ein Schraubstock; seine Augäpfel rührten sich nicht mehr, gebannt von dem Anblick; seine Erinnerung setzte ein ...

Und dann wandte er unter Schmerzen den Kopf und erblickte Mrs. Kittery, wie sie friedlich, das Bild einer Tahiterin, auf der anderen Seite des Feuers saß.

Unumunu wandte sich um, seine Muskeln fern wie der Kongo, und er sprach mit einer Stimme so vertraut wie Isis oder die Cam. »Geht es besser, Appleby, mein Lieber? Der Mast hat uns anscheinend beide erwischt.«

»Es war entsetzlich«, bestätigte Mrs. Kittery, begeistert und mit großen Augen. »Mr. Hoppo hat darauf bestanden, daß er Ihnen die letzte Ölung verabreicht.« Sie hatte einen Flaschenkürbis im Schoß und schlürfte durch ein Schilfrohr eine hinreichend süße Flüssigkeit.

»Die letzte Ölung?« Appleby rappelte sich auf. »Wo sind wir hier?«

Unumunus Zähne blitzten. »Nicht im Paradies – es sei denn in einem irdischen. Wir sind auf einer tropischen Insel, wie man sie aus Liedern kennt.«

»Es gibt Süßkartoffeln«, hauchte Mrs. Kittery, »und Kokosnüsse, und man kann sich eine Bambushütte bauen. Man kann – man braucht nichts weiter als einen Sarong.«

»Nehmen Sie ein Stück gebratene Sumpfschildkröte.«

»Man kann sich mit Kokosnußöl einreiben und rundum braun werden.«

Appleby widmete sich vorsichtig der Schildkröte, und eine Weile ging er ganz in einem geradezu übernatürlichen Bewußtsein seiner Nahrungsaufnahme auf. Er kam sich vor wie ein Hysteriker, der in das Innere seiner eigenen Seele blickt. »Sind wir die einzigen Überlebenden?« fragte er nach einer Weile.

»Oh nein!« Mrs. Kittery war ein wenig schockiert. »Miss Curricle ist natürlich noch da. Sie ist baden gegangen, auf der anderen Seite der Landzunge.«

»Und Glover und Hoppo machen einen Ausflug«, fügte Unumunu hinzu. »Anscheinend neigt der Colonel zum Anglo-Katholizismus, und Hoppo argumentiert momentan im Sinne

35

der Low Church. Pragmatisch gesehen sind sie auf der Suche nach Eiern.«

»Für das Abendessen«, erklärte Mrs. Kittery. »Der Colonel sagt, jetzt wo wir uns hier niederlassen, können wir auch um acht Uhr zu Abend essen. Das« – sie wies auf die Schilkdkröte – »gehört noch zum Mittagessen. Und das hier« – sie hielt den Kürbis in die Höhe – »ist unser Tee.« Sie nahm noch einen Zug.

Appleby spürte, wie ihm wieder benommener zumute wurde. Es war nicht leicht, das alles zu verarbeiten. »Das heißt, die Insel ist unbewohnt?« fragte er.

Unumunu nickte bedauernd. »Es sieht ganz danach aus. Obwohl wir noch nicht alles erkundet haben. Was wäre das für eine Chance für Feldstudien! Malen Sie es sich aus, wir hätten auf ein Matriarchat stoßen können oder eine unbekannte Stammesordnung! Die Guggenberg-Stiftung …«

Die Schildkröte war vertilgt; Appleby schloß die Augen, und mit ihnen schloß er auch seine Ohren. Als er erwachte, waren seine Gefährten verschwunden und nur die Asche des Feuers bestätigte ihm, daß er nicht geträumt hatte. Vielleicht rieb Mrs. Kittery sich eben mit Kokosnußöl ein; vielleicht suchte Unumunu den Strand ab, weil er die Hoffnung noch nicht aufgegeben hatte, daß er doch noch die Fußspuren seines eigenen Freitags finden würde. Er rappelte sich auf und stellte fest, daß seine Beine nicht so schwach waren, wie er gedacht hatte; er ging ein wenig spazieren und erkundete seine Umgebung.

Über mangelnde Exotik konnte man sich nicht beklagen; er stand, hinter sich den subtropischen Dschungel, an einer halbmondförmigen Bucht mit ruhiger See und einem Riff weiter draußen. Daß es hier Süßkartoffeln gab, konnte er sich vorstellen. Vielleicht gab es auch Mammeiäpfel und Mangostine und Weinpalmen. Aber im Vergleich zur Absurdität der schwimmenden Sonnendeckbar war es ein wunderbar alltäglicher Ort. Zwar ging Appleby jeder Sinn für Südseeidylle ab – oder das Talent, sie zu genießen –, aber er blickte sich doch mit einer ge-

36

wissen Anerkennung um. Wie Mrs. Kittery schon gesagt hatte, gab es Bambus, aus dem man eine Hütte bauen konnte. Es gab Schildkröten und Obst und – allem Anschein nach – Süßwasser. Sie hatten Feuer. Sie waren nicht zur Regenzeit angelangt. Das einzige, was ihnen gefährlich werden konnte, waren Unfall, Krankheit und sie selbst – und eines Tages würde vielleicht doch ein Dampfer vorbeikommen.

Er ging an den Strand und blickte hinaus aufs Meer. In der Lagune schwamm ein Hai – die Dreiecksflosse war unverkennbar. Auf dem Riff in der Ferne, Silhouetten im Glanz der untergehenden Sonne, standen zwei geschwungene, zerzauste Palmen; sie wirkten wie selbstgebastelte Dekorstücke in einer in die Jahre gekommenen Teestube; Appleby musterte sie und konnte nicht sagen, daß er sie romantisch fand. Aber weiter draußen, tief in der Ferne des Ozeans, regte sich etwas. Einen Moment lang sah es aus, als tauche der Bug eines Schiffes am Horizont auf, dann hob er sich um eine Winzigkeit in die Luft wie Gullivers schwebende Insel. Und eine Insel war es – vielleicht sogar die Spitze eines Kontinents –, die da in unermeßlicher Ferne als Trugbild von jenseits der Krümmung der Erde auftauchte. Appleby starrte hinüber zu dem Fleck, ganz in den Anblick versunken. Vielleicht wurde tatsächlich noch eine Abenteuergeschichte daraus; vielleicht konnten sie Werkzeuge machen, mit denen sich wiederum Werkzeuge machen ließen, die … Eine Stimme erklang hinter ihm. »Abend am Berge Ararat«, verkündete sie.

Er wandte sich um und erblickte Miss Curricle. Eine Frau, die in den Tongagraben hinabgetaucht war, hätte gealtert wieder hervorkommen sollen – aber Miss Curricle, das sah er gleich, wirkte jünger als zuvor. Vielleicht lag es an ihren Kleidern; hatten sie zuvor einen Hang zum Kantigen gehabt, waren sie von der Seefahrt weich geworden und ließen nun die Konturen darunter erahnen. Erstmals, und Appleby war ein wenig irritiert bei dem Gedanken, erstmals sah man nun, daß Miss Curri-

37

cle derselben Spezies angehörte wie Mrs. Kittery. Ein guter Polizistenverstand mußte immer bereit zum Experiment sein. »Ararat?« fragte er. »Mrs. Kittery findet, es ist eher ein Garten Eden. Ich glaube, wir werden sie bald im Sarong sehen.«

Miss Curricle lächelte geheimnisvoll – fast ein Giocondalächeln, das schon für sich so gut wie ein Sarong sein konnte, wenn man nur in der rechten Stimmung war. Aber in dieser Stimmung war Appleby nicht. »Ich fürchte«, fügte er ein wenig eilig hinzu, »wir werden eine ganze Weile hier sein.«

»Abend am Berge Ararat.« Miss Curricle wiederholte die Worte, als wolle sie Urheberrechte daran geltend machen; sie hätte am Diaprojektor stehen können, bereit, mit dem nächsten Bild den Morgen am Montblanc auszurufen. »Darüber lohnt sich nachzudenken.« Sie blickte hinaus auf den Ozean, und ihre Züge wurden ernst. »Ist Ihnen aufgegangen, Mr. Appleby, daß dies ein *zweiter* Berg Ararat sein könnte?«

»Nein. Ich fürchte, für Theologisches fehlt mir der rechte Sinn.«

Miss Curricle stieß das aus, was, wäre ihr nicht so plötzlich die Rolle der Unergründlichen Frau zugefallen, ein verächtliches Schnauben gewesen wäre. »Im übertragenen Sinne, versteht sich. Als Noah und seine Familie am Berg Ararat landeten, da waren sie die einzigen Menschen, die auf Erden am Leben geblieben waren. So wie die Welt zu unserer Abreise aussah, könnten wir fast in derselben Lage sein.«

Appleby lächelte. »Jetzt verstehe ich, worauf Sie hinauswollen. Aber ich würde den Akzent doch auf ›fast‹ legen. Mit Stumpf und Stiel werden sie sich wohl nicht gegenseitig ausrotten.«

»Sie sollten«, sagte Miss Curricle mit feierlicher Stimme, »H. G. Wells lesen.«

»Da mögen Sie recht haben. Aber so schnell werde ich wohl kaum an einer Bibliothek vorbeikommen. Wie gesagt, ich würde vermuten, daß wir eine ganze Weile bleiben.«

Miss Curricle schüttelte den Kopf, mißbilligte die Leichtigkeit, mit der er das sagte. »Gut vorstellbar, daß wir lange hier sein werden – als einzige Vertreter unserer Art, die auf dem Planeten verschont geblieben sind. Vorstellbar, daß wir hierbleiben, bis die Kontinente sich verschieben und eine neue Landbrücke sich hebt, über die wir in die Welt draußen zurückkehren.«

»Also, wenn wir nicht gerade neben Noah auch noch Methusalem in unserer Mitte haben ...«

»Ich spreche«, erklärte Miss Curricle, »von unseren Nachfahren.«

Sie machten kehrt und gingen schweigend den Strand entlang zurück, einen Strand, der nach Lilliput hätte führen können, so winzig waren die Myriaden von Schneckenmuscheln, aus denen er bestand. Sie schlugen den Weg ins Innere der Insel ein, und bald wich die Vorstellung von Lilliput dem Bild Brobdingnags, mit gigantischen Palmen und Arkaden aus Baumfarn, mit Yuccas, hoch aufgeschossen wie die Speere von achtlosen Riesen, die im Buschwerk auf sie lauerten, mit einem Gewirr von Winden, die an Farbenpracht und schierer Größe alles übertrafen, was man sich unter diesem Namen je vorgestellt hatte. Grasgrüne Papageien flogen ihnen voraus, unter ihren Füßen raschelte es, und man hörte das Klatschen eines Geschöpfes, das ins Wasser eintauchte; ein Leguan stellte kriegerisch seine Halskrause auf, als sie vorüberkamen, und ein schläfriger Salamander kletterte einen Baumstamm empor, ein träger Sendbote aus der Welt einer tropischen Beatrix Potter.

»So, da wären wir.« Miss Curricle sagte es wie jemand, der einen Schlüssel im Schloß umdreht und einen Freund eintreten läßt. Sie waren an eine Lichtung gelangt, deren Gras der reine Smaragd gewesen wäre, wäre es nicht übersät mit den blauen Blütenblättern einer gewaltigen Jakaranda gewesen, die reichlich Schatten spendete.

39

Bis auf weiteres hatte die Gesellschaft dort ihr Hauptquartier aufgeschlagen. Colonel Glover, der nun zu seinen buschigen Brauen einen Seemannsbart trug, baute eine Feuerstelle. Als Appleby herantrat, blickte er auf. »Schön, daß Sie wieder auf den Beinen sind. Habe gleich ein Wörtchen mit Ihnen zu reden – offizielle Sache.« Er wandte sich wieder seinem Steinkreis zu, der alle Aufmerksamkeit beanspruchte.

Mr. Hoppo kehrte zurück, außer Atem von der Ladung Farn, die er schleppte. »Mein lieber Sir, ich freue mich, Sie zu sehen; ein Segen, daß wir nun alle wieder genesen und bei Sinnen sind.« Er stieß etwas auf halbem Wege zwischen einem Kichern und einem Räuspern aus, und daraus ließ sich wohl entnehmen, daß der seraphische Doktor nicht noch einmal erwähnt werden würde. »Das Klima scheint ideal.« Er ließ seine Ladung fallen. »Und da können wir froh sein, denn fürs erste werden unsere Unterkünfte recht notdürftig sein.«

Appleby warf einen Blick auf Miss Curricle – so fest entschlossen, ein neues Menschengeschlecht zu begründen – und überlegte, ob sie das nicht auch bleiben würden. »Das Farnkraut sieht doch sehr gemütlich aus«, sagte er. »Ob es hier Schlangen gibt?«

»Eine hat Unumunu schon getötet. Er behauptet, er habe sie am Nachmittag ganz in der Nähe von Mrs. Kittery entdeckt, als diese Obst pflücke – eine Art Apfel, glaube ich.« Mr. Hoppo sagte es mit einem geradezu freidenkerischen Lachen. Kirchlich schien er das erreicht zu haben, was die Börse ein extremes Tief nennen würde. »Und jetzt bringt er ihr bei, wie man Schlingen für Tauben auslegt.« Er sah sich auf der Lichtung um. »So habe ich es jedenfalls verstanden.«

Es folgte ein ausdrucksvolles Schweigen. Glover rammte Stein um Stein in die Erde. In Hoppos Miene machte sich eine gewisse Beunruhigung breit. Und dann ergriff Miss Curricle das Wort.

»Diese Insel«, sagte sie mit grimmiger Befriedigung, »ist

kein Londoner Park. Hier kommt niemand bei Sonnenuntergang mit einer Glocke und treibt die Leute hinaus. Und es wäre albern von uns, wenn wir weiter in solchen Begriffen denken wollten. Ich würde vorschlagen, daß wir uns statt dessen Gedanken um das Abendessen machen. Eine gesunde Ernährung ist jetzt von größter Wichtigkeit. Wir sind verkümmerte Stadtgewächse, einer wie der andere. Wir müssen stark werden.« Und als wolle der eben erst erwachte Tarzan in ihr auch gleich zur Tat schreiten, beugte sie sich mit einer unerwarteten Grazie, die so gar nichts von einem verkümmerten Gewächs hatte, hinab und begann Brennholz zu sammeln.

Die Sonne ging unter. Hoppo betrachtete seinen großen Berg Farnkraut, als kämen ihm Zweifel oder als habe er plötzlich den Mut verloren; Glover setzte seinen letzten Stein. Und aus der geheimnisvollen Welt jenseits der Lichtung kamen Stimmen, ein unvermitteltes Auflachen, ein Knacken der Äste. Unumunu und Mrs. Kittery traten hervor, für kurze Zeit Heroen im Dämmerlicht.

»Tauben«, rief Mrs. Kittery. »Gleich sechs Stück!«

»Und Ton.« Unumunus Stimme war wie durchtränkt von der hereinbrechenden Nacht. »In Ton gebacken sind sie eine Delikatesse. Colonel, zünden Sie Ihr Feuer an.«

Sie versammelten sich um die Feuerstelle, und schon im Augenblick, in dem die Flamme aufschlug, wirkte der Zauber und das Feuer wurde zum Brennpunkt in jedem erdenklichen Sinne des Wortes.

»Die Flamme«, sagte Miss Curricle, »ist von schönstem Gold.«

»Doch nicht so golden wie das Scheit darunter«, sagte Hoppo.

»Nein, so golden ist sie nicht.«

»Der Duft von Eukalyptus fehlt«, meinte Mrs. Kittery, »und wenn wir einen Topf hätten und Tee machen könnten. Dann wäre es wirklich gemütlich.«

»Das muß eine Labsal sein.« Glover sagte es ohne jede Ein-

41

schränkung. »Sie müssen uns von Australien erzählen; ich habe ja nur einen flüchtigen Blick darauf werfen können.«

»Sie wären begeistert von unserem Land. Und ich glaube, das Land wäre auch begeistert von Ihnen.«

Glover warf Holz ins Feuer, lachte zufrieden. »Letzten Endes sind wir doch alle eine Familie.« Er stutzte, runzelte die Stirn. »Das erinnert mich – ich nehme an, wir sind sämtlich britische Staatsbürger?« Die Art, wie er den Blick über seine Gefährten wandern ließ, hatte etwas vom Exerzierplatz. »Gut. Appleby, was würden Sie sagen – ist es wahrscheinlich, daß schon vor uns jemand hier gelandet ist?«

»Ich halte es für möglich, daß wir die ersten sind. Wir haben keine Spuren von Vorgängern gefunden.«

»Genau das. Und ich finde, wir sollten in aller Form von der Insel Besitz ergreifen – nur für alle Fälle. Wer weiß, wofür sie eines Tages noch gut ist. Luftwaffenstützpunkt, dergleichen. Nie vorauszusehen.«

»Zumal«, fügte Unumunu hinzu, »wir nicht die geringste Ahnung haben, wo sie liegt.«

»Das ist wahr.« Glover nahm es als weiteres Argument für seinen Plan. »Morgen früh werden wir eine Art Fahne hissen. Und – ja, ich denke, es sollte auch eine kleine Proklamation geben. Zeremonie gehört doch dazu. Schließlich – im Namen des Königs.« Er hielt verlegen inne.

Mrs. Kittery, tief beeindruckt, legte ihre Taube ab und applaudierte. »Und Sie werden Gouverneur? Miss Curricle lassen wir den Grundstein für den Gouverneurspalast legen, gleich hier beim Feuer.«

»Wer verliest die Proklamation?« fragte Miss Curricle.

»Nun, ich finde, Sir Ponto« – Glover kam bei dem Namen kaum merklich ins Stocken – »wäre der Richtige. Er ist der Ranghöchste hier.«

»Aber nein.« Unumunu, auf dessen Körper die tanzenden Flammen groteske Schatten warfen, schüttelte entschieden den

Kopf. »Ich versichere Ihnen, in meiner Gegend der Welt kommt der Adel noch nach den niederen Beamten. Für mich ist das keine Frage – eine so hochwichtige Zeremonie sollte der Colonel vollziehen und niemand sonst.«

»Nun«, sagte Glover, »wenn Sie es so sehen – und wenn die anderen einverstanden sind –, dann ist es vielleicht das Beste. Nur ein paar einfache Worte. *Ich, Herbert Glover, Colonel der Kavallerie Seiner Majestät* ...«

Mrs. Kittery lehnte sich vor, dramatisch von den Flammen beschienen. »*Ich* finde, es sollte Sir Ponto sein.« Sie sprach es mit der Offenheit und auch mit der Entschlossenheit eines Kindes. »Und er sollte auch Gouverneur werden.«

Das magische Feuer flackerte wild; das Schweigen tanzte auf den Flammen, verblüfft und verlegen. Dann ergriff Appleby das Wort. »Vielleicht wäre es keine schlechte Idee, wenn wir Mr. Hoppo bitten würden.« Verzweifelt überlegte er, weshalb das keine schlechte Idee war. »Es gäbe der Zeremonie eine gewisse Würde. Nur ein paar einfache Worte und – ähm – ein kurzes Gebet.«

»Ich hätte auch nichts gegen Mr. Appleby.« Mrs. Kittery sagte es, als sei es ihr gerade erst eingefallen. »Mr. Appleby fände ich auch nicht schlecht.«

Miss Curricle erhob sich. »Das dürften wohl kaum die Fragen sein, die uns im Augenblick beschäftigen müssen«, sagte sie. »... Oder womöglich doch?«

Kapitel 5

Appleby und Diana Kittery lagen auf einem Felsen, vom Meer umspült.

»Ich denke mir« sagte sie, »du und Ponto, ihr werdet den Colonel und den armen alten Hoppo noch umbringen.«

»Nein. Mit Sicherheit nicht.« Er drehte sich auf die Seite und betrachtete ihre Vollkommenheit mit einem Blick, der immer mehr zur reinen Pflicht wurde. Die Langeweile des Inselidylls war entsetzlich.

»Oh doch. Oder vielleicht versklavt ihr sie auch nur.« Sie räkelte sich auf dem Bauch und strampelte bei diesem neuen Gedanken vor Freude mit den Beinen. »Ihr laßt sie den Abwasch machen.«

»Es gibt keinen Abwasch.«

»Sie könnten Holz hacken und Wasser holen – wie Balican im Theater.«

»Caliban, Diana – Caliban. Aber hast du denn keine Angst, daß der Schwarze mich ebenfalls umbringt – und dich am Ende doch noch verschlingt? Du kannst ja nicht immer eine Flasche zur Hand haben.«

Diana ließ wohlig einen braunen Arm durchs Wasser gleiten. »Das war ungeheuer aufregend. Das Herz schlug mir bis zum Halse. Ein Spaß, auch wenn es gräßlich war. Es war« – sie suchte nach dem richtigen Ausdruck – »abendfüllend.«

Er lachte laut. »Da – du langweilst dich auch. Zur Houri geboren und eifrig bemüht, die Rolle zu spielen …«

»Was ist das, eine Houri?« fragte sie gefährlich. »Etwas Häßliches?«

»Aber nein, ganz und gar nicht. Das ist ein Mädchen mit schwarzen Augen. Geboren …«

»Meine Augen sind nicht schwarz. Das weißt du *genau*.«

»Geboren dafür und tust alles, die Rolle perfekt zu spielen, und trotzdem verzehrst du dich nach ein klein wenig ganz gewöhnlicher Arbeit. Staubsaugen vielleicht, oder dein eigenes Eis im Kühlschrank machen. Und montags die Wäsche.«

»Ich finde, du hast einen – einen banalen Verstand.«

»Diana, wo findest du nur diese Worte? Und die Idee, daß ich den Colonel umbringe, für ein junges Ding wie dich, ist das etwa nicht banal? Nicht daß du nicht deine Reize hättest, auf deine Art. Es gibt nichts zu tun auf dieser elenden Insel, deshalb machen wir unseren Verstand zum Kino und stellen uns die absurdesten Geschichten vor.«

»Nichts zu tun? Wir haben doch noch nicht einmal alles erforscht.«

»Wir haben alles abgesucht außer dem, was hinter den Klippen im Osten liegt – und das können höchstens noch ein paar kleine Buchten sein.«

»Ein paar kleine Burschen?« fragte Diana hoffnungsvoll.

»Du bist wirklich eine einfältige Person, weißt du das?« Er sprang ins Wasser. »Oder auch nicht. Du trägst es auf – wie dein Kokosnußöl. Eigentlich bist du eine Frau mit enorm viel Charakter. Das hast du bei unseren Abenteuern oft genug bewiesen. Komm herein.«

Sie schwammen zu einem anderen Felsen und blickten dabei durch das klare Wasser bis hinunter zu der exotischen und dramatischen Welt am Meeresgrund. »Ach wärest du ein Paar gezackter Klauen«, sagte er, als sie aus dem Wasser kletterten.

»Was?«

»Nichts – das ist aus einem Gedicht.«

»Also für mich klang es nicht nach einem Gedicht. War das Ponto drüben am anderen Ufer?«

»Habe nicht darauf geachtet. *Ich* fresse Unumunu ja nicht mit den Augen auf.«

»Du bist gräßlich. Mir liegt heute überhaupt nichts an Ponto.« Sie streckte sich. »Oder vielleicht doch. Hör mal. Wenn der Colonel umkommen sollte …«

45

»Der Colonel kommt nicht um.«

»Wenn er umkommen sollte – am besten bei etwas Heroischem, so wie Sigismund Rüstig, etwas, bei dem er glücklich stirbt –, und wenn wir Hoppo dazu bringen, daß er noch ein bißchen *höher* wird …«

»Höher?«

»Nur ein klein wenig, daß er wieder an Zerebrat und sowas glaubt …«

»Zölibat, Diana.«

»Sage ich doch. Na, dann wäre alles in Ordnung, oder?«

»Dann wäre noch überhaupt nichts in Ordnung.«

»John Appleby, wenn ich nicht das Gefühl hätte, daß dir das Spaß macht, würde ich dich *beißen*. Natürlich wäre es dann in Ordnung. Hoppo könnte mich mit Ponto verheiraten und dich mit der Curricle – oder umgekehrt –, und kein Mensch könnte etwas dagegen sagen.«

»Dagegen sagen kann auch jetzt schon niemand etwas, ausgenommen ein kleines Etwas von zweifelhaftem Wert, das wir das Über-Ich nennen.«

»Da!« Diana Kittery sah ihn an mit ihrem klaren und wachen Blick. »Keine Ahnung, was das sein soll. Aber ich denke mir, du siehst das genauso wie ich. Daß es noch dazu kommt, daß ihr Männer euch gegenseitig umbringt.«

Er schüttelte den Kopf und lächelte. »In sechs Monaten vielleicht, in der Regenzeit. Da sprechen wir noch einmal darüber. Aber vorerst regiert das Über-Ich. Weder dein Talent, uns den Kopf zu verdrehen, noch Miss Curricles Überzeugung, wir müßten ein neues Menschengeschlecht begründen, und nicht einmal der Reiz dieses großen schwarzen *piano appassionato* …«

»Des was?«

Er seufzte. »Nur ein versponnener Name für Unumunu. Daß ich auf solche Gedanken komme, daran sieht man, wie mein Verstand ins Kraut schießt. Es ist eben ein Polizistenverstand. Ich jage Mörder und Einbrecher.«

Sie sah ihn mit großen Augen an. »Und Spione?«

»Und Spione. Bevor sie mich ans andere Ende der Welt geschickt haben, damit ihr Hinterwäldler eine Kriminalpolizei bekommt. Und dann das – Schiffbruch, gefangen in Neäras Haar. Ich würde mich ja freuen, wenn deine mörderischen Männer kämen. Es hat schon Morde gegeben, die mich für Wochen beschäftigt haben. Du hingegen, meine Liebe …«

»Du bist wie so viele Engländer heutzutage«, sagte sie. »Am liebsten wollt ihr alle Amerikaner sein.«

Er stand auf. »Du bist ein Dämon. Dir traue ich wirklich alles zu.«

»Jedenfalls könnte ich dir mehr zu tun geben als jeder Mordfall, den du je gelöst hast. Das kannst du mir glauben.« Auch sie erhob sich, braun und golden. »Ich könnte dich über Jahre auf Trab halten, John Appleby.« Und wie ein goldener Blitz war sie davon.

Eine Hand am Hosenbund, sprang er ihr nach – ein solider Sprung, doch an Eleganz nicht zu vergleichen. Das Ambiente war wie für sie gemacht, und vielleicht hatte sie ja recht; solange es Sonne und See und Strand gab, standen ihr ganze Armeen von Geistern zu Diensten, und sie konnte wirklich tun und lassen, was sie wollte. Jedenfalls war er ihr so unwillkürlich in die Tiefe gefolgt wie ein Seehundsbulle einer Lieblingskuh. … Er kam an die Oberfläche, entschlossen, sich zu wehren. »Ich wünschte«, sagte er zu der entsetzlichen Leere, die ihn umgab, »es geschähe etwas. Ich wünschte, es gäbe eine Wendung in der Geschichte, einen Wechsel der Tonart, etwas Neues auf dem Bild.«

Dianas Lachen, von der unvermuteten Stelle, an die sie unter Wasser geschwommen war, klang wie Spott auf dieses Sehnen. »Wir schwimmen um die Wette«, rief sie, »auf die andere Seite der Bucht. Und los!«

Es war typisch, daß ihr die Idee kam, als sie bereits einen deutlichen Vorsprung hatte, und als sie rief, platschte sie auch schon mit spektakulären Stößen davon. Prompt ließ er sich auf dasselbe beklagenswert niedrige Niveau hinabziehen, überlegte eine Sekunde lang, ob er sie trotzdem noch überholen konnte, und schwamm ihr dann mit aller Kraft nach. Das Wasser war warm und weich, auch tief, aber, da hatten sie sich vergewissert, durch Sandbänke vor den Gefahren der eigentlichen Lagune geschützt. So konnte man halbwegs sicher schwimmen und mußte nur sehen, daß man mit keiner der beiden Sorten von Quallen zusammenstieß: den Nesselquallen und denen, von denen man einen leichten elektrischen Schlag bekam. Man mußte nicht fürchten … »John, zurück! *Ein Hai!*«

Er spürte den Schrecken wie einen Stich, denn das war das eine, was sie nicht aus Übermut sagen würde. Er schwamm mit aller Macht. Und dann hörte er wieder ihre Stimme. »Halb so wild! Er ist gestrandet! Und es ist auch gar kein Hai, es ist eine Schildkröte! Eine gestrandete Schildkröte!« Ihre Aufregung war absurd, wie ein Kind, das eine tote Katze gefunden hat. »John, komm her.«

Er schwamm energischer denn je. Heldentum war nicht gefragt, sie kehrten zur Idylle zurück; der Hai hatte sich in Luft aufgelöst, und der Schock hatte die Sirene nur um so verlokkender gemacht. »Gut«, rief er – und fügte automatisch, wie man es bei Kindern tut, hinzu: »Aber nichts anfassen, bis ich da bin.«

Vor ihnen spülte das Wasser um einige Felsen, die fast bis an die Oberfläche reichten, und er sah die schwarze, schimmernde Rundung dessen, was da angespült lag. Möwen schwebten darüber, und ihre scharfen Schreie zerrissen die Stille; ein Schwarm winziger Fische mit langen Nasen huschte an ihm vorbei. Er richtete sich im Wasser auf. Ein prächtiger Anblick, wie die Schildkröte im Sonnenlicht glänzte. Aber irgendwie hatte er das Gefühl, daß er sie kannte – daß er sie noch vor kurzem gesehen hatte. Dann stockte ihm der Atem. Es war Unumunu, der dort auf dem Felsen lag. Die Wellen schwappten träge um seine Schenkel, der Kopf lag unter Wasser. Nur der Torso war zu sehen. Der Schwarze war tot.

Ein weiterer Schwarm Fische kam ihm entgegen, schlug einen Haken wie ein Automobil in einem Slapstickfilm. Von irgendwo auf der Insel hörte man einen Lachenden Hans; ein zweiter, dann ein dritter nahmen den Ton auf, und einen Moment lang war die Luft erfüllt von diabolischem Vogellachen, dann ebbte es ab und nur das leise Platschen der Wellen war noch zu hören, wenn sie auf den Körper des Toten trafen.

»Diana, das ist Unumunu; er ist ertrunken. Geh' du schon ans Ufer; ich hole ihn an Land.«

Aber sie schwamm unbeirrt weiter, obwohl sie erkannt haben mußte, was da lag, schon bevor er sprach. Nun drehte sie sich um, trat auf der Stelle; sie war bleich und öffnete zögernd die Lippen, als fürchte sie sich vor dem, was sie sagen würde. »Ich helfe.« Sie warf das Haar zurück, daß das Wasser spritzte, und der Klang ihrer eigenen Stimme machte ihr offenbar Mut. »Das ist gar nicht so leicht, eine Leiche an Land zu ziehen. Nicht mal eine, die schon ordentlich Gas im Bauch hat.« Sie tastete nach einer Stelle, an der sie auf dem Felsen stehen konnte.

Für Appleby war ein toter Mann keine Sensation, und noch immer galt seine Aufmerksamkeit in erster Linie dem Mädchen. Das war also das Lied, das die Sirenen sangen? Und Leichen mit ordentlich Gas im Bauch gehörten ganz selbstverständlich dazu. »Das kriegen wir schon hin«, sagte er und wollte die eigenen Gedanken damit vertreiben. »Wenn jeder von uns auf einer Seite anfaßt …«

»So geht das nicht.« So erschrocken sie auch sein mochte, übernahm Diana plötzlich das Kommando. Und ihre Anweisungen waren ausgesprochen tüchtig; im Nu hatten sie den Toten im Wasser und schleppten ihn an den Strand.

Eine Strömung packte sie, und Appleby sah zum erstenmal Unumunus Gesicht. Der Anblick ließ ihn hastig weitersprechen. »Du weißt ja anscheinend Bescheid«, sagte er.

»John!« rief sie verblüfft und sah ihn an.

»Wie man eine Leiche aus dem Wasser birgt.«

»Ach so. Ja, das schon. Das kommt bei uns am Strand öfter vor. Ich bin nämlich schon seit Jahren bei den Rettungsschwimmern. Das ist ein Riesenspaß.« Sie verstummte. Vielleicht ging ihr durch den Kopf, daß das nicht gerade der passende Tonfall war; vielleicht brauchte sie auch nur ihre Puste, um gegen die Strömung anzukommen. »Aber ich hätte nie gedacht, daß ich noch einmal den armen alten Ponto herausholen muß.« Sie wandte sich um und blickte dem Toten mit der unschuldigen Aufmerksamkeit ins Gesicht, mit der ein Kind einen toten Kanarienvogel untersucht.

»John!«

»Tja.«

Sie zerrten den Leichnam an den Strand und legten ihn auf den Rücken; dann sanken sie erschöpft neben ihm nieder. Und Appleby sah noch einmal hin. Unumunus Gesicht würde schon bald Asche sein. Doch nun kam es ihm vor wie etwas, das ewig bestehen konnte, wie eine wertvolle Skulptur in einem Museum, das Bild eines göttlichen Wesens, das aus den tiefsten Tiefen im Gedächtnis der Menschheit erscheint. Solche Bilder brachte man von der Goldküste, aus dem Kongo mit, und sie waren finsterer als jede Hoffnung, sie löschten jede Kategorie aus, mit der ein westlicher Verstand sie fassen wollte. Und das war der Ausdruck auf dem Gesicht des toten Sir Ponto, aus dessen irdischem Leib Eton und Anthropologie gewichen waren und dessen Augen nun ohne jede Erwartung hinauf zum Himmel blickten. Die Vorstellung, daß es das Bruchstück einer Skulptur sei, wurde noch dadurch verstärkt, daß ihm der Hinterkopf fehlte. Die Rückseite seines Schädels war eingeschlagen.

»Ist er schon lange tot? Ich hatte ja das Gefühl, ich hätte ihn eben noch gesehen, auf der anderen Seite der Lagune.« Diana studierte mit staunenden Augen den ebenholzschwarzen Leib. »Die Fische haben schon an seinen Zehen geknabbert.« Sie überlegte, und ihre Augen wurden noch größer. »Und wenn *er* an *mir* geknabbert hätte ...« Mit einem Ruck setzte sie sich auf und begann zu weinen. Sie weinte lange Zeit, und Appleby starrte hinaus aufs Meer. »Ich finde«, sagte sie schließlich, »er war ein anständiger Kerl. Gerade für einen Schwarzen.« Die Idylle war vorüber, der Traum – in dem sie einen Schwarzen heiraten würde, und er bekäme die Curricle – zerplatzt; die Geschichte hatte ihre überraschende Wendung genommen, die Tonart war nach Moll transponiert. Er erhob sich. »Wir müssen die anderen suchen.«

Sie nickte. Und dann legte sie die Stirn in Falten, als versuche sie sich an einer kleinen Rechenaufgabe. »Das heißt, es war ...« Sie überlege es sich anders. »Wäre es denkbar, daß er gestürzt ist?« flüsterte sie beinahe.

»Aus großer Höhe schon. Aber es gibt keine Höhe, von der jemand in diese Lagune stürzen könnte.«

»Dann ...«

»Ja. Komm jetzt.«

Kapitel 6

Sie verließen den Strand und tauchten in ihren inzwischen vertrauten Miniaturdschungel ein – in eine andere Welt, in der ihnen alles, was sie gerade erlebt hatten, ganz und gar unwirklich vorkam. Eine lauschige Laube, einsam wie der Garten Eden, dachte Appleby – und wie das zweite Eden unserer Kindheit ging die überzeugte Unschuld ihm zur Seite. Oder war bis vor kurzem gegangen, denn nun war Diana plötzlich ins Unterholz getaucht und war verschwunden. Er überlegte, ob er sie und die anderen verhaften sollte; er überlegte auch, ob es besser gewesen wäre so zu tun, als könne Unumunu auch durch einen Unfall umgekommen sein, und abzuwarten, was weiter geschah …

Da war sie wieder, Tränen und Triumph auf ihrem Gesicht und in den Händen eine Taube. »Von Ponto«, sagte sie. »Wie gut er solche Sachen gekonnt hat.« Sie schniefte und tastete nach einem Taschentuch, das sie schon lange nicht mehr hatte. »Ohne ihn kommen wir nie zurecht.« Sie befühlte den Vogel. »Und eine besonders dicke. Die behalten wir für uns.«

Er lachte. Sie sah ihn tadelnd an. »John, du solltest nicht lachen. Nicht nach so einer schrecklichen Sache. Nicht einmal, wenn du wirklich Polizist wärst – aber das erzählst du uns doch nur, oder?«

»Aber natürlich bin ich wirklich einer. Und ein ratloser dazu.«

»Ratlos?« Nun sprach aus ihrem Blick wieder der blitzschnelle Verstand. »Also *ich* glaube das nicht. Das ist doch unmöglich. Ich meine, daß einer von den anderen …«

»Aber Diana, noch vor einer Stunde hast du dir genau so eine Unmöglichkeit ausgemalt.«

»Nein. Ich habe nie gesagt« – sie zögerte, dann wagte sie den Sprung –, »daß Hoppo oder der Colonel jemanden umbringen wollten oder könnten. *Den* beiden habe ich ja nicht den Kopf verdreht.«

»Und du glaubst mir immer noch nicht, daß du mir meinen auch nicht verdreht hast?«

»Nein, das glaube ich nicht. Dich habe ich aufgestachelt – und Ponto auch. Aber auf die anderen beiden, da *wirke* ich nicht. Das müßte ich doch spüren, oder?«

»Du meinst, auf Unumunu hast du gewirkt? Hast du schon einmal von der hottentottischen Venus gehört?«

»Nein.« Diana sah ihn mißtrauisch an.

»Sie hat nicht die mindeste Ähnlichkeit mit dir. Und ich hatte das Gefühl, daß Unumunu im Grunde seines Herzens ein Mann mit recht strengen Sitten war. Ein wenig Schauspielerei war natürlich dabei. Aber letzten Endes wärest du – nun, unter seiner Würde gewesen. Er war doch kein farbiger Boxer.« Appleby runzelte die Stirn. »Ich hoffe«, fügte er ein wenig zerstreut hinzu, »das kränkt dich nicht, wenn ich es so formuliere?«

»Tja, das hat mir noch keiner gesagt, daß ich der Typ für farbige Boxer bin. Aber wenn ich Ponto *nicht* den Kopf verdreht habe, dann bist du ja anscheinend der einzige, der übrigbleibt. Denn Hoppo und der Colonel können es mit Sicherheit nicht gewesen sein.«

»Deswegen sage ich ja auch, ich bin ratlos. Aber es gäbe doch noch andere Möglichkeiten. Warum nicht eine wirre Frau?« Er hielt inne und sah sie mit ernster Miene an. »Und warum nicht ein Soldat oder ein Geistlicher bei bestem Verstand, der etwas ganz anderes im Sinn hat?«

»Ich habe nicht das Gefühl, daß du glaubst, was du da sagst.«

Appleby lächelte. »Dich könnten wir bei der Polizei gebrauchen. Nun gut. Wenn du darauf bestehst – ein Mann, dem du den Kopf verdreht hast. Und warum nicht Hoppo und Glover? Wer so gehemmt ist …«

»Hm?«

53

»Menschen, die so zurückhaltend und schüchtern und stets auf die Form bedacht sind, sind in ihrem Inneren oft irrsinniger als alle anderen. Und unsere Lebensumstände hier sind ja seltsam genug und locken das Urtümliche in uns hervor. Vielleicht ist genau das geschehen; vielleicht ging es schneller als ich dachte. Miss Curricle zum Beispiel; in ihr brodelte es vom ersten Tag an. Und es kann durchaus sein, daß einer von beiden, Hoppo oder Glover, in aller Stille den Verstand verloren hat – jedenfalls würde ein zvilisierter Betrachter es so sehen – und die männlichen Inselbewohner umbringt, weil er die Frauen für sich haben will. Das ist absurd, schockierend und gut denkbar.«

»Unsinn.« Diana rupfte im Gehen die Taube, und es war wie eine unschuldige Schnitzeljagd. »Alles Unsinn.« Sie sagte es mit einer Bestimmtheit, gegen die keine Logik und keine Argumente eine Chance gehabt hätten. »Als ob Hoppo und der Colonel …« Sie blieb abrupt stehen und legte ihm die Hand auf den Arm. »Da sind sie. Laß uns horchen.«

Sie waren an den Rand der Lichtung gekommen; aus der Deckung eines Hibiskus beobachteten sie die Szene. Hoppo und Glover saßen nebeneinander auf einem umgestürzten Baumstamm; Hoppo öffnete Austern, Glover wusch Süßkartoffeln. Eine häusliche Szene – und auch die Fetzen von Unterhaltung, die herüberwehten, machten nicht den Eindruck des Dramatischen.

»Ich glaube, ich kann schon sagen«, meditierte Hoppo eben, »daß ich in meinem Innersten ein frommer Mensch bin.« Er musterte eine dubiose Auster. »Fromm und mit mir selbst im Frieden.«

»Inzwischen konnte niemand mehr zweifeln« – Glover schabte die Kartoffeln mit einer Rasiermessermuschel ab –, »daß die Eingeborenen zum Angriff übergegangen waren. Noch am selben Abend ließ ich die Siebenpfünder heranschaffen.«

»Obwohl kein einziger Stein daran aus vorreformatorischer Zeit stammt.«

»Wir hatten vier Schnellfeuergeschütze …«

»Die Westfront ist von Butterfield.«

»… eine Feldhaubitze, allerdings in jämmerlichem Zustand …«

»Wirklich ansehnliche moderne Buntglasfenster …«

»… und ein Maschinengewehr – damals der letzte Schrei, und natürlich hat keiner geglaubt, daß das funktioniert.«

»… wunderbar *echter* Schnee. Die Hirten ganz in Blau …«

»… schrien wie am Spieß.«

»… gekrönt von einem Spruchband, auf dem einfach nur *Friede auf Erden* steht.«

»… es ihnen gezeigt mit den Schrapnellgranaten …«

Diana legte den Arm um Appleby und drückte unerwartet fest zu. »Da, siehst du?« flüsterte sie. »Keiner gibt acht, was der andere sagt. Wie die Leute bei Čapek.«

Er starrte sie an, verblüfft. Hier im schattigen Grün spielte auf ihrer goldenen Haut das Licht wie auf einer antiken Bronzeskulptur. »Eines Tages wirst du noch einmal mitten ins Ziel treffen, Diana. Tschechow wohl eher. Woher hast du nur diese literarische Ader? Ich nehme an, du hast in Australien die höhere Schulbildung genossen?«

Sie sah ihn mißtrauisch an. »Ich habe ein paar Kurse besucht«, sagte sie nur. »Komm jetzt.«

Sie verließen ihr Versteck und traten hinaus auf die Lichtung, in das gleißende Licht der Sonne, die hoch am Himmel stand. Der purpurne Jakarandateppich leuchtete, und es war, als atmete er; Grillen zirpten im Verborgenen, als dränge aus der Ferne der Lärm mechanischer Webstühle herüber. Appleby ging zu den beiden Männern hin.

»Unumunu ist tot«, sagte er. »Ermordet.«

Arme und Kinnladen fielen herab wie fallen gelassene Werkzeuge; sie starrten ihn fassungslos an, und er nahm sie genau ins Visier. Es ging ihm auf, daß es das erstemal war; bei all ihren Abenteuern hatte er ihnen noch nie forschend ins Gesicht

55

geblickt. Das entmutigte ihn. Denn schon seit langem teilte er die Welt in harmlose Schafe und potentiell gefährliche Böcke ein, und er hatte sich angewöhnt, die Böcke im Auge zu behalten.

»Ermordet?« rief Glover. »Heiliges Kanonenrohr!«

»Ermordet?« rief Hoppo. »Gütiger Himmel!«

Es konnte kein Zweifel bestehen, daß dies zwei Männer waren, die so ganz und gar dem Klischee ihrer Art ensprachen, als wären sie dem einfältigsten Abenteuerroman entsprungen. Das innere Leben, die unterdrückten Ängste, die heimliche Lust, die Libido, das Es, der Komplex und die Neurose – all das waren Vorstellungen, die angesichts der Vollkommenheit, mit der diese beiden Männer jede einzelne Konvention ihrer Art erfüllten, in sich zusammenfielen. Die großäugige goldbraune Diana, die Kurse besucht hatte und die über diese Insel spazierte wie ein Kind, war ein Ausbund an Komplexität, ein unauslotbar tiefer Brunnen im Vergleich zu diesen beiden. Appleby betrachtete sie mit einer Hoffnungslosigkeit, von der er sich vergebens einzureden versuchte, daß sie voreilig war.

Hoppo stand auf, sichtlich erschüttert. »Haben Sie ein Kanu gesehen? Haben die Wilden Spuren hinterlassen?«

Und Glover erhob sich wie ein Mann, den die Sturmglocke ruft. »Ein feindlicher Überfall! Womöglich gibt es Winkel auf der Insel, die als U-Boot-Basis dienen. Aber mit etwas Glück können wir sie überrumpeln. Gefallen – der arme Bursche! Ein prachtvoller Mann. Mächtige Kämpfer – Männer wie er haben seinerzeit manch britisches Karree zum Wanken gebracht. Neigte allerdings zum Akademischen; immer ein Fehler, wenn man es bei solchen Leuten soweit kommen läßt.« Von diesem ungewohnten Wortschwall außer Atem gekommen, holte er tief Luft. »Aber treu – bedingungslos zu uns gestanden bei diesem Kommando. Gefallen – aber bei Gott, dafür sollen sie büßen!« Das Kinn vorgereckt, die Zähne zusammengebissen, blickte Glover in die Runde, das Sinnbild eines kriegerischen Schafes.

56

»Wir dürfen nicht vergessen«, gab Hoppo zu bedenken, »daß wir unbewaffnet sind. Es wäre leichtfertig …«

»Es gibt keinerlei Spuren von Wilden – oder von einem Feind.« Appleby ließ sich auf dem Baumstamm nieder. »Nichts deutet darauf hin, daß außer uns im Umkreis von Hunderten von Meilen eine lebendige Seele ist. Das heißt, wir werden ein wenig nachdenken müssen. Und vorsichtig miteinander umgehen. Lassen Sie mich berichten.« Er faßte kurz zusammen, was ihm und Diana widerfahren war.

Hoppo, ein Schaf reinsten Wassers, blickte ängstlich drein. Glover verharrte reglos, wie ein Wesen, dessen Verhaltensrepertoire gegenüber dem Unbekannten begrenzt ist. Und Diana Kittery spielte mit einer Eidechse wie ein Schulkind, das den Stoff der Stunde schon kennt und keinen Grund hat, ein zweites Mal zuzuhören.

»Und deshalb sage ich noch einmal«, schloß Appleby, »daß wir im Umgang miteinander vorsichtig sein müssen. Wenn sich herausstellt, daß einer aus unserer kleinen Gesellschaft Unumunu umgebracht hat, was sollen wir dann tun? Was *können* wir tun? Was wäre überhaupt die unter diesen Umständen angemessene Einstellung? Für mich steht fest, daß dieser Mord aufgeklärt werden muß. Aber vielleicht ist das nur die jahrelange Gewohnheit?«

»Die Wahrheit muß ans Licht, um jeden Preis.« Glover stieß es grimmig zwischen den Zähnen hervor. »Sonst wird unsere Lage unerträglich. Und dann müssen wir entscheiden.«

»Ganz meine Meinung.« Hoppo hatte sich gefangen und sprach mit unerwartet fester Stimme. »Denn wer weiß, ob der Täter nicht zur Tat herausgefordert wurde – ob er sich nicht sogar rechtfertigen kann. Wir wissen kaum etwas über diesen seltsam westlichen Neger, den der Zufall zu unserem Gefährten gemacht hat. Und ebensowenig wissen wir darüber, welche Beziehungen sich womöglich … es gibt Gefahren, die sind so …«
In seiner Verlegenheit faßte er nach einer weit offenstehenden

Auster und versuchte sie zuzudrücken, offenbar ein Ausdruck dessen, was in seinen Gedanken vorging. »Man weiß wirklich nicht«, sagte er dann, »was man dazu sagen soll.«

»Wo«, fragte Diana, »ist Miss Curricle?«

Kapitel 7

Gegen alle praktischen und spirituellen Anfechtungen bereiteten sie dem Schwarzen ein Begräbnis. Selbst in Sand war es nicht leicht, ein großes Loch ohne Werkzeug zu graben, und da sie an Indizien nichts außer der äthiopischen Hautfarbe, dem Eton-Akzent und dem oft bekundeten Interesse an der Anthropologie hatten, war es nicht minder schwierig, den rechten Ton für die Zeremonie zu finden. Am Ende hatte Appleby aber doch ein Grab für Unumunu ausgehoben, und Hoppo überwand alle theologischen Bedenken. Als es getan war, standen sie ratlos um den großen Sandhügel versammelt, und für einen Augenblick war allen bewußt, daß dieses Ende im Grunde kein größeres Geheimnis barg als der Tod der kleinsten Eintagsfliege, deren Stunden vorüber sind. Und auf der Suche nach Themen, die der Verstand besser bewältigen konnte, fragten sie sich von neuem, was wohl aus Miss Curricle geworden war.

Noch war es nicht ungewöhnlich, kein hinreichender Grund, offen einen Verdacht zu äußern. Sorge war jedoch angemessen, und Glover sprach schon von einer Suchexpedition. Aber selbst das war im Grunde voreilig, denn Miss Curricle hatte sich in letzter Zeit immer mehr von den anderen abgesondert. Sie hatte sogar laut verkündet, unter den gegebenen Umständen schienen ihr persönliche Kontakte unangebracht. Es würde – wenn der Bewußtseinsstand ihrer Gefährten zu dem ihren aufgeschlossen hatte – eine stille, freudlose Vereinigung stattfinden müssen, aus der ein starkes, urtümliches neues Leben erwachsen würde. Stille Besinnung konnte nur helfen, das erforderliche Bewußtsein zu formen, und so zog sich Miss Curricle nun zwischen – manchmal sogar bei – den Mahlzeiten von der Gesellschaft zurück. Literarischen Ursprungs, hatte Appleby überlegt, waren diese Ideen wohl nicht – von den Spekulationen unseres guten Lord Tennyson konnten sie jedenfalls kaum stammen –, und er vermutete, daß die Inkubation recht schmerzlich war. Deshalb rechnete er halb damit, daß Miss Curricle, so wie sie über die Insel streifte und sich als Philosophin und als Urquell einer neuen Menschheit entdeckte, am Ende den Verstand verlieren würde. Vielleicht war es bereits geschehen, und Unumunus Tod war die Folge davon.

Sie tranken eine Limonade, die Diana für sie bereitet hatte, und dann kam eine beklommene Pause, die nur das Verlesen eines Testaments wirklich hätte füllen können. »Ich denke«, sagte Appleby, »wir sollten uns auf der Insel umsehen. Wir müssen uns an die Hoffnung halten – so unwahrscheinlich sie auch ist –, daß Unumunus Tod Anzeichen einer Bedrohung von draußen ist. Da sollten wir zusammenbleiben und nach Miss Curricle suchen. Und wenn die Gefahr doch aus unserer Mitte kommt – nun, dann gilt das gleiche. Groß sind die Chancen, daß ein Suchtrupp sie findet, allerdings nicht, und deshalb werde ich hier die Stellung halten. Sie drei könnten zusammen nach Osten gehen – die Richtung, die sie meistens einschlug –, und Sie sollten beieinander bleiben und vor Sonnenuntergang zurück sein.«

Diana nahm den letzten Schluck aus ihrer gewaltigen Kürbisschale. »Sie könnte gefährlich sein«, sagte sie.

»Jeder von uns könnte gefährlich sein.« Appleby erhob sich und hoffte, daß die anderen rasch aufbrechen würden. Plötzlich wünschte er sich, allein zu sein – und er hatte das sichere Gefühl, daß es, je weniger im Augenblick gesagt wurde, desto besser war.

Aber Diana ließ nicht locker. »Wir sollten herausfinden, wer ihn als letzter gesehen hat. Und was jeder von uns seither getan hat. Solche Sachen. So wird das doch immer gemacht.« Sie blickte bekümmert in den leeren Kürbis. »Ich dachte, ich hätte ihn noch gesehen, kurz bevor er – auftauchte. Aber anscheinend war das eine Täuschung.«

»Beim Frühstück waren wir noch alle zusammen«, sagte Glover. »Dann ging Miss Curricle allein davon. Danach …«

»Als nächster«, unterbrach Hoppo ihn, »ging Unumunu. Er wollte noch einmal versuchen, über die Hügel im Osten zu kommen. Zurück blieben die vier, die nun hier versammelt sind.« Plötzlich blickte er mit größter Schärfe auf. »Und Glover und ich waren zusammen, bis Sie uns die Nachricht überbrachten.«

»Das waren John und ich auch.« Diana nickte weise.

»Hand in Hand, könnte man sagen. Praktisch …« Sie schien zu überlegen, wie sie es noch eindringlicher formulieren konnte. »Na, praktisch Hand in Hand.«

Glover hustete. »Schon wahr, Hoppo.« Er runzelte die Stirn. »Aber wenn ich es überlege – vielleicht auch nicht. Beim Austernfischen kam Ihnen die Idee, daß Sie vielleicht auch in dem Becken weiter draußen …«

»Aber vergessen Sie nicht, mein lieber Glover, daß ich keine Austern dort fand. Ich kann nicht mehr als fünf Minuten …«

Appleby hob hastig die Hand. »Ich glaube nicht, daß uns diese Überlegungen weiterhelfen. Auch wenn wir in gewissem Sinne – ähm – stets zu zweit waren …«

»John« – Diana sah ihn plötzlich vorwurfsvoll an – »einmal hast du mich *doch* verlassen – das waren bestimmt auch fünf Minuten. Was hast du da …«

Wieder hustete Glover, lauter diesmal. »Ich bin ganz Applebys Meinung. Im Laufe eines langen Tages ist es doch nur natürlich« – er hustete heftiger denn je – »*aus*gesprochen natürlich, daß man …«

»Zeit zum Aufbruch.« Hoppo beschattete die Augen mit der Hand und blickte entschlossen in die Ferne. »Ich muß sagen, mir wäre leichter zumute, wenn wir Miss Curricle vor Einbruch der Dunkelheit fänden.« Sie machten sich auf den Weg, Diana widerstrebend, Glover und Hoppo ein wenig verlegen mit Knüppeln bewaffnet. Appleby blickte ihnen nach, dann wandte er sich der Betrachtung dessen zu, was man hier an diesem Ende der Welt nun den Ort des Verbrechens nennen mußte. Wo war der Schwarze erschlagen worden? Am besten fing er an der Stelle an, an der sie den Leichnam gefunden hatten, sah sich dort genau um und arbeitete sich dann von da aus weiter. Der Tote hatte auf einem Felsen knapp unter der Oberfläche gelegen, von Wasser umgeben. Und dieses Wasser wiederum säumte auf der einen Seite ein weiter Halbmond aus Sand, auf der anderen ein Riff, das bei Ebbe auftauchte und bei Flut etwa knietief verschwand. Der Schädel der Leiche war von hinten entweder mit einem Stein oder mit einer glatten und schweren Waffe zertrümmert worden.

Das war also der Schauplatz. Er malte sich aus, daß Unumunu dort zusammen mit jemandem badete, so wie er und Diana am Morgen gebadet hatten. War es denkbar, daß der Mord direkt am Felsen geschehen war? Nein; wie hätte der Täter seine Waffe unbemerkt dorthin mitnehmen sollen? Außerdem hätte er im Wasser oder auf unsicherem Felsgrund niemals den Schwung zu einem so vernichtenden Schlag aufbringen können. Wenn man nicht gerade von einem Boot ausgehen wollte, war ein Verbrechen am Fundort undenkbar.

Zwei Stellen gab es allerdings in der Bucht, an denen der Untergrund eher geeignet war, zwei große Felsen; beide waren groß genug, daß Diana und er sich darauf gesonnt hatten. Aber auch dort wäre ein Mord nicht ohne weiteres möglich gewesen; es gab keine losen Steine, wieder hätte der Täter seine Waffe mitbringen oder sie vorher dort verstecken müssen. Und für eine vorbedachte Tat wäre der Ort unvernünftig gewesen, denn jeder von der kleinen Einwohnerschar der Insel hätte es sehen können.

Die nächste Möglichkeit war der Strand. Appleby überlegte, wie er es angestellt hätte, wenn er Unumunu dort umgebracht hätte. Er hätte entweder mit ihm dort entlang oder auf ihn zu gehen müssen, und seine Haltung oder etwas, das er in der Hand gehabt hätte, hätte gewiß Unumunus Aufmerksamkeit erregt; außerdem hätte er, bevor er zuschlug, hinter ihn treten müssen. Denkbar war es, daß jemand sich von hinten näherte und unbemerkt blieb. Aber das wäre nicht leicht gewesen; bei einem Schwarzen, der noch nicht durch generationenlange Geborgenheit in der Zivilisation seine Instinkte verloren hatte, wahrscheinlich sogar unmöglich. Und auch hier hätte jeder Zeuge sein können.

Blieb also der Dschungel – oder wie man es sonst nennen wollte. Das war der wahrscheinlichste Ort, im Zwielicht zwischen baumhohem Farn, umgeben von Dickicht und Schlingpflanzen – heimlich, verborgen, jedes Geräusch von der Vielzahl fremdartiger Töne überlagert …

Appleby starrte, noch von der stechenden Hitze des Strandes aus, in diese Höhle der Vegetation. Er ging darauf zu, erklomm eine kleine Düne, rutschte ab und glitt wieder nach unten. Der Sand war heiß und staubfein, und eine Art Film stand darauf, Sandkörnchen, aufgewirbelt von einem kaum zu spürenden Lufthauch. Es war nicht leicht, einen solchen Sand zu bezwingen. Und doch mußte jemand über diese Anhöhe aus dem Dickicht des Dschungels, über einen Sandstreifen, der keinerlei Deckung bot und in dem der leiseste Fußabdruck seine Spuren hinterließ, den toten Unumunu gezerrt haben – ins Wasser einer kleinen, fast abgeschlossenen Lagune.

Appleby suchte sich einen Platz im Schatten und sehnte sich nach Tabak; vielleicht, überlegte er, wuchs er wild auf der Insel, und man mußte sich nur umsehen. Wer weiß, was sich noch alles auf der Insel finden ließ; ein Teil war ja immer noch unerforscht … Er kehrte zu der Frage zurück, warum jemand den ungewöhnlich schweren Leichnam aus dem Dschungel in die Bucht gezerrt hatte – und am hellichten Tag ja wohl. Unumunu war nach dem Frühstück aufgebrochen, und etwa zwei Stunden später waren Appleby und Diana an den Strand gekommen und hätten alles gesehen, was geschah. Zumindest die Tatzeit ließ sich also recht genau bestimmen.

Und Zeit war inzwischen ohnehin ein Faktor, denn die Flut lief ein. Er ging hinunter, schritt den feuchten Sand vom einen

Ende zum anderen ab und ließ sich den Eindruck, den er ohnehin schon gewonnen hatte, noch einmal bestätigen; im Sand zeichneten sich Fußabdrücke zwar deutlich ab, aber nach kurzem waren sie wieder verschwunden, von unten ausgespült. Er machte weiter oben am Strand einen zweiten Versuch, und dort stieß er bald auf Spuren, die sich mit nichts erklären ließen, was sie bisher über diesen Tag wußten. Aber alles, was er daraus lernen konnte, war, daß sie mit Absicht verwischt waren; mühsam folgte er ihnen vom weichen Sand hinauf zum Dschungel. Hier war die Stelle, wo jemand den toten Unumunu zum Strand geschleift hatte ... er drang in das Dunkel ein, setzte sich und wartete, bis seine Augen sich daran gewöhnt hatten.

Einen Moment lang war die Luft rings um ihn erfüllt vom Schwirren winziger Flügel, dann stand sie wieder still – heiß, feucht, erdig. Das Zirpen der Grillen übertönte die Brandung draußen am äußeren Riff; um seine Füße spürte er die ungeschickten Echsen huschen; vor seiner Nase schloß sich der fleischige Schlund einer gewaltigen scharlachroten Blüte plötzlich um eine Fliege. Nie zuvor, dachte er, hatte ein Polizist in einer Umgebung ermittelt, die ihm so sehr vor Augen führte, wie unbedeutend die menschliche Gerechtigkeit war, eine welche Fiktion allein schon die Vorstellung war, daß die Natur sich regt, weil sie zu Höherem strebt. Hier bewegten die Dinge sich ganz offensichtlich immer nur, wenn sie angestoßen wurden; es geschah nur etwas, weil etwas anderes zuvor geschehen war. Und der Mord an Unumunu interessierte ihn – wie es von jeher bei Morden und verwandten Verbrechen gewesen war –, nur deswegen, weil die Identität dessen, der angestoßen hatte, nicht ohne weiteres zu erkennen war. Besonders schwer zu finden und deshalb, wenn gefunden, besonders befriedigend für jenen Machtinstinkt, für jenes bestätigende Drängen, das offenbar das einzige dynamische Prinzip war, das die Natur uns enthüllte ...

Aber Appleby war kein Philosoph, und mit einem Ruck, einer verzweifelten Geste setzte er sich auf und ermahnte sich zur

Vernunft. Es mußten über vierzig Grad im Schatten sein; das war die Erklärung dafür, daß er sich solchen müßigen Spekulationen hingab. Er wandte sein inneres Auge der Betrachtung seiner Gefährten zu und fand sie dünn und papieren, als legten sie es darauf an, die weltferne Gestalt zu wahren, die sie in ihren letzten Tagen auf dem Wasser gefunden hatten. Hoppo war ihm realer vorgekommen, als er noch mit den Ordnungen der Engel rang, Glover substantieller, als es mehr zu leiden und weniger zu tun gab. Bei Diana wäre es abwegig gewesen, die Körperlichkeit zu leugnen, aber Tatsache war, daß jedes Bild, das sein Verstand von dem Toten und seinem Schicksal heraufbeschwor, das ihre sogleich vertrieb. Als einzige, die halbwegs das Nachdenken wert schien, blieb Miss Curricle. Und Appleby fürchtete, daß Miss Curricle, so finster ihre Andeutungen, ein neues Menschengeschlecht zu schaffen, auch waren, in ihrem Innersten doch unwiderruflich zu denen gehörte, die mit den Göttern wandelten – daß sie mit Proteus Zwiesprache hielt oder dem großen Poseidon im Tongagraben, mit Lilith, der Mutter aller Lebenden in einer Fabel, die kaum einer mehr kannte. Der Mantel an praktischem Verstand, in den sie gehüllt war, war dünn. Sie würde einen Gedanken erschlagen, der ihr nicht gefiel – wenn man sich einmal vorstellte, daß Gedanken sich auf diese Weise aus der Welt schaffen ließen. Sie würde auch einen Mann erschlagen, wenn er für einen solchen Gedanken stand oder ihn verkörperte. Aber er konnte sich nicht vorstellen, daß Unumunu ein solcher Mann gewesen war.

Appleby schüttelte den Kopf – und spürte, wie eine kleine Wolke von Fliegen sich in die Lüfte erhob. Auf diese Weise würde er den Fall nicht lösen. Das war nicht die Art, auf die er mit Dr. Umpleby und seinen Knochen fertig geworden war, den eleganten Morden von Scamnum Court oder dem irrsinnigen Gutsherrn von Erchany; es war nicht die Methode, mit der er ans Tageslicht gebracht hatte, wer die Freunde des Ehrwürdigen Beda in Wirklichkeit waren, oder zehn Menschen vor übelstem

Verdacht bewahrt hatte, indem er im rechten Moment seinen *Alten Seefahrer* zitieren konnte. Mit einer solchen Einstellung hätte er auch nicht … Mit einem Seufzen erhob er sich. Ein entsetzliches Klima. Sonst hätte ihm das alles nicht soviel ausgemacht, nicht einmal ein ganzer Tag voller Überlegungen, die zu nichts geführt hatten. Er fühlte sich wie ein vor der Zeit alt gewordener junger Mann, der nutzlos nostalgischen Gedanken nachhing.

Vor sich hatte er die Stelle, an der Unumunu auf und über den Strand gezerrt worden war; die Spuren, die der Körper im Buschwerk hinterlassen hatte, waren deutlich zu sehen, eine Bresche im Unterholz, wie ja auch nicht anders zu erwarten war, wenn jemand einen schweren Leichnam dort entlanggezogen hatte. Er folgte der Spur über sieben oder acht Meter, nur um festzustellen, daß er auch diesmal nicht weiterkam – daß er nur wieder neu an der Unberechenbarkeit der Tropen scheiterte. Er kam an eine Stelle, die mit biegsamen, gummiartigen Pflanzen bestanden war, bei denen die Geschehnisse des Morgens keine Anzeichen hinterlassen hatten. Eine ganze Weile suchte er, doch vergebens; er fand keine weitere Spur. Also dachte er über das nach, was er hatte – dachte darüber nach, bis ihm schließlich aufging, wie unwahrscheinlich das Verhalten des Täters war. Denn die Spur, die er gefunden hatte, verlief parallel zum Strand und lief da, wo sie nicht mehr zu sehen war, vermutlich auch so weiter. Jemand hatte unter großen Mühen den Leichnam des Schwarzen durch die Deckung am Rande des Dschungels gezogen, bis zu dem Punkt, an dem er plötzlich hervorgebrochen war und ihn an den Strand gezerrt hatte. Aber in den sieben oder acht Metern, die er sich durch den Busch gearbeitet hatte, hätten Strand und Bucht genauso nahe gelegen … Appleby sammelte einen Armvoll Stöcke zusammen und ging dann noch einmal hinunter zum Wasser.

Jeder Stock, den er in die Bucht schleuderte, kam träge, aber verläßlich wieder zurück. Was nicht verwunderlich war, denn die Flut lief ein. Doch Appleby verschmähte die arbeitssparende Methode der Induktion, ging langsam am Strand entlang und warf seine Hölzer eines nach dem anderen hinein. Als er sich dem Punkt näherte, an dem der Tote ans Wasser gezerrt worden war, schienen die Stäbe unentschlossen, und als er die Stelle schließlich erreicht hatte, schlug ihr Verhalten um. Die Stöcke schwammen hinaus aufs Meer und verschwanden in der Ferne.

Von einer inneren Erregung getrieben, lief er wieder den Strand hinauf; er fand einen hohlen Baumstamm und rammte in jedes Ende einen Stein; er sammelte weitere Stöcke. Dann kehrte er ans Wasser zurück und warf den Baumstamm hinein. Der Stamm tauchte fast ganz unter und schwamm davon. Wieder sprintete Appleby, diesmal zu einer höhergelegenen Stelle, von wo er den Weg des Stammes verfolgen konnte. Das innere Riff, das gerade noch aus dem Wasser ragte, schloß allem Anschein nach die Lagune vollständig ab. Doch als der Stamm diese Barriere erreicht hatte, tauchte er einen Moment lang unter und erschien erst wieder, als er draußen, jenseits des Riffs schwamm. Irgendwo gab es eine Strömung, die selbst bei Flut hinaus aufs offene Meer floß.

Von dem Punkt, an dem er den Stamm auf die Reise geschickt hatte, warf Appleby seine Hölzer ins Meer, eines nach dem anderen, und eins nach dem anderen verschwand. Die Strömung war stark und gleichmäßig, stärker als die, gegen die Diana und er am Morgen angeschwommen waren ... Weiter warf er seine Stöcke. Und der vierzigste folgte nicht dem vorgegebenen Muster, er kam vom Kurs ab, drehte und drehte sich an dem nun ganz untergetauchten Felsen, an dem sie Unumunus Leichnam gefunden hatten.

Appleby warf den Rest seiner Hölzer fort und machte sich mit ernster Miene auf das, was man wohl den Nachhauseweg nennen konnte. Die kurze Abenddämmerung der Insel begann.

Kapitel 8

Vorsichtig näherte er sich der Lichtung, doch es war niemand da; die Suchmannschaft war noch nicht zurück. Appleby kamen erste Zweifel, ob sie je zurückkehren würde, und er bedauerte allmählich, daß er sie ausgeschickt hatte. Andererseits war es vermutlich am einen Ende der Insel nicht gefährlicher als am anderen – vielleicht waren die, die in Bewegung blieben, sogar besser geschützt als derjenige, der in zunehmender Dunkelheit am Lager wartete.

Die Grillen waren verstummt. Vom Riff her kündeten die Wellen von Einsamkeit, von der weiten Welt, die sie vergessen hatte; im Inneren der Insel schrie ein unbekanntes Tier, ein kurzer, endgültiger Schmerzensschrei. Ein Stern tauchte am zackigen Flecken des zusehends schwärzer werdenden Himmels auf, entsetzlich fern; zu seinen Füßen glomm der Jakarandateppich noch einmal purpurn auf, bevor die Nacht ihn verschlang … Appleby blieb am Rande der Lichtung stehen und faßte die Lage zusammen, so gut es ging.

Er befand sich auf einer Insel. Davon hatte er sich am Vortag mit eigenen Augen überzeugt, als er unter großen Mühen einen hinreichend hohen und zentralen Gipfel erklommen hatte. Von dieser Bergspitze, vielleicht siebenhundert Meter hoch und – wie hätte es anders sein können – auf den Namen Ararat getauft, war der Meeressaum in allen Richtungen zu sehen. Es waren keine Nachbarinseln auszumachen, und er fand auch keinerlei Bestätigung für das Trugbild, das sich bisweilen bei Sonnenuntergang am Horizont zeigte. Die Insel stand mutterseelenallein, und ebenso allein waren sie nach allem, was ihre Forschungen bisher ergeben hatten, auf ihr. Sie war nicht groß, und nur ein kleiner Teil blieb noch unerforscht – ein Kamm, der sich vom Berge Ararat ostwärts erstreckte, versperrte nicht nur die Sicht, sondern auch den Zugang; aber Appleby konnte sich nicht vorstellen, daß dort mehr sein sollte als ein schmaler Küstenstreifen.

Er fröstelte – nicht der finsteren Gedanken wegen, die sich immer hartnäckiger in sein Hirn drängten, sondern einfach weil es bei Sonnenuntergang mit einem Schlage kalt wurde. Sonst hatten sie immer ein großes Feuer entzündet. Er trat auf die Lichtung, wollte sich weismachen, er sei ganz mit der Frage beschäftigt, ob auch heute ein Feuer brennen solle oder nicht. Er kam sich vor, als steige er in einen flachen Brunnen, erfüllt mit dem letzten schwindenden Licht, umfaßt von der schwarzen Wand des Dschungels. Er passierte den kleinen Schirm aus Ästen und Palmblättern, mit dem Diana ihr Nachtquartier abgetrennt hatte, dann ein ähnliches Lager für Miss Curricle – und dann blieb er stehen. Vor sich hatte er das neueste Bauprojekt Glovers, eine Art Waschtrog aus Steinen und Lehm. Das Werk war nicht ganz gelungen, an manchen Stellen wollte der Lehm einfach nicht trocknen. Und an einer dieser Stellen fiel ihm etwas auf, gerade noch sichtbar im Halbdunkel, das ihn innehalten ließ. Was er sah, war ein einzelner Fußabdruck im Lehm – fünf Zehen und ein Fußballen. Er stand da und starrte ihn an, verblüfft und auf eine unbestimmbare Art erschrocken. Freitag war eingetroffen, und allem Anschein nach hatte er es eilig gehabt. Appleby kniete sich hin und musterte den Abdruck genauer, und als er sich wieder erhob, schien er zu einem Schluß gekommen. Er stand da, wog Möglichkeiten ab, wie sie sich nach Erkenntnissen aus halb vergessenen Büchern deuten ließen. Dann ging er zur Feuerstelle, kniete sich von neuem nieder, verletzlich wie in einem Traum, und blies auf die Glut. Kleinholz war zur Hand, und binnen weniger Minuten loderte das Feuer wie jeden Abend. Er machte sich an die Zubereitung des Abendessens. Ihm war nach Pfeifen zumute, und er versuchte sich an der Ouvertüre zu *Figaros Hochzeit*, nichts als eine Folge von Lauten, und doch galt es jedem als Inbegriff der guten Laune. Inzwischen war es stockdunkel geworden.

69

Sie hatten noch Dianas Taube vom Vormittag – die Taube, die Diana und der Schwarze gefangen hatten – und konnten sie im Lehmmantel garen. Unumunu war ein Schwarzer gewesen; vielleicht hatte das etwas zu bedeuten. Außerdem hatte er sich für bestimmte Dinge interessiert; auch das konnte vielleicht noch Aufschlüsse liefern. Appleby erstarrte – ein Geräusch kam aus dem Dunkel. Aber es war ein Stolpern, und er entspannte sich wieder. Er lächelte ins Feuer, als – hörbar müde und jämmerlich entschuldigend – Hoppos Stimme erklang.

»Glauben Sie mir, Glover, ich hatte keine Ahnung, daß Sie vor mir stehen. Wie ich sehe, hat Appleby das Feuer schon im Gange. Ein schöner Anblick. Was sollen wir es leugnen – unsere Bemühungen haben uns etwas beschert, das man fast schon Appetit nennen könnte. Ich glaube, da brät schon eine Taube. Wie entsetzlich das alles ist. Ein Alptraum! Wenn wir doch nur ein wenig Tee hätten. Nichts erfrischt besser. Oh, pardon, Mrs. Kittery. Ich hatte Sie für einen Baum gehalten. Schrecklich! Schrecklich ist das alles.« Und Hoppo trat leicht verwirrt und unsicheren Schrittes ins Licht des Feuers.

»Es gibt schlechte Nachrichten?« Appleby schürte um so energischer die Glut.

»Miss Curricle haben wir nicht gefunden. Aber wir – oh, es ist entsetzlich – wir haben« – Hoppo, am Feuer angelangt, warf Glover und Diana einen flehenden Blick zu – »wir haben ihre Kleider gefunden.«

»Was?«

»Sachen, die sie anhatte.« Glover sprach heiser, abgehackt. »An den Hügeln im Osten, auf halber Höhe. Häßliche Sache – egal wie man es deutet. Ihre *sämtlichen* Kleider.« Er räusperte sich umständlich. »Mrs. Kitterys Auskunft.«

»Man kann hoffen«, sagte Hoppo, »daß es nur eine Verirrung ist.« Er ließ sich nieder und hielt nach etwas Eßbarem Ausschau. »Unter uns gesagt – oder *offen* gesagt, das ist der bessere Ausdruck – ich habe Grund zu der Annahme – das heißt ich neige zu der Ansicht – daß Miss Curricles Gedanken in letzter Zeit – ähm – in bestimmten Bahnen verliefen – *unerfreulichen* Bahnen …«

»Verstand verloren«, unterbrach ihn Glover abrupt. »Kein Grund, darum herumzureden. Arme Frau hat allerhand durchmachen müssen. Nicht das erstemal. Mrs. Kittery hier – mit beiden Beinen im Leben – Tatsachen ins Auge …« Nun wußte auch Glover nicht mehr weiter.

Diana packte das kleine Bündel aus. »Hier ist ihr Unterrock. Und da …«

Appleby reichte ihr eilig etwas zu trinken. »Sicher, Miss Curricle hat ihre eigenen Vorstellungen davon, wie man das Leben auf einer einsamen Insel meistert. Da gehört vielleicht auch ein gewisses Maß an Freikörperkultur dazu.« Er wartete. »Haben Sie auch andere Erklärungen erwogen?«

»Natürlich haben wir das. Und gewisse Anzeichen gesehen.« Glover nahm sich eine Süßkartoffel und hielt sie zwischen zwei Fingern, während er sprach. »Wir sind weitergegangen bis oben auf den Hügelkamm. Und sahen in der Ferne eine Rauchsäule aufsteigen. Wir hatten den Eindruck, daß sie von einem recht großen Feuer stammt.«

»Ein Feuer«, fügte Diana hinzu, »auf dem man sich einen – ja, einen *sehr* großen Kessel vorstellen könnte.« Sie griff nach einem Stein und schlug geschickt die Lehmhülle der Taube auf. »Einen Topf – wenn wir den Tatsachen ins Auge blicken wollen, wie der Colonel sagt – mit Miss Curricle drin.« Einen Augenblick lang sah Diana tieftraurig aus. »Und was ist mit dir, John?«

Zur Antwort nahm er eine Fackel aus dem Feuer und führte sie an den Waschtrog. Einen Moment lang betrachteten sie den Fußabdruck schweigend. »Mrs. Kittery«, fragte Glover, doch wenig überzeugend, »könnte der von Ihnen stammen?«

Diana schüttelte den Kopf. Appleby ergriff wieder das Wort. »Die Art, wie der große Zeh abgespreizt ist, spricht für einen Fuß, der es nicht gewohnt ist, einen Schuh zu tragen. Sehen Sie doch nur, wie natürlich die Zehen gesetzt sind – fast so, wie es bei uns ein *Hand*abdruck wäre. Und ich habe noch eine zweite Entdeckung gemacht. Wer immer Unumunu umgebracht hat, muß sich bemerkenswert gut auf der Insel und bei den Strömungen draußen im Wasser ausgekannt haben.« Er berichtete ihnen von seinen Experimenten. »Der Tote wurde so ins Wasser geworfen, daß die Chancen, daß er hinaus auf den Ozean schwamm, etwa vierzig zu eins dafür standen. Unumunu wäre einfach davongeschwommen, und wir hätten nie erfahren, was aus ihm geworden war.«

»Wilde«, raunte Hoppo. »Je, oh je!«

»Besser als der Verdacht, daß einer von uns der Täter war«, meinte Glover.

»Und Arbeit für Mr. Hoppo«, sagte Diana. »Da fällt mir gleich ein neuer Buchtitel ein. *Mr. Hoppos Heiden.* Das sind doch Heiden, oder, John?«

»Darauf können wir uns verlassen.« Appleby führte sie zurück ans Feuer. »Ist sonst noch etwas draußen am Bergkamm geschehen?«

Glover schüttelte den Kopf. »Selbst wenn wir nicht auf Mrs. Kittery Rücksicht genommen hätten, wäre es zu spät zum Weitergehen gewesen. Die Dunkelheit hätte uns auf unbekanntem Terrain überrascht. Aber gleich morgen früh …«

»*Im Schicksal vereint.*« Diana starrte mit großen Augen ins Feuer und legte Nachdruck auf jede einzelne Silbe. »Verzeihung, wenn ich unterbreche. Aber das ist mir gerade eingefallen. Im Schicksal vereint. Das sagt man doch, wenn zwei Leuten das gleiche passiert, oder?«

Sie versicherten ihr alle drei, daß man es sagte.

»Und Ponto und Miss Curricle waren eben *nicht* im Schicksal verbunden. Das ist doch seltsam, oder? Ich meine, wenn sie Miss Curricle in den Kochtopf stecken, warum haben sie sich dann die ganze Arbeit gemacht und den armen Ponto den Haien vorgeworfen? Das ist doch ein – ein …«

»Ein Widerspruch«, schlug Appleby vor. Auch er starrte ins Feuer, doch mit zusammengekniffenen Augen. Und als er weiterredete, klang die Stimme gedankenverloren. »Aber viel Grund zu der Annahme, daß Miss Curricle in einem Kochtopf steckt, gibt es ja nicht. Selbst wenn sie Eingeborenen in die Hände gefallen ist, müssen es keine Kannibalen sein. Vielleicht haben sie sie auch aufs Meer hinausgeschickt. Und ebensogut können wir uns vorstellen, daß sie ihr nichts getan haben. Unumunu war schwarz; sie hätten ihn leichter für einen Feind gehalten und nicht für ein Wunder. Außerdem war er Anthropologe; vielleicht hatte er die Einheimischen entdeckt und war zu indiskret geworden, bei einem Ritual, etwas Privatem. Das könnte ein Grund sein, weshalb sie kurzen Prozeß mit ihm gemacht haben. Aber was Miss Curricle angeht – wer weiß, ob sie sie nicht als Göttin verehren. Man kann nur hoffen, daß sie ihr einen Bastrock angezogen haben.« Er starrte unbewegt ins Feuer, ohne ein Lächeln. »Ich glaube, ich hätte es leichter«, fügte er noch geheimnisvoll hinzu, »wenn ich auch lediglich ein paar Kurse belegt hätte.« Er ging auf und ab, und seine Bewegungen sprachen eine andere Sprache als der leichte Ton, mit dem er ihnen die Möglichkeiten ausgemalt hatte. »Wir müssen entscheiden, wie wir uns weiter verhalten. Wir können wohl kaum damit rechnen, daß sie jeden von uns als Gottheit annehmen …«

»Nicht einmal Mrs. Kittery.« Hoppo strahlte über sein verwegenes und unerwartetes Kompliment; dann sah er hinüber zum Dschungel, und das Lächeln verschwand. »Es mag Einbildung gewesen sein«, sagte er, »aber ich hatte den Eindruck …« Er sprach nicht weiter. Von irgendwo, und erschreckend nahe, kam der dumpfe, gleichmäßige Ruf einer Trommel.

Glover griff nach seinem Knüppel; die anderen waren wie erstarrt. Unmittelbar signalisierten diese Laute Gefahr, machten jede weitere Spekulation überflüssig, schufen klare Verhältnisse. Aber zugleich war es etwas Körperliches. Jeder Trommelschlag war eine starke Kapsel Furcht, die sich im Blut auflöste, und wenn der vergiftete Strom das Herz erreichte, würde das Herz womöglich aufhören zu schlagen … Und jetzt kam von der anderen Seite der Lichtung der Rhythmus einer zweiten Trommel, die antwortete, schneller, wie ein Raubtier, das sich einen langen Tunnel entlangstürzt, vorbei an einem trägeren Artgenossen. Einen Augenblick lang herrschte Verwirrung im Tunnel – dem Gang tief im Inneren des Ichs, das den Lauten lauschte –, und dann fanden die Rhythmen zueinander, die beiden Tiere verschmolzen zu einem einzigen, das sie tief den Tunnel hinunterhetzte, in die graue Vorzeit ihrer Art. Wer nicht mitgerissen werden wollte, mußte sich festhalten – und Appleby packte zu. Die Leute, die von der magischen Wirkung der Trommeln schrieben, Lawrence zum Beispiel in der *Gefiederten Schlange*, hatten recht. Überwältigende Erfahrungen wie diese waren es, aus denen Dichtung und Tanz als mildere Formen entstanden. Mit solchen Überlegungen fand Appleby seinen Halt in der Kultur und sprach mit fester, entschlossener Stimme.

»Colonel, ich glaube nicht, daß wir kämpfen sollten. Die Übermacht des Gegners dürfte erdrückend sein, unsere Lage fast aussichtslos. Wir müssen zu unseren eigenen Trommeln greifen.«

Glover legte seinen Knüppel nieder. »Wie meinen Sie das?«

»Die Trommeln sind ein Zauber, den sie gegen uns einsetzen. Führen Sie sich vor Augen, wie fremd wir ihnen womöglich sind. Vielleicht kennen sie Weiße nur vom Hörensagen. Wir müssen unsere eigenen Rituale dagegensetzen und dürfen uns nicht den ihren unterwerfen. Diana, würdest du mir bitte das Salz reichen?« Appleby ließ sich wieder an dem Tisch nieder, den sie für ihre Mahlzeiten improvisiert hatten. »Hoppo, darf ich Ihnen ein Stück Taube anbieten?«

Hoppo, der furchtsam in die Nacht geblickt hatte, wandte sich um. Er hatte kaum zu hoffen gewagt, daß er etwas von der Taube abbekam. »Danke, gern. Und ich glaube, Sie haben recht. Wir müssen zeigen, daß wir uns nicht unterkriegen lassen. *Le sang froid.*« Er lachte verlegen. »Damit wir nicht in Miss Curricles *eau chaud* landen.«

So kultiviert wie die Überreste der Sonnendeckbar es zuließen, setzten sie ihre Mahlzeit fort. So schlimm waren die Trommeln doch nicht, auch wenn sie noch ein Stück näher gekommen waren; wenn man den Rhythmus nur ein klein wenig zähmte, war es nicht mehr viel anders als die Musik, zu der sich Tausende zivilisierter Menschen Abend für Abend freiwillig zum Essen setzten. Selbst die Schreie – denn es war nicht zu leugnen, daß die Wilden mittlerweile auch Schreie ausstießen – ähnelten durchaus denen, die von Zeit zu Zeit auch von den Musikern einer gut eingespielten Band zu hören waren. Das Experiment weiterzumachen, als sei nichts geschehen, war, so zaghaft und zweifelnd sie es begonnen hatten, gut im Gang.

»Vielleicht hat es ja überhaupt nichts mit uns zu tun«, meinte Diana. »Vielleicht veranstalten sie hier einfach nur ihr Fest. Vielleicht kann man sogar später« – sie blickte ihre Gefährten einen nach dem anderen forschend an – »hingehen und sehen, was sie tun.«

Glover schüttelte entschieden den Kopf. »Mit Sicherheit nicht. Das wäre nichts für Sie. Solche Sachen sind oft genug … regelrecht unanständig. Sogar in Indien …«

Er verstummte abrupt – denn ebenso abrupt waren die Trommeln verstummt. Im Dschungel war alles still; wo der Wald ihrem Lagerfeuer am nächsten war, tanzten undefinierbare Schatten auf der schwarzen Wand; wer wollte, konnte sich vorstellen, daß er Augen im Unterholz funkeln sah. Und dann huschte etwas wie eine Sternschnuppe über den Himmel. Als sie aufblickten, kam noch eine und noch eine. Knapp über ihren Köpfen flogen die Blitze kreuz und quer. Als es vorüber war, herrschte einen Moment lang Dunkelheit. Dann schoß ein einziger Lichtpfeil hoch in die Luft und kehrte wieder zur Erde zurück. Mitten in ihrem Tisch steckte ein brennender Speer.

Sie starrten ihn an, als hätte das barbarische, noch vom Wurf bebende Ding sie verhext. Glover griff wieder zum Knüttel. Im selben Augenblick brach etwas aus dem Gehölz, und in den Feuerschein sprang ein nackter kupferbrauner Leib, der einen weiteren Speer emporhielt, genau wie jener, der vor ihnen auf dem Tisch prangte. Ein zweiter Sprung, und sie sahen ihn im Profil, gigantisch vor dem Feuer; neben ihm war wie aus dem Erdboden ein zweiter aufgetaucht, und aus dem Dunkel jenseits erhob sich ein vielstimmiger Schrei.

Das war der Moment, fand Appleby, in dem er mit seinem Gegenzauber zum Äußersten gehen mußte. Er erhob sich und hielt seinen Kürbis empor. »Mrs. Kittery, meine Herren«, sagte er, »auf den König!«

Die anderen erhoben sich wie ein Mann, erwiderten den Trinkspruch im Chor. Und nun war es an den finsteren Gestalten vor ihnen, perplex dazustehen, gebannt von der Unverständlichkeit dieses Rituals. Sekundenlang stand alles still wie ein Tableau. Dann stießen die nackten Gestalten laute Rufe aus, machten kehrt, stoben davon. Und in dem Dunkel, in das sie flohen, wurde ihre Feigheit zur Panik. Schreie, das Krachen des Gehölzes erfüllten in raschem Diminuendo die Luft. Die Stille, die folgte, war so vollkommen, daß von den Zurückgebliebenen jeder den anderen schlucken hörte. Nur der Speer, der noch immer kokelnd im Holz des Tisches steckte, war der Beweis, daß sie den ganzen Vorfall nicht nur geträumt hatten.

Appleby beugte sich vor und faßte die Waffe, als ob er sie erst in der Hand halten müßte, bevor er von ihrer Echtheit überzeugt war. Der Schaft war aus Bambus, die Spitze anscheinend aus Bein, dahinter steckten die verkohlten Überreste von etwas wie Werg. Es war kaum zu glauben, daß einem so etwas noch außerhalb eines Museums begegnete. Appleby befühlte den Speer, wog ihn in der Hand, schnüffelte sogar daran wie ein Hund. Dann reichte er ihn Glover. »Beute«, sagte er; »der Grundstock für unser Arsenal. Ihr Ressort, Sir.«

Glover, der weiter den Busch im Auge behalten hatte, wandte sich der Waffe zu. Er brummte, das Interesse des Fachmanns erregt. »Potthäßlich, das Ding. Geht leicht rein, aber schwer wieder raus. Ich weiß noch, wie seinerzeit an der Nordwestgrenze …«

Appleby hörte nicht hin. Aber er achtete auch nicht auf die nach wie vor gefährliche Welt ringsum; und Diana sah er so geistesabwesend an wie ein überforderter Tourist im Louvre, der an die nächste Göttin gelangt. Glover behielt seine Erinnerungen für sich, und statt dessen ergriff Hoppo das Wort. »Ein Baum«, schlug er vor. »Könnten wir nicht auf einen Baum klettern?«

Glover, der abschätzig den Speer balancierte, schnaubte. »Einen Baum? Schlimm genug, daß wir leben wie die Wilden; da müssen wir nicht auch noch zu den Affen absteigen. Wir bleiben bis morgen früh hier beim Feuer, dann greifen wir die Burschen an, damit sie sehen, daß wir keine Angst vor ihnen haben. Sie haben ja gerade erlebt, wie gut das geht. Von einem Tiger läßt man sich auf einen Baum jagen, Sir, das ist keine Schande – aber nicht von Wilden.«

»Ich finde nicht, daß mein Vorschlag unvernünftig war«, beharrte Hoppo. »Neulich war von dem Schweizerischen Robinson und seiner Familie die Rede, und die haben schließlich auch auf einem Baum gewohnt, wo sie besser geschützt vor den Wilden waren. Und was die Affen angeht …«

»*Hoppo hopp.*« Diana, begeistert, daß sie auf eine neue Variante ihres liebsten Scherzes gekommen war, lachte, daß es tief in die Nacht schallte.

»Ich muß schon sagen, Mrs. Kittery, Sie haben einen sprunghaften Verstand. In der Schweizer Familie Robinson gab es sehr vernünftige Leute …«

»Sir«, fuhr ihm Glover mit einer Vehemenz ins Wort, die keinen Widerspruch duldete, »die Schweizer Familie Robinson, das waren *Schweizer*.«

77

»Kein König, auf den sie trinken konnten«, sagte Diana. »Die Schweizer sind ja nur ein – ein ...«

»Eine Eidgenossenschaft aus selbständigen Kantonen«, ergänzte Appleby. »Aber jetzt Ruhe bitte.«

Sie horchten. Und wieder ging im Dschungel etwas vor. Zögernd, verstohlen, regte sich etwas am Rande der Lichtung. Dann bewegte sich nichts mehr, nur eine Stimme rief – die Stimme von Miss Curricle. »Mrs. Kittery«, rief sie, »Mrs. Kittery, würden Sie bitte herkommen?« Der Ton hob sich. »Und *nur* Mrs. Kittery, darauf muß ich bestehen.«

Es war wie eine Stimme aus ferner Zeit – wie aus dem Kochtopf. Hoppo vermutete offenbar sogar böse Geister, denn er sprang erregt auf. »Womöglich ...« Er behielt es für sich. »Es könnte eine Falle sein.«

»Unsinn.« Auch Glover erhob sich. »Miss Curricle ...«

»Kommen Sie nicht näher, Sir.« Miss Curricles Stimme, auch wenn sie aus undurchdringlicher Finsternis kam, wurde noch eine Spur schriller. »Mir ist ein äußerst peinliches Mißgeschick zugestoßen. Mrs. Kittery, bitte, ich muß darauf bestehen.«

Diana hantierte am Feuer. »Sind es Ihre Kleider, Miss Curricle?« rief sie gehässig. »Wir haben sie hier.«

»*Sie* haben sie!« Die Stimme war zutiefst empört.

»Allerdings weiß ich nicht, wo sie im Augenblick sind. Ich glaube, Mr. Hoppo hat sie ...«

»Mr. Hoppo, das ist eine Impertinenz! Wie können Sie es wagen!« Es war, als brächte Miss Curricles Empörung die Zweige des Buschwerks zum Knacken.

»Aber meine Liebe« – nun hob sich auch Hoppos Stimme vor Peinlichkeit –, »ich versichere Ihnen, kein schlechter Scherz war beabsichtigt. Die Kleider schienen verlassen ... wir sind aufs äußerste erleichtert ... wir fürchteten ja schon ...«

Diana war mit den Kleidern zu ihr hinübergehuscht; Glover blickte taktvoll in die andere Richtung; Appleby saß in Gedanken versunken und wartete, daß die absurde Komödie ihr Ende fand. Und gleich darauf war Miss Curricle, bekleidet, grimmig und vernünftig, bei ihnen am Feuer und verzehrte, was noch vom Essen übrig war.

»Tut uns wirklich leid«, sagte Diana, »aber wir haben nunmal die Kleider gefunden und sie sahen *wirklich* verlassen aus. Wir dachten – nun, wir dachten, Sie brauchen keine Kleider mehr.«

»Keine Kleider!« Neben der Empörung spielte auch Verlegenheit in Miss Curricles Ton.

»Wir dachten, Sie stecken längst im Kochtopf.«

»Im Kochtopf? Ich muß schon sagen, ich glaube, Sie sind nicht ganz bei Sinnen. Allerdings ist es wahr, daß ich« – sie zögerte – »meine Kleider abgelegt hatte. In unseren Lebensumständen, in den Umständen, wie ich sie zu jenem Zeitpunkt sah …« Sie sprach nicht weiter. »Aber ich kann mir die Schilderung sparen. Mein Entschluß erwies sich als voreilig.«

Appleby studierte Miss Curricle in dem schwachen Lichtschein und hatte den Eindruck, daß sie irgendwie wieder kantiger geworden war – daß dies wieder die Miss Curricle war, die das Kommando über die Sonnendeckbar geführt hatte, bevor Mr. Hoppo irrtümlich das Auftauchen eines Wals meldete. Vielleicht nicht ganz ihr altes Ich, denn die Frau, die er nun vor sich hatte, warf – im übertragenen Sinne – einen sehnsuchtsvollen Blick zurück. Aber doch so nahe daran, daß es keinen Unterschied machte. »Voreilig?« ermunterte er sie sanft.

»Genau das. Ich habe feststellen können, daß es doch nicht erforderlich sein wird, daß wir – daß wir zum Naturzustand zurückkehren. Die Insel ist bewohnt.«

»Da!« sagte Diana. »Deswegen haben wir ja auch gedacht, man hat Sie abgemurkst. Sie müssen nämlich wissen, heute morgen haben sie den armen Ponto umgebracht.«

»Sir Ponto umgebracht!« Miss Curricle blickte erschrocken drein, doch offenbar nicht aus dem Grunde, den sie erwartet hätten. Sie sah ihnen ins Gesicht, einem nach dem anderen.

»Ich fürchte allmählich, die Entbehrungen, denen Sie ausgesetzt waren ...«

»Wollen Sie uns nicht verraten« – unterbrach Appleby wiederum sanft –, »was Ihnen widerfahren ist?«

»Es ist mir gelungen, die Ostwand zu besteigen und einen Weg über den Kamm zu finden. Und unten, am Ufer einer recht großen Bucht, sah ich ein Haus.«

»Ah!« rief Glover. »Der Kral.«

»Kral? Nein, das nicht.«

»Haben Sie«, fragte Diana, »Kanus gesehen?«

»Oder Leichen?« meldete sich Hoppo, plötzlich satanisch, »verdorrte Leichen auf Pfählen?« Er blickte sehnsüchtig hinauf zu den Baumwipfeln, die sich vom Nachthimmel abhoben.

»Aber nein. Ich sage Ihnen doch, ich habe ein Haus gesehen. Ein ganz normales Haus. Und es stand etwas auf dem Dach.«

»Auf dem Dach?« Hoppo kicherte leise. »Stand etwas geschrieben?« Miss Curricle nickte, kantig, geschlagen. »In großen weißen Lettern. *Hotel*.«

Kapitel 9

Der Tag begann auf der Insel, als zöge man die Jalousie zu einem Gewächshaus auf, als nähme man das Tuch ab, das über einen reich bestückten Vogelbauer gebreitet ist, höbe den Deckel von einer Kiste voller Affen. Im einen Augenblick schlummerten die Palmen noch, schmiegten sich an die Sterne, der Dschungel war einsam, dunkel und leer, und nur die Laute des Ozeans waren zu hören, die er unerschöpflich der Nacht ins Ohr flüsterte. Und im nächsten Moment raschelte und schnatterte es, und überall stahlen sich die Strahlen der Sonne durch; zusammengerollte Blüten kamen unter ihren grünen Bettdecken hervor, falteten sich blau und scharlachrot mit der Gemächlichkeit eines Menschen auf, der sich streckt und räkelt; Eidechsen kamen aus Löchern geklettert und ließen wie zur Probe ihre gezackte Zunge spielen; Papageien eröffneten ein krächzendes Sperrfeuer in den Tunneln und Kolonnaden aus Farn. Aus der Tiefe des Waldes stiegen mit einem Male unzählige Wohlgerüche auf, als habe ein duftendes Geschöpf dort drinnen seinen Atem aufgenommen, und durch das Moos der schmalen Talgründe und grünen Flecken plätscherten Bächlein und Rinnsale wie von einem großen, neu entsprungenen Quell. Alles schien jung, urtümlich, unberührt. Das Licht schlängelte sich die hohen Stämme hinunter, als umarme es sie zum allerersten Mal. Wie Adam konnte man die Arme zum Himmel emporheben, zum Gruß für den Morgen einer neuen Welt.

Colonel Glover, Wachtposten an der letzten Glut des Feuers, tat auf seine Art genau das. »'dammt schöner Morgen«, sagte er. »Morgenstund hat Gold im Mund – beste Tageszeit in den meisten Ecken der Welt. Und für uns heute erst recht. Die Zivilisation wohnt gleich um die Ecke, wenn die Frau nicht ganz und gar den Verstand verloren hat. Bißchen Glück, und wir sind bis Mittag da.«

Appleby, der sich im Busch nach den Spuren fliehender Wilder umgesehen hatte, machte sich nun daran, auf der Glut das Frühstück zu bereiten. »Ich habe nicht den Eindruck, daß sie den Verstand verloren hat. Im Gegenteil, ich denke, sie hat ihn wiedergefunden. Ich glaube an dieses Hotel. Ein paar Schluck tropischer Insel haben unsere Sinne berauscht. Und wenn wir jetzt an ein Gasthaus kommen, werden ein paar große Gläser uns wieder nüchtern machen.« Er lachte – teils weil ihm der Scherz in der Pracht des Morgens noch geistreicher vorkam, teils weil Glover wirr und ärgerlich dreinblickte. »Aber das ändert nichts an dem, was gestern abend geschehen ist oder gestern morgen. Ein Jammer, daß sie den Schwarzen umgebracht haben, bevor wir Kontakt zur Welt draußen aufnehmen konnten. Ein interessanter Mann.«

»Also wenn Sie mich fragen, ich fand, Unumunu war ein reichlich merkwürdiger Bursche.« Glover schüttelte zweifelnd den Kopf. »Gentleman vom Scheitel bis zur Sohle, nach allem, was man sah. Aber sein Vater muß noch ein Wilder gewesen sein, der sein Tom-Tom im Dschungel schlug. Sowas ist doch nicht natürlich. À propos Tom-Tom – noch haben wir den Kontakt zur Welt ja nicht aufgenommen. Weiß der Himmel, in welchen Hinterhalt sie uns locken. Nicht leicht für die Frauen.« Er hustete. »Prachtexemplare, Appleby; hart im Nehmen. Diese Mrs. Kittery – ein wenig leichtsinnig natürlich, wissen Sie ja.« Er hustete noch einmal. »Können Sie sich vorstellen, meine ich. Aber ein mutiges Mädchen. Dabei kommt sie wahrscheinlich aus einem gottverlassenen Nest im Busch. Kann man wirklich stolz sein auf das Empire.« Glover, der solcherart unter dem Einfluß der Morgenstimmung seine Seele offenbarte, verbarg seine Verlegenheit mit einem grimmigen Blick in Richtung Dschungel. »Und Miss Curricle auch … hat natürlich ihre Marotten – schwieriges Alter, wissen Sie … aber Kampfgeist.« Er erhob sich abrupt. »Rührei? Wunderbar. Dann wecke ich sie wohl besser. Weiß allerdings nie, wie man es richtig anstellt. Keine Tür zum Anklopfen.«

»Wecken Sie Hoppo und schicken Sie ihn.«

»Ausgezeichnet. Er wird dafür sorgen, daß sie angezogen sind.« Glover stieß sein seltenes Lachen aus. »Aber ein guter Mann, Hoppo. Vernünftige Ansichten, solange ihn nichts aus der Bahn wirft. Wenn Sie sich das überlegen – wir haben verdammt Glück gehabt. Hätte genauso gut ein Haufen Nichtsnutze sein können, ins Wasser geschleudert, wie wir waren.« Er stutzte, ein neuer Gedanke war ihm gekommen. »Ausländer womöglich.« Er marschierte davon.

Appleby kümmerte sich weiter um das Frühstück und widmete ihm mehr Sorgfalt, als die einfachen Arbeiten erfordert hätten. Das Schwarz Unumunus und das Kupferbraun der nächtlichen Besucher sorgte für dunkle Bilder in seinen Gedanken. Unumunu ließen sie zurück – ließen ihn, wenn Miss Curricles Auskünfte sich als wahr erwiesen, in einer anderen Welt. Wenn sie die einsame Insel, auf der sie sich geglaubt hatten, gegen etwas tauschten, das auch nur eine Spur von Zivilisation hatte, dann verschwanden der so exotische Sir Ponto und sein Schicksal in der Vergangenheit. Appleby, für den kein Mord ohne das Urteil des Richters komplett war, blieb nichts anderes übrig, als die lokalen Gebräuche zu nehmen, wie sie waren. Vermutlich gab es auch bei plündernden Wilden Recht und Unrecht, aber ein Zugvogel von Scotland Yard würde wohl kaum dafür sorgen, daß dem Opfer Gerechtigkeit widerfuhr … Er machte alles für das Frühstück bereit und ging dann raschen Schrittes noch einmal in den Dschungel.

Die Erscheinung, die ihnen bisweilen Land gen Sonnenuntergang vorspiegelte, beschäftigte ihn nach wie vor. Er ging hinunter an den Strand und starrte noch einmal hinaus aufs Meer. Bessere Sicht westwärts als um diese Tageszeit würde er nicht bekommen, aber auch diesmal fand der forschende Blick am Horizont nichts als eine gleichmäßige blaue Linie. Genau wie vom Gipfel des Ararat, auch wenn an jenem Tag keine so klare Sicht geherrscht hatte. Er ging zurück über den losen, trockenen Sand, schon heiß von der Sonne, und zum Rande des Dschungels. Als er ins Unterholz eintauchte, trug er in Gedanken Unumunus schweren, toten Leib im Arm. Er wandte sich noch einmal um zum Wasser. Das Rätsel der Sandbank.

Das Rätsel der Sandbank; er sagte es in Gedanken ein zweites Mal – und plötzlich hob er die Hand an die Augen und starrte aufmerksam in die Ferne. Denn am äußersten Ende der Bucht war etwas erschienen, das wie eine riesige Schildkröte aussah. Aber eine bunte Kröte, eine übergroße Variante dessen, was man in einem Oxforder Collegehof sehen konnte, oder der Maryland-Sumpfschildkröte, für einen Wettkampf mit den Farben ihrer Mannschaft bemalt. Das Tier schien rot und grün kariert und bewegte sich, von unsichtbaren Beinen getrieben, am Meeressaum entlang. Im ersten Augenblick dachte Appleby, die Einheimischen hätten sich eine neue Überraschung einfallen lassen. Dann begriff er, daß das, was er sah, ein Sonnenschirm war – größer als die Exemplare, die Golfspieler trugen, nicht ganz so groß wie die, die man in Seebadeorten sah. Darunter erkannte er jetzt ein Paar Beine in weißem Flanell. Und daneben trottete ein Sealyham-Terrier. Das Ganze bewegte sich durch den jungen Morgen mit gleichmäßigem Tempo und einem gewissen Maß an Zielstrebigkeit.

Wieder mußte Appleby an die Schweizer Familie Robinson denken. In jenem unsterblichen Buch war der gute Pastor nicht im mindesten überrascht, als seine Söhne ihm einmal Nachrichten von Löwen und Pinguinen brachten, ein andermal von Tigern und Eisbären. Ebenso kam einem hier auf der Insel jeder Sinn für das nicht Zusammenpassende abhanden: Hotels und Eingeborene im Dschungel, schwarze Leichen und weiße Flanellhosen am Strand. Aber etwas Neues kam hinzu: Den, der sich da näherte, konnte man fragen, wer er war. Appleby kletterte die Böschung hinunter und ging mit raschen Schritten auf ihn zu.

Die Flanellbeine blieben stehen. Der Terrier blieb ebenfalls stehen. Und eine Stimme rief von unter dem Sonnenschirm: »Nur keine Sorge. George tut niemandem etwas.«

Appleby, der nicht auf den Gedanken gekommen war, daß George zu den Gefahren der Insel gehören könnte, ging unbeirrt weiter. Und nun neigte sich der Schirm und gab den Blick auf eine wohlbeleibte Gestalt frei, dunkle Sonnenbrille, makelloser Panamahut. Der Hut wurde gelüpft, und eine Stimme fragte höflich: »Wie geht es Ihnen?« Es schien eine echte Frage, nicht einfach nur die übliche Begrüßungsformel, und Appleby konnte nicht anders, er antwortete, es gehe ihm ausgezeichnet. Der Fremde lächelte, als freue er sich wirklich darüber. Und George wedelte mit dem Schwanz.

Eine Pause trat ein, und Appleby fand, daß er es selbst mit einer Frage versuchen konnte. »Wohnen Sie im Hotel?«

George knurrte. Die Miene des Fremden verfinsterte sich. »Nein«, sagte er, »mit dem Hotel habe ich – haben *wir*, sollte ich sagen« – er tätschelte George – »nicht das mindeste zu tun. Äußerstenfalls das Minimum, das die gesellschaftlichen Verpflichtungen gebieten … Darf ich mich vorstellen: Hailstone, Gregory Hailstone.« Er zögerte, als habe er etwas auf dem Herzen. »Sie graben nicht zufällig auch?« fragte er wehmütig.

Appleby hatte keine Ahnung, wovon er sprach, aber er fand es sicherer zu verneinen. Natürlich hatte er graben müssen, um Unumunu unter die Erde zu bringen, aber darauf konnte der Fremde kaum anspielen. »Ich bin John Appleby«, sagte er nur. »Von der Londoner Kriminalpolizei.«

»Ah. Aber man hofft eben immer, daß man eine verwandte Seele trifft. Und wer weiß, womöglich haben wir ja auch das Interesse an Zeugnissen der Vergangenheit gemeinsam.« Hailstone lächelte. Das Lächeln bereitete ihm Mühe, und Appleby überlegte, ob die Muskeln, die er dazu brauchte, aus der Übung waren. »Wenn auch die, nach denen Sie graben, vielleicht nicht ganz so alt sind wie die meinen.« Und Hailstone lächelte wieder, noch mühsamer als beim ersten Mal. Appleby sah hinunter zu George, der sich sanft in den Sand geschmiegt hatte. Ihm ging auf, daß mit dem Lächeln ein gewisses Maß an körperlicher Anstrengung verbunden war. Und auf der Insel lernte man, mit seinen Kräften hauszuhalten.

»Wenn Sie nicht vom Hotel kommen«, fragte Appleby, »dann haben Sie vielleicht mit den Eingeborenen zu tun?«

George hob seine schwarze Nase hoch genug, daß sein Unterkiefer Platz zum Hinunterklappen hatte. Er gähnte. Und Hailstone machte ganz den Eindruck, als hätte er am liebsten ebenfalls gegähnt. »Liebe Güte, nein. Die Eingeborenen sind uninteressant – vollkommen uninteressant. Schon seit Jahrhunderten. Da würde ich die Leute im Hotel noch vorziehen.«

»Mich beschäftigen die Eingeborenen sehr. Sie haben einen meiner Gefährten umgebracht.« Appleby wies über die Schulter. »Wo wir von Zeugnissen der Vergangenheit reden – dort ist sein Grab.«

Diesmal war Hailstone schneller – eine halbe Sekunde vor George zuckte er zusammen. »Unmöglich!« rief er. »Wenn die Eingeborenen auch nur im mindesten gefährlich wären, hätten wir mit Ihnen Kontakt aufgenommen, sofort als wir Sie sahen. Sie werden vielleicht versuchen, Sie ein wenig einzuschüchtern, aber mit Sicherheit ermorden sie niemanden.«

»Sir Ponto Unumunu haben sie ermordet.«

»Sie scherzen. Kein Mensch könnte einen solchen Namen haben.«

»Er war Neger – ein kultivierter Neger. Den Einschüchterungsversuch haben wir übrigens schon hinter uns.«

»Ein Schwarzer? Das ist vielleicht die Erklärung.« Hailstone musterte den Strand mit einer Art sanftmütiger Sorge. »Ja, das ist sehr bedauerlich. Wer weiß, ob sie das nicht auf den Geschmack …« Er sprach nicht weiter, sondern blickte durch seine blau glitzernden Brillengläser hinaus auf die Lagune. »Die Barkasse sucht weiter nördlich nach Ihnen. Aber sie wird bald hier anlangen, und ich glaube, wir sollten Ihre Gefährten holen und sehen, daß wir fortkommen. Nicht daß ich eine Gefahr befürchtete.« Er wies lässig zum Horizont. »Die Eingeborenen sind mit Sicherheit längst fort. Aber wir alle brennen darauf, Sie kennenzulernen – nicht wahr, George?«

George, der wohlig die Schnauze auf die Pfoten gelegt hatte, blickte zu Appleby auf, ein Blick, der aus der Stummheit, mit der er geschlagen war, etwas Beredtes machte. Dann schloß er die Augen wieder und schlummerte.

»Sie sind schon vor einigen Tagen gesichtet worden, aber die Barkasse war nicht in Ordnung, und keiner fühlte sich dafür zuständig. In diesem Teil der Welt ist es nicht leicht, jemanden dazu zu bringen, daß er etwas tut.«

George schnarchte laut.

»Und nun werden Sie mich vielleicht Ihren Gefährten vorstellen? Ich kann meine Ungeduld kaum noch im Zaum halten beim Gedanken an neue Gesichter.« Hailstone nahm kurz seine Brille ab und sah Appleby mit freundlicher, doch abwesender Miene an. Sein Gesicht war gelb und fleischig, ungebräunt von der Sonne; es hatte etwas Unbestimmtes, Uneindeutiges, das schwer in Begriffe zu fassen war. Er senkte den Sonnenschirm und gab George damit einen Schubs. Zu dritt setzten sie sich in Bewegung, gemächlich den Strand entlang. »Ich mache Grabungen hier. Oder besser gesagt habe ich vor, Grabungen zu machen; es ist nicht leicht, hier etwas in Angriff zu nehmen.« Er blieb wieder stehen; offenbar fand er die doppelte Belastung von Konversation und Fußmarsch zu groß. »Dieser Mord an Ihrem Mann – das müssen wir dem Gouverneur melden.«

»Es gibt einen Gouverneur auf der Insel?«

»Liebe Güte, nein. Auf einer anderen Insel. Ich habe nie ganz verstanden wo. Ich weiß gar nicht, ob er eine feste Residenz hat. Ich glaube, er läßt sich auf einer der Inseln bewirten und dann zieht er zur nächsten weiter. Fast wie ein mittelalterlicher Herrscher, der reihum bei seinen Edelleuten residiert. Aber man kann ihn immer auf derselben Wellenlänge erreichen. Ich bin sicher, er wird ein Boot für Sie schicken, wenn Sie das wünschen. Allerdings funktioniert leider unser Funkgerät nicht mehr. Nichts Technisches hält auf dieser Insel, das habe ich feststellen können. Selbst George ist mit seinen Kunststücken nicht mehr so perfekt wie früher.« All diese Mitteilungen Hailstones kamen mit langen Pausen. »Sie sind Schiffbrüchige, nehme ich an?«

»Torpediert.«

»Liebe Güte – wie diese Dinge um sich greifen. Hier auf der Insel hat man überhaupt keine Vorstellung …«

Appleby stapfte entschlossen voran. »Übrigens, Mr. Hailstone, wie heißt eigentlich Ihre Insel?«

»Wie sie heißt?« Hailstone blieb stehen; offenbar brauchte er alle verfügbaren Kräfte, um in seiner Erinnerung nachzuforschen. Auch George hielt wieder inne und kratzte sich ratlos mit einer Hinterpfote am Ohr. »Ich fürchte, sie hat keinen Namen – jedenfalls bisher nicht. Ich war der erste hier, da wäre es meine Aufgabe, ihr einen zu geben. Und ich habe die Sache verschoben, weil ich dachte, eines Tages fällt mir ein wirklich schöner Name ein. Ich wollte sie nach George benennen, aber die Leute aus dem Hotel haben Widerspruch eingelegt.« Hailstone senkte die Stimme wie jemand, der einem im Aufzug der Londoner U-Bahn etwas Vertrauliches zuflüstert. »Das ist nicht ganz die Wahrheit. Die Insel *hat* einen Namen. Wikingerinsel. Aber das darf vorerst niemand wissen.«

»Liebe Güte.« Appleby hatte sich von dem Ausdruck anstecken lassen. »Darf ich fragen, ob die geographische Lage ähnlich geheimnisumwittert ist? Manchmal kommt es mir vor, als sähe ich im Westen Land.«

»Ah. Einige von den Inseln benehmen sich seltsam. Ich denke bisweilen, sie müssen wie die Insel des Alkinoos in der *Odyssee* sein. Sie kennen sich mit den alten Griechen aus?«

»Ja. Ich dachte, ich hätte im Westen Land gesehen.«

»Nur die nächste Insel. Wahrscheinlich die, von der die Eingeborenen kommen. Es ist eine recht weitläufige Gruppe. Aber das erste echte *Land*, auf das Sie im Westen stoßen würden, wäre Australien. Und im Osten – und etwa gleich weit entfernt – käme man an die Landenge von Panama. Unsere Lage, das kann man sagen, ist zentral.« Hailstone lachte – bedächtig, ohne jede Heftigkeit, wie ein Patient mit einer Operationsnarbe im Bauch. Sein Blick ging hinaus aufs Meer. »Ah, da kommen sie.«

Das Pochen eines Motors wehte leise aus der Ferne herüber, und mit ihm kamen einzelne Töne, dann Fetzen, schließlich das Jaulen von Musik. Wieder spürte Appleby, wie das Unpassende zusammenkam. In den Lauten konnte er nun Trommeln ausmachen – nicht viel anders als die, die sie in der Nacht zuvor in den Bann geschlagen hatten. Doch durch die Trommeln hörte er das Schluchzen und Stöhnen fremdartiger Holzbläser und Trompeten. Über das glitzernde Wasser, vorbei an Korallen, dem Spiegelbild einer Palme, kam aus der Ferne ein Tanzvergnügen, gepackt in die magischen Rillen einer Schallplatte, einer oft gespielten Schallplatte, die ganz zu recht trällerte, daß sie auch nicht mehr die Jüngste war. Von tausend Meilen Reise kündete der Gesang, vom Hut, der, am Ufer angekommen, am Nagel hängen sollte.

… on the Bam-bam-bammy shore.
And I ain't so young any more …

Und plötzlich war die ganze Bucht erfüllt von diesem Gesang, denn um die Rundung des äußeren Riffes bog schneidig eine große weiße Barkasse. Ein Grüppchen Leute war darauf, in Tropenhelm, Sonnenbrille, knappen Badeanzügen und smartem Stranddress.

»Das Hotel, wissen Sie«, erklärte Hailstone, beinahe mit etwas wie Hast. »Sie haben aus Ihrer Rettung einen kleinen Ausflug gemacht – Angeln und so weiter. Sicher auch neugierig. Nicht gerade guter Geschmack; aber was soll man machen?«

Das Boot ging in die Kurve, frisch geschrubbter Lack, poliertes Messing glänzten, und dann machte es noch einmal eine Biegung, als wolle es mit dem Rhythmus der Tanzmusik mithalten. Am Ruder stand eine unbestimmbare, doch eindrucksvolle Figur – Appleby konnte sich auf den Bart und den langen Rock keinen Reim machen; sie rief ein Kommando, die Maschine wurde gedrosselt und stand still; Badeanzüge und Stranddress richteten sich auf, reckten sich, lehnten sich vor, setzten sich wieder, als wollten sie das Bild mit einer gemächlich fließenden Sinnlichkeit beleben; am Bug erschien ein tüchtig wirkender Seemann mit einem Bootshaken; die Musik schwoll zu einem letzten, schrillen Ansturm auf die Sinne an, dann war es plötzlich still, und lautlos glitt das Boot mit seiner Belegschaft in die innere Lagune. Nun konnte Appleby lesen, was in goldenen Lettern längsseits stand:

HEAVENS HOTEL EREMITAGE.

Kapitel 10

»Ist alles so aus der Mode wie ihre Tanzmusik?« fragte Appleby.

Hailstone schüttelte den Kopf. »Das Hotel legt großen Wert darauf, daß es allen *confort moderne* bietet. Aber Mrs. Heaven – das ist die Frau am Ruder – ist eine Art Künstlerin. Sie bewahrt das Etablissement, so gut es geht, im Stil der späten Zwanziger. In den Dreißigern würde sie sich, nehme ich an, dem Abgrund schon zu nahe fühlen … George, benimm dich.«

Kaum merklich, in kleinen Schritten, ging George rückwärts, vom Wasser fort, als ob er sich nicht an einer See, die Mrs. Heavens Boot trug, die Pfoten naßmachen wolle. Jetzt blieb er stehen, ein kluger, distanzierter Hund, und betrachtete die Szene mit dem Mißfallen des Asketen, wie ein alter Satiriker, der das Narrenschiff studiert. Einer der Passagiere pfiff taktlos die Folge kurzer Töne, mit der gewöhnliche Hunde sich rufen lassen. George drehte sich um, legte sich auf den Bauch und präsentierte dem anstoßerregenden Bild seine Kehrseite.

»Natürlich«, fuhr Hailstone fort, »muß ich noch bleiben und Sie miteinander bekannt machen. Nicht daß ich jemanden von dieser Gesellschaft näher kennen würde. Sie verstehen sich als die hiesige Jeunesse dorée. Ah, da wird schon die kleine Gangway ausgefahren. Die Frau, die jetzt als erste an Land kommt, ist Miss Busst, die Anführerin des Grüppchens.«

»Die Dicke, die geht, als ob sie Rheuma hätte?« fragte Appleby.

»Ja. Und der Glatzkopf hinter ihr ist Mr. Rumsby, der Umtriebigste unter den Männern. Der, dem sie gerade den Stock reichen. Seine Schwester, Mrs. Sadgrove, ist nicht dabei. Sie ist ein wenig älter als die anderen und kommt, glaube ich, nur noch selten aus dem Bett. Und da ist Sir Mervyn Poulish; wie ich höre, war er früher in Londoner Finanzkreisen ein bekannter

Mann, lebt aber schon seit Jahren sehr zurückgezogen. Das ist es wohl, was alle hier suchen – Zurückgezogenheit. Aber ich wünschte doch, sie würden es nicht gerade auf meiner Insel tun. Allein schon die Schwierigkeiten, Hausangestellte zu bekommen. Wenn nur die Einheimischen wirklich so gewalttätig wären, wie Sie offenbar glauben – dann könnten wir sie vielleicht dazu bringen, daß sie die ganze himmlische Bagage zur Hölle jagen.« Und Hailstone stieß einen Laut aus, der halb Kichern, halb Seufzen war.

Appleby betrachtete die Gesellschaft, die sich ihnen nun den Strand hinauf näherte. »Sie scheinen allesamt recht alt für die Rolle, die sie sich ausgesucht haben.«

»Wie auf einer Ozeanreise – ist Ihnen das jemals aufgefallen?« Hailstones sonnenbebrillte Züge nahmen plötzlich die Schärfe des Forschers an. »Machen Sie eine Meerfahrt und Sie bekommen einen Begriff davon, wie die westliche Welt in vierzig Jahren aussehen wird. Es wird kaum noch junge Menschen geben. Die Geburtenrate sinkt, die Lebenserwartung steigt, und Jahr um Jahr wächst das Durchschnittsalter der Bevölkerung. Aber ein paar Probleme löst es vielleicht …

»Dieser Krieg« – nun war Hailstone wieder vage – »sehr verwirrend – irgendwann müssen Sie mir davon erzählen … Ah, Mrs. Heaven, wie geht es Ihnen?«

Mrs. Heaven trug keine Badekleider; sie war die bärtige Dame im langen Rock. Und ihr Schritt war genauso verwirrend maskulin wie ihre Gesichtszüge; sie hatte die mühsam schwankende Miss Busst und Mr. Rumsby überholt, grüßte Hailstone nur mit einer zackigen Bewegung des Kinns und wandte sich direkt an Appleby. »Ihre Damen«, fragte sie; »haben sie ihren Schmuck retten können?«

»Ich fürchte, nicht viel davon. Wir wurden bei Tage torpediert und waren an Deck.«

»Oh.« Mrs. Heaven machte eine tragische Miene. »Wie traurig für sie. Willkommen in der Eremitage. Wie heißen Sie?

Appleby? Nordenglisch, nehme ich an. Mein Mann kommt aus Shropshire; das Nest, wo ich herkomme, kennt keiner. Das ist Miss Busst. Das ist Mr. Rumsby. George ist immer noch viel zu fett, Mr. Hailstone. Mit den anderen im Boot mache ich Sie später bekannt. Sie werden sich gut bei uns amüsieren. Wir amüsieren uns alle gut.«

»Wir amüsieren uns prächtig«, versicherte Miss Busst mit großer Vehemenz. »Überhaupt keine Frage.«

»Wunderbare Küche«, fügte Mr. Rumsby hinzu. »Meistens kocht Heaven selbst. Wunderbares Meer. Wunderbar unterhaltsam.« Mr. Rumsby starrte mit offenem Mund ins Leere.

George schnaubte.

»Prächtiger *kann* man sich gar nicht amüsieren«, sagte Miss Busst, ein wenig trotzig. »Wir haben eine Menge Bücher. Jeden ersten Sonntag im Monat halten wir eine Andacht, jeden Monat. Sir Mervyn predigt. Ein ausgesprochen frommer Mann; er versichert mir, daß er zu Hause über Jahre nicht einen einzigen Sonntagsgottesdienst versäumt hat.«

»Schon«, sagte Appleby. »Aber das waren Gefängnisgottesdienste.«

Mr. Rumsby öffnete den Mund noch einen Millimeter weiter; Mrs. Heaven lächelte freudlos. »Wir wissen natürlich alle, wie übel das Schicksal ihm mitgespielt hat. Nur reden wir nicht darüber.«

»Ich bin bei der Polizei, müssen Sie wissen, da fallen einem solche Sachen auf. Ich ermittle gerade in einem Mordfall, der sich erst gestern hier am Strand ereignet hat.« Damit hatte Appleby Mrs. Heavens forscher Art die Spitze abgebrochen und blickte lässig in die Runde. »Wer weiß, vielleicht amüsiert man sich nur auf Ihrer Seite der Insel. Ah, da kommen meine Freunde. Zwei Frauen und zwei Männer. Können Sie uns im Hotel noch unterbringen?«

»Werden wir schon hinkriegen.« Mrs. Heaven nickte energisch – sie war, ging es Appleby durch den Kopf, womöglich

93

das einzige energische Wesen auf der ganzen Insel. »Und wenn Sie sich nicht amüsieren wollen – gezwungen wird bei uns keiner.« Sie betrachtete zuerst Miss Busst, dann Mr. Rumsby mit einem ausgesprochen boshaften Blick. »Könnte mir vorstellen, daß ein guter Mord für jemanden wie Sie unterhaltsamer ist. Freut sich, daß Sie einen gefunden haben. Den hätten wir im Hotel nicht im Angebot gehabt.« Und schon stob Mrs. Heaven mit langen Schritten davon, um Applebys Gefährten zu begrüßen.

Es war alles in höchstem Maße kurios; minutenlang herrschten Durcheinander, Wortschwall, Überraschung, Hailstone und George suchten das Weite, und Appleby ging ein paar Schritte zurück, damit er die Szene besser überblicken konnte … Kurios, das stand fest; gestern noch eine einsame Insel, heute prächtiges Amüsieren für sicher nicht weniger als zehn Guineen die Woche; gestern Mord und nichts als die weite See, heute ein Netz voller merkwürdiger Fische. Gestern die bedrückende Aussicht auf ein Tête-à-tête in alle Ewigkeit, heute ein ganzes Boot voller in die Jahre gekommener goldbrauner Dianas und die Aussicht, von Sir Mervyn Poulish geistlichen Beistand zu bekommen. Obwohl diese Aufgabe nun zweifellos an Hoppo übergehen würde … Appleby drehte den anderen den Rücken zu und ging weiter; ging, bis sie nur noch ein Fleck aus Farbe und willkürlichen Bewegungen vor der Leere von Strand und See und dem Horizont der Tropen waren. Das war der Maßstab, den er brauchte. Er ging, bis er an Unumunus Grab kam, genau der richtige Vordergrund für sein Bild. Damit hatte er alles vor sich, was er zu bedenken hatte; nur die flüchtigen Eingeborenen fehlten. Die Strandanzug-Delegation von Heavens Hotel Eremitage; die Übriggebliebenen aus der Sonnendeckbar; die Spuren eines in der Ferne davonstapfenden Archäologen und seines prachtvollen Hunds: dies und ein Sandhügel. Das war seine Aufgabe, und er mußte – was noch nie vorgekommen war – sich zwingen, daß er sie in Angriff nahm. Denn sie war be-

langlos, provinziell, sie bedeutete nur an diesem gottverlassenen Ende der Welt etwas, an das Hoppos Wal sie geschleudert
hatte. Hoppos Wale waren in allen Weltmeeren, vor allen Kü-
sten, in allen Kanälen. Die Bomber flogen über Europa und
Asien, ihre Schatten fielen auf die Kirchtürme Englands, die
Minarette Arabiens, die Stufenpagoden Ostasiens. In Paris waren
die Lichter ausgegangen; in Pittsburgh leuchteten sie an tausend Werkbänken, an denen Anlauf zur größten Schlacht genommen wurde, die die Menschheit je gefochten hatte; in Sydney, in Ankara, in Tokio wartete die Hand schon am Schalter. Es
war Irrsinn – aber es war etwas Großes, Bedeutendes, eine
weltweite Tragödie, zu der jeder Bewohner des Planeten mora-
lische Stellung beziehen mußte, ein großer Kampf, der jeden
ungebundenen jungen Mann lockte, weil es nun einmal seine
Natur war … Hier hingegen gab es nur den Tod von Sir Ponto
Unumunu und die seltsame Würde eines hochkultivierten
Hunds.

Mit langsamen Schritten ging er zurück. Die Jeunesse dorée
badete vom Boot aus; zwei muntere Damen spielten am Strand
Fangen mit einem stämmigen Herrn, dessen Bauch dabei un-
schön schwappte. Merkwürdig, dachte Appleby, daß Edward
Lear ein so unviktorianisches Leben schon zu viktorianischen
Zeiten vorausgeahnt hatte. Aber tatsächlich:

Es war mal ein Mann aus Korfu,
Der niemals wußt' was er tu',
    Und so lief er durchs Land
    Bis die Sonn' ihn verbrannt,
Der ratlose Mann aus Korfu …

Zeilen, die alles beschrieben, wofür das Hotel Eremitage stand
… Und mit einem Male erwärmte sich Applebys Herz für die
Gefährten seiner Abenteuer. Sie waren nicht wie diese Leute.
Diana, für die der Alptraum dieser Reise eine Aufgabe war;

Miss Curricle, die bereit gewesen war, als neue Eva den Weg der Menschheit von vorn zu beginnen; Glover, der auch unter solchen Umständen fand, daß man eine Proklamation verlesen sollte; und selbst der alte Hoppo, der noch im letzten Delirium mit dem Doctor seraphicus um den wahren Glauben gerungen hatte: Das waren Menschen von anderem Kaliber.

Er war wieder an seinem Ausgangspunkt angelangt und betrachtete nachdenklich die Pfotenabdrücke von George, der sich weise zurückgezogen hatte, bestaunte die schneidigen Kommandos der maskulinen Mrs. Heaven … Ja, seine Mannschaft, das waren andere Menschen. Sie würden zusammenhalten, wenn es hart auf hart kam.

Kapitel 11

Miss Curricle stellte einen Liegestuhl auf die aufrechteste Position und nahm Platz. »Das Hotel ist sauber und bequem«, sagte sie.

»Einigermaßen sauber«, sagte Hoppo.

»Das Hotel ist sauber und bequem.« Miss Curricles Ton hatte etwas vom Beinahe-Besitzerstolz des Fremdenverkehrsamts. Allerdings schwang zugleich auch dessen unterschwellige Warnung mit: Es war damit nicht gesagt, daß auch das Essen schmeckte oder die anderen Gäste angenehm waren. »In der Regel sehe ich mir ein Zimmer an, bevor ich mich entscheide. Aber unter den gegebenen Umständen wäre das unangebracht gewesen. Zumal Mr. Heaven ja nicht gerade der Typ des Hotelbesitzers ist. Ich frage mich, was für eine Geschichte dahinterstecken mag und wo er wohl eine solche Frau gefunden hat. Ein Gentleman allem Anschein nach.«

»Sagen wir besser«, meinte Hoppo, »die Manieren eines Gentlemans.«

»Da will ich Ihnen nicht widersprechen. Vielleicht der Sohn eines Musikers oder Malers, der es zu etwas gebracht hat. Er kleidet sich ja auch ein wenig zu auffällig für einen Gentleman. Dieser Diamantring.«

Colonel Glover blickte von einem zwei Jahre alten Exemplar der *Times* auf. »Er sagt, er gehört zu den Heavens in Shropshire. Ein schwarzes Schaf, wie ich vermute. Als einer der jüngeren Söhne habe er nichts vom Vermögen zu erwarten, behauptet er. Ich weiß, daß sie eine – äh – fruchtbare Familie sind.«

»Die himmlischen Heavens. Und er war der siebte Himmel.« Diana blickte glücklich in die Tiefen eines gewaltigen Glases eiskalter Limonade. »Und wie geschaffen« – es war ihr anzusehen, wie der Scherz sich in ihren Gedanken zu voller Pracht entfaltete – »für den himmlischen Hoppo. Man sieht die beiden ja nur noch zusammen.«

»Was wünschten wir uns doch alle, wir hätten Mrs. Kitterys unerschöpflichen Humor.« Hoppos Lachen klang schon ein klein wenig nach Whisky und Soda. »Alles hier ist so uneindeutig, da habe ich versucht, ein paar Informationen aus ihm herauszubekommen. Außerdem verbindet uns ein gemeinsames Interesse. Wir sind beide Philatelisten.«

Diana machte große Augen. »Davon hat man aber nichts gemerkt, als wir noch glaubten, wir wären auf einer einsamen Insel. Und ich hätte nicht gedacht, daß die Kirche so etwas erlaubt.«

Einen Moment lang herrschte verblüfftes Schweigen, dann hörte man vom Geländer der Veranda Appleby lachen. »Nicht was du denkst, Diana. Ein Philatelist ist etwas ganz anderes.« Er wandte sich an Hoppo. »Heaven sammelt also Briefmarken?«

Miss Curricle setzte sich noch ein kleines Stück aufrechter, Whisky schwappte auf Hoppos geborgtes Hemd. Unterschwellig hatte Appleby mit dieser Frage gegen die guten Sitten verstoßen – etwa in der Art eines Arztes auf Urlaub, der plötzlich ein zu großes Interesse an jemandes Hautausschlag zeigt.

»Das kann man sagen. Eine sehr interessante Sammlung. Eklektisch; niemand, der heutzutage sammelt, ohne sich zu spezialisieren, kann auf Vollständigkeit hoffen. Aber eine Reihe interessanter Stücke dabei – ein Moldavischer Stier zum Beispiel und ein Inverser Schwan. Man kann zwar nicht sagen, daß er die Materie wirklich durchdrungen hat …«

Glover knisterte ein klein wenig gereizt mit den vergilbten, spröde gewordenen Seiten der *Times*. »Meine Jungs haben auch Briefmarken gesammelt, als sie noch klein waren«, sagte er. »Aber daß erwachsene Männer …«

»Eine der besten Sammlungen unserer Tage« – Hoppo sagte es mit dem Lächeln eines Mannes, der eine Trumpfkarte ausspielt – »stellte unser verstorbener König Georg V. zusammen.«

Appleby war von seinem Geländer gestiegen und ging zur Verandatreppe. Er blickte hinunter zum Bootshaus, dem Generatorschuppen, den makellosen, frisch in Pastelltönen gestrichenen Nebengebäuden von Heavens Hotel. »Mach deine Rechnung mit dem Himmel«, murmelte er. Und blickte grimmig, denn vor seinem inneren Auge war wieder der blutverkrustete Schädel des toten Unumunu aufgetaucht. Hinter ihm piesackten seine Gefährten sich auf ihre kultivierte Art, vor ihm vergnügten die Hotelgäste sich im Swimmingpool. Und nur ein paar Meilen weiter, wenn auch durch mehr als nur eine unüberwindliche Felswand getrennt, lagen ihre alte Zuflucht und der Schwarze in seinem Grab.

»Sauber und bequem.« Miss Curricle hatte den Faden wiederaufgenommen. »Obwohl ich verstehen kann, daß Mr. Hailstone sie als Eindringlinge ansieht. In meiner Familie hat man die Würde der Wissenschaft stets geachtet. Mein lieber Vater, auch wenn die Verantwortung seiner Arbeit bei der höheren Kolonialverwaltung ihm wenig Zeit dazu ließ, hielt sich stets auf dem Laufenden. Mein Großvater mütterlicherseits war mit Lord Kelvin bekannt.«

Glover hatte sich die *Times* übers Gesicht gelegt. Sein straffer Bauch hob und senkte sich gleichmäßig.

»Deshalb habe ich auch gleich erkannt, daß Mr. Hailstone der Inbegriff des wahren Wissenschaftlers ist. Und gerade als er an der Schwelle zu einer Entdeckung steht, zu einer wichtigen Entdeckung womöglich, taucht Mr. Heaven hier auf und baut ein Hotel für Weltflüchtige und Vergnügungssüchtige – und das sind ja nun wirklich nicht gerade Ideale, die man fördern sollte.«

»Aber auch für Leute wie uns«, gab Hoppo zu bedenken. »Und auf Kredit sozusagen.«

»Da haben Sie recht. Ich will nicht leugnen, daß es sich für uns glücklich gefügt hat. Ich sage nur, daß Mr. Hailstone …«

»Mir kommt Hailstone wie ein ausgemachter Faulpelz vor.«
Mr. Hoppo legte sich ein Kissen hinter den Kopf.

»Da verwechseln Sie ihn wohl mit seinem Hund. George, das muß ich sagen, kann ich nicht tolerieren. Meine liebe Mutter pflegte immer zu sagen …«

Appleby ging hinaus in die gleißende Sonne. Irgendwo dudelte das Grammophon wieder einen melancholischen Schlager mit der Sinnlosigkeit einer verhexten Maschine, bei der niemand mehr das Wort kennt, mit dem man sie zum Anhalten bringt. Eine alte Platte, ein herzzerreißendes Lied über ein Tal auf dem Mond. *The vaaaley of the moooon … the vaaaaley …* Abrupt brachen die Schluchzer ab, als sei dem Hexenmeister das Wort nun doch noch eingefallen. Einen Moment lang waren nur das Jauchzen und Quietschen vom Schwimmbecken her zu hören, Brunstschreie degenerierter Wilder; und dann machte das Grammophon wie eine kleine Zeitmaschine noch einmal einen Schritt um fünf Jahre zurück und erzählte von Valencia – immer und immer wieder. Valencia … *Valencia …* tum-ti tum-ti tum-ti *tum* … VALENCIA. Banal, berechenbar kam es aus einer müßigen Vergangenheit herüber, zeigte erste Wirkung im Bauch, arbeitete sich dann zu den höheren Regionen weiter, ließ seine stickig-sentimentale Gischt über das Bollwerk des Verstandes schwappen. Appleby beschleunigte seinen Schritt. Wenn er erst den Swimmingpool hinter sich hatte, würde er wieder denken können … Eklektisch, sagte er zu sich, nun im Laufschritt, die Materie nicht wirklich durchdrungen. Wütend sah er eine fette Frau an, die ihm in Sandalen entgegengeschlurft kam. Aber ob die Philatelie wirklich etwas zu bedeuten hatte, blieb abzuwarten. Als er den Pool vor sich hatte, verfiel er wieder in Schrittempo. Hailstone mußte eine Menge wissen. Wenn man ihn dazu bringen konnte, etwas zu sagen.

Ein halbes Dutzend Leute planschte im Pool, und offenbar hatten sie mehr Kraft in den Lungen als in Armen und Beinen. Bevor ihr Grüppchen dazugestoßen war, hatte das Hotel wohl kaum mehr als ein Dutzend Gäste gehabt. Doch nach der entsetzlichen Einsamkeit des Ozeans, der gar zu vertrauten Gesellschaft der Lichtung waren ihm die neuen Gesichter zunächst so unüberblickbar vorgekommen wie der Sternenhimmel. Inzwischen hatte er seine Orientierung gefunden. Die listigen Züge des Manns, der jetzt an der Bar stand, hatte Appleby auf Anhieb erkannt – Sir Mervyn Poulish, der Magnat, dessen Gefängnisstrafe nach dem Zuckerskandal solches Aufsehen erregt hatte. Appleby hatte nichts damit zu tun gehabt, da gab es jetzt auch keinen Grund, sich aus dem Weg zu gehen. Und der Bursche neben ihm, der sich gerade vom Hausdiener Mudge massieren ließ, – ein gewisser Jenner – war ein aalglatter Gauner derselben Art. Die beiden hätten Brüder sein können. Die anderen, auch wenn die sittenstrengen Richter Seiner Majestät sie wohl kaum mit Wohlwollen betrachtet hätten, konnte man nicht eigentlich als Ganovengesichter bezeichnen. Appleby mußte an die Gestalten in alten Theaterstücken denken, die so treffende Namen wie Supervacuo oder Lussurioso hatten. Das beschrieb sie aufs Schönste – und es waren, wie Miss Curricle so richtig gesagt hatte, *wirklich* nicht die Ideale, die man fördern sollte. Immerhin konnte man sich eine Notiz machen, daß Mudge allem Anschein nach ein verläßlicher Mann war …

Und dann war da noch Heaven selbst, kurios genug, daß er ein gutes Paar mit seiner grotesken Frau abgab. Er war schlaksig, doch mit einem schwammigen Gesicht, wie ein monströs in die Länge gezogenes Baby; die wenigen Pausen seines aufgeblasenen Geschwätzes füllte er mit unwillkürlichen infantilen Lauten, als sei er in der langen Zeit, die er seine Stimmbänder nun schon nutzte, nie ganz über die ersten Sprechversuche hinausgekommen. Appleby blieb einen Moment lang stehen und beobachtete ihn. Vielleicht war auch seine Philatelie eine Art Fossil vergangener Zeiten. Aber Appleby bezweifelte es.

»John!« Es war Diana, die keuchend angelaufen kam. »Nimm mich mit.«

»Ich wollte ein wenig nachdenken.«

»Dann helfe ich. Das habe ich doch schon einmal getan, oder? Als du gesagt hast, du hättest besser auch Kurse besucht.«

»Ja, da hast du geholfen. Es war der erste Lichtstrahl – oder Funken jedenfalls. Und davon brauchen wir mehr.«

»Es ist alles so furchtbar vage, nicht wahr?« Sie ging nun im Gleichschritt neben ihm.

Er lächelte. »Ein allgemeiner Mangel an Präzision ist im Augenblick der hervorstechendste Zug der ganzen Affäre. Aber willst du wirklich mitkommen? Ich dachte, jetzt wo du wieder eine Limonadentheke hast …«

»Hörst du das?« Sie blieben stehen, und in der Ferne war das Grammophon gerade noch laut genug, daß man die Worte verstehen konnte. »Die kleine Jacke von Blau, nur die kennt der Seemann genau. Das hat man vor fünf Jahren, als ich neunzehn war, an jeder Ecke gehört. Als ich geheiratet habe. Ich halte das nicht aus.«

Er sah sie aufmerksam an, aber so, daß sie ihm ja nicht ihre Lebensgeschichte erzählte. »Ja, die haben schon etwas Trauriges, die alten Schlager.«

»Da wird mir wieder ganz blümerant, John. Wie damals auf dem Schiff.« Sie betrachtete den Strand, das Sonnenlicht, das durch die Blätter fiel, das Wasser, die Menschen, die müßig am Beckenrand saßen – sie sah, wie vertraut es war, und war ratlos. »Es *müßte* mir doch gefallen. Ein bißchen wie Bondi Beach. Aber ich finde es gräßlich.«

»Der Krieg …«

»Ich weiß. Und für einen Mann ist es noch schlimmer.« Sie blickte hinüber zu Jenner, dem Mudge den Rücken knetete. »Für einen echten Mann. Aber als – als Weißer in den Tropen wird man eben ein wenig melancholisch. Eine Insel wie diese hier, die ist etwas für Ponto – für Ham. Und jetzt ist Ponto nicht mehr da. Nur diese ganzen – diese …«

»Japhets.«

»Genau. Und dann …« Sie hielt inne. »Aber ich halte dich vom Nachdenken ab. Geht es um Ponto und die Wilden?«

»Um die Wilden bestimmt nicht.«

»Da ist George!« Sie wies auf eine Anhöhe zu ihrer Rechten. Und tatsächlich, dort oben saß George. Von einem schattigen Flecken aus, in einer Haltung, die von innerer Ruhe zeugte, beobachtete er mit größter Verachtung das Treiben am Pool. Doch nun erhob er sich und kam zu ihnen hinunter, schnüffelte leise mit der großen schwarzen Nase, setzte bedachtsam die kleinen Pfoten. Diana begrüßte ihn überschwenglich, und er quittierte es mit der knappen Höflichkeit eines königlichen Gastes auf einer Party. George – das war offensichtlich – wußte, daß die Neuankömmlinge nicht waren wie die anderen Gäste im Hotel. Zu dritt gingen sie weiter.

»John«, sagte Diana ungewöhnlich nachdenklich – »das waren gar keine Wilden, nicht wahr?«

Er blieb abrupt stehen. »Woher weißt du das?«

»Na, ich habe doch gesagt, daß es ein – ein Widerspruch ist. Wir haben uns vorgestellt, wie die Wilden Miss Curricle im Kochtopf haben, und das *konnte* man sich ja auch wirklich vorstellen. Aber Wilde, die einen Toten klammheimlich im Meer verschwinden lassen …«

»Genau das. Unumunu wurde im Dschungel erschlagen, und dann hat jemand unter Mühen den Leichnam durchs Unterholz gezerrt, bis er auf Höhe der Stelle kam, an der die Strömung ihn aufs Meer tragen würde. Das sah mir nicht nach Wilden aus. Aber ich konnte nicht sicher sein. Vielleicht mußten Wilde nur weit genug herunterkommen, ihre alten Gebräuche verlieren, und dann fänden sie nichts mehr dabei, jemanden so hinterhältig beiseite zu schaffen. Aber ich hatte meine Zweifel, und daß Hailstone es auf seine lässige Art offenbar genauso unwahrscheinlich fand, bestätigte meine Ansicht nur. Aber ich hatte noch ein anderes und viel schlüssigeres Indiz. Erinnerst du dich an den Speer, der in unseren Tisch schlug?«

103

»Sicher. Den haben wir doch alle angesehen.«

Appleby grinste. »Aber ich war der einzige, der auch daran gerochen hat. Und so konnte ich feststellen, daß die Flammen nichts Geringeres als Benzin verbrannten. Soviel ich weiß, haben die Wilden die Kunst Petroleum zu raffinieren bisher nicht entdeckt. Ich will nicht bezweifeln, daß es hier Eingeborene gibt; wahrscheinlich werden wir sie noch zu Gesicht bekommen. Aber ihr Besuch bei uns war inszeniert. Kein Wunder, daß wir mit heiler Haut davongekommen sind.«

George, der ins Unterholz gekrochen war, gab einen unbestimmbaren Laut von sich. Es hatte ein wenig von einem Kichern. Aber vielleicht zeigte er auch nur pro forma ein wenig Feindseligkeit gegenüber einer Eidechse.

»So selbstverständlich finde ich das nicht. Wieso Ponto und wir anderen nicht?«

»Vielleicht sollten wir noch alle an die Reihe kommen. Vielleicht war Unumunu nur zufällig der erste. Aber inzwischen war ja bekannt geworden, daß wir auf der Insel waren, und wären wir alle umgebracht worden – selbst wenn man es fremden Eingeborenen zuschrieb –, hätte das vielleicht für Panik gesorgt, für schlechte Stimmung, an der jemandem nicht gelegen war.« Er überlegte. »Sieh es einmal so. Jemand bringt Unumunu um und wirft den Leichnam ins Wasser; die Chancen, daß er aufs Meer hinaustreibt, stehen vierzig zu eins dafür. Daß ein Schwarzer, den niemand kennt, spurlos verschwindet, wird nicht groß für Aufregung sorgen. Aber dann wird die Leiche gefunden und es ist offensichtlich, daß ein Mord geschehen ist; das wird sich bald überall herumgesprochen haben. Was wäre wohl in einer kleinen Gemeinde wie dieser die beste Möglichkeit, die Sache zu vertuschen? Nicht weit fort wohnen Eingeborene mit zweifelhaften Manieren. Also stellt man es so hin, als hätten *sie* den Schwarzen umgebracht. Damit es noch glaubwürdiger wird, inszeniert man den spektakulären, doch harmlosen nächtlichen Überfall auf uns. Schon ist die Geschichte im Umlauf, daß ein paar bronzebraune Wilde einen Nigger umgebracht, einen Speer oder zwei geschleudert und sich dann wieder aus dem Staub gemacht haben. Immer noch kein großer Grund zur Besorgnis – oder auch nur zur Neugierde an einem so verschlafenen Ort; aber die Neuankömmlinge allesamt zu beseitigen, ist nun vorerst nicht mehr möglich … Wenn wir erst einmal davon ausgehen, daß es einen Grund für die extreme Maßnahme quasi zur Begrüßung gegeben hat, ist der Rest schlüssig genug.«

Diana beugte sich vor und pflückte eine Orchidee. »Das ist wunderbar, wie du solche Sachen in Worte fassen kannst«, sagte sie. »Wie – wie dein Verstand funktioniert. Das ist, als ob Don Bradman den Schläger schwingt.«

Die Großzügigkeit des Kompliments beeindruckte ihn. Und führte ihm vor Augen, wie weit fort er von der Welt war, aus der er kam. Nie und nimmer hätte der Polizeichef, hektisch und schlecht gelaunt hinter seinem Schreibtisch, die Logik eines Gedankengangs mit den Cricketschlägen von Männern wie Hammond oder Jack Hobbs verglichen. »Dann überlege weiter. Sollte Unumunu nur das erste Opfer sein, und wir anderen kamen davon, weil der Mörder erfuhr, daß nun alle von unserer Ankunft auf der Insel wußten? Oder war nur ein einziger Mord nötig, der Mord an Unumunu? Sammelst du eigentlich moldavische Stiere oder Hoppos inverse Hippos?« Er grinste sie an, zufrieden mit dieser plötzlichen Wendung ins Obskure.

Aber Diana blieb ernst. »Das Briefmarkensammeln bedeutet wirklich etwas? Es ist – relevant? Oder sollte das ein Scherz sein?«

George, der ein Stück vorgelaufen war, hatte sich nun umgedreht, saß auf dem Pfad und sah Appleby kritisch an.

»Ich glaube tatsächlich, daß die Briefmarken etwas zu bedeuten haben, aber ich habe keine Ahnung was. Es hat nicht direkt mit Unumunu zu tun, aber vielleicht erfahren wir etwas über die Umstände, die seinen Tod erklären. Ist dir aufgefallen, wie lange man für jedes Warum und Wozu auf dieser Insel braucht? Etwa: Wie isoliert sind wir hier? Wie oft und wie leicht können Leute kommen und gehen? Was hat sie hergeführt, die verschiedenen Gruppen? Was haben sie für eine Geschichte?« Er starrte in den undurchdringlichen Dschungel. »All diese Fragen.«

»Ist doch ein schöner Gedanke, daß es etwas zu tun gibt. Und die Gruppen – wir sind ja selber eine.«

»Da hast du recht. Theoretisch ist auch nach wie vor nicht ausgeschlossen, daß wir unsere eigene Schlange in dieses Eden gebracht haben – daß sie aus unserer Arche kroch. Jeder von uns ist auch einmal allein unterwegs gewesen. Miss Curricle zum Beispiel. Den ganzen Tag, an dem Unumunu starb, war sie fort und war noch nicht zurück, als die Wilden kamen. Wer sagt uns, daß sie nicht alles inszeniert hat? Dramatisches Geschick hat sie; wir werden nie wirklich ausschließen können, daß sie die Fäden in der Hand hält.«

»Aber die Wilden, das waren doch keine – keine Marionetten. *Die* Fäden kann sie auf keinen Fall in der Hand gehabt haben.«

»Die Diener im Hotel müssen Einheimische sein, und wahrscheinlich hat auch Hailstone schwarze Diener. Sie könnte sie bestechen und den Überfall geplant haben. Jeder von uns könnte es gewesen sein.«

»Das finde ich sehr« – Diana kraulte George die Ohren, als blättere sie in einem großen wuscheligen Wörterbuch – »theoretisch.«

»Ich gebe zu, die Überlegung ist rein akademisch. Aber wir haben es mit mehreren Gruppen zu tun. Gruppe Eins sind wir. Gruppe Zwei werden wir jetzt einen Besuch abstatten – das sind Hailstone und seine Grabräuber und natürlich George.«

»Räuber? Oh, verstehe. Und Gruppe Drei wäre dann das Hotel?«

»Gruppe Drei ist Heaven, über den wir noch kaum etwas wissen, zusammen mit Mrs. Heaven und wahrscheinlich allem, was mit der Organisation des Hotels zusammenhängt. Das gute Dutzend Hotelgäste, das wären eine vierte Gruppe oder auch mehrere ... Da kommt jemand.«

George war stehengeblieben und knurrte bedrohlich. Und auf dem schmalen Pfad kam ihnen eine hagere Gestalt in schmutzigen Arbeitshosen entgegen.

»Er ist verletzt!« rief Diana.

Appleby schüttelte den Kopf. »Nur stockbetrunken.«

Kapitel 12

Von Papageien umschwirrt torkelte der Fremde heran, blieb stehen, starrte sie mit blutunterlaufenen Augen an. Seine Hände suchten nach den Hosentaschen, griffen ins Leere, versuchten es noch einmal, erfolgreich diesmal, und waren verschwunden. Die neue Haltung stabilisierte ihn; er nahm seinen Weg wieder auf, nun in einigermaßen gerader Linie. »Trinken Sie ein Glas«, sagte er.

Sie sahen ihn schweigend an, als sei er eine peinliche Szene in einem Film. Er war unrasiert, das Haar hing ihm strähnig über die Stirn; vor ihren Augen versetzte er plötzlich der Luft einen Tritt – trat vielleicht nach dem Trugbild eines George, das er unmittelbar vor sich sah.

»Trinken Sie ein Glas«, sagte er noch einmal. Bei diesen Worten – nun fast drohend – drehte er sich halb um, als habe er die Bar gleich hinter sich. Er war verblüfft, als er den Dschungel sah; finster starrte er ihn an, versuchte offenbar mit jeder Faser seines Hirns zu begreifen, was das war. »Drüben im Bungalow«, sagte er. »Genau. Kommen Sie mit.« Er machte kehrt – wieder ein Akt, der größte Konzentration erforderte – und ging nun in die Richtung, aus der er gekommen war; alle paar Schritt hielt er an und warf, wenn er das Gleichgewicht gefunden hatte, einen langen Blick über die Schulter. Sie folgten ihm, Diana freudig, Appleby finster, in Gedanken in einem längst vergessenen Buch von Conrad blätternd. George bildete diskret die Nachhut.

»Ein Vertreter von Gruppe Zwei«, murmelte Appleby. »Wieder ein armseliger Japhet. Kein Wunder, daß sie mit ihren Grabungen nicht vorankommen. Gütiger Himmel!«

Urplötzlich waren sie auf eine Lichtung gekommen, und was die schwankende Gestalt den Bungalow genannt hatte, tauchte vor ihnen auf. Das Haus schien weniger auf Dauer angelegt als das Hotel, doch war es weitaus angenehmer anzusehen. Palmen im Wind sorgten für das huschende Spiel von Licht und Schatten, in sorgsam abgezirkelten Beeten blühten englische Blumen, deren Farben die makellosen Läden der Veranda malerisch aufgriffen. Das Ganze war winzig – leicht in Einzelteilen zu verschiffen –, aber die Proportionen stimmten, und es war solide gebaut.

»Hübsch«, sagte Diana.

»Tüchtig. Aluminiumfarbe auf dem Dach. Sonnenschutzglas. Und sieh dir die Wassertanks an. Der erste Schwall sammelt sich, öffnet mit seinem Gewicht die Klappen und fließt ab. Ein einfaches Mittel, das verhindert, daß aller Staub ins Wasser kommt. So etwas habe ich nirgends gesehen, drüben in …«

»Sicher. Wir essen ja auch Seife. Willst du denn wirklich da ins Haus?«

»Aber ja. Unser Freund muß bei Hailstone wohnen. Und dahin wollen wir doch.«

Sie stiegen hinauf auf die Veranda, wo ihr Gastgeber schon die ersten Korbstühle umwarf. Einen davon packte er. »Wollen die Herrschaften« – er hielt inne, die Brauen zusammengezogen, als er angestrengt zählte – »Wollen Sie bitte Platz nehmen, Sie beide? Hailstone hat schon gewartet, daß jemand von Ihnen vorbeikommt. Ich bin Dunchue.« Er stand da, überlegte, erschöpft und doch amüsiert. »Dunchue. Auf der Schule haben sie mich immer …« Der unstete Blick blieb an Diana hängen. »Trinken wir ein Glas«, sagte er und verschwand.

Appleby lachte. »Das wird der Curricle zu denken geben. Sieht nicht aus wie ein Gentleman, ist aber einer. Nur daß ein Nicht-Gentleman es nicht merken würde. Ah! Das Patschen flinker brauner Füße.« Aus dem Dunkel des Hauses kam lautlos ein Junge – kupfern, schlank, furchtsamen Auges – mit einem Tablett. »Ob der Bursche wohl einen der Speere geschleudert hat? Immer mißtrauisch bleiben, Diana. Das A und O unseres Berufes … Eine wunderbare Aussicht haben Sie hier.«

Dunchue war zurückgekehrt und unternahm mehrere Anläufe, den Stopfen aus einer Karaffe zu ziehen. »Aussicht! Die einzige Aussicht auf diese Sch… diese blödsinnige Insel, die mir gefallen könnte, wäre von einem Schiff möglichst weit weg. Das oder endlich anständige Arbeit. Aber ich habe allmählich das Gefühl, wir bekommen das nie in Gang. Schlimm genug, bevor dieses Dreckshotel kam. Die Lümmel« – er wies mit unsicherem Daumen in die Richtung, in die der Diener verschwunden war – »sind für jeden nichtsnutzigen Unsinn zu haben. Aber wenn sie auf die Grabungsstätte sollen, nehmen sie Reißaus. Tabu oder sowas. Und jetzt wo sie sich bei Heaven in seiner verfluchten Kaschemme den Bauch vollschlagen können, lassen sie sich überhaupt nichts mehr sagen.« Er füllte drei Gläser bis zum Rand und verteilte sie. »Früher habe ich gedacht, Hailstone will überhaupt nicht wirklich graben. Aber ich glaube, der alte Bast… der alte Knabe hat's wirklich versucht. Und ich habe das Gefühl« – Dunchue setzte sich, plötzlich mit einem seltsam gejagten Gesichtsausdruck –, »ich habe das Gefühl, diese Insel ruiniert uns noch alle, wenn wir nicht bald von hier verschwinden.«

»Es ist sicher nicht leicht.« Appleby hielt sich unbestimmt. Er hatte einen Schluck aus seinem eigenen Glas genommen und starrte es an, mit einem vagen Gefühl, daß etwas nicht stimmte.

»Manchmal denke ich …« Dunchue hielt inne und sah sie mißtrauisch an – ein Mann, der überlegt, wieviel er schon ausgeplaudert hat oder wieviel der andere errät. »Manchmal habe ich das Gefühl, daß ich bald endgültig die Fassung verliere. Daß ich – daß ich hier wirklich vor die Hunde gehe.«

»Kann ich mir vorstellen. Aber die Chancen sind doch gut, daß es nur vorübergehend ist. Sobald Sie in andere Umgebung kommen, ist alles wieder in Ordnung.«

»In Ordnung? Was zum Teufel soll das heißen, in Ordnung? Was ist denn mit mir nicht in Ordnung?« Dunchue war aufgesprungen und hatte sich dabei den Schnaps übergeschüttet. Er stand da, bebte am ganzen Leibe; er stürzte herunter, was noch in seinem Glas war, und ging dann auf der Veranda auf und ab, wo der Kontrast zum perfekt gepflegten Haus noch auffälliger war. Plötzlich blieb er stehen. »Gott!« sagte er. »Ich bin betrunken.« Er sagte es mit der Überraschung eines Mannes, der mitten im Kampfgetümmel plötzlich merkt, daß er tödlich getroffen ist.

Es folgte ein verlegenes Schweigen. Diana hatte ihr Glas abgestellt; es war ihr anzusehen, daß sie sich fragte, ob sie nicht doch besser an der Limonadentheke geblieben wäre. George suchte schnüffelnd die Veranda ab, als hätten ihn die anderen, eingebildeten Georges verwirrt, die anscheinend im Bungalow hausten. Von einem Wirtschaftsgebäude hinter dem Haus hörte man leise Eingeborenenstimmen, ein einziger langer Singsang. Dann ergriff Dunchue wieder das Wort.

»Wäre nicht richtig, wenn ich mich jetzt davonmachte. Dazu ist die Sache zu spannend. Ich bin ja überzeugt, daß er recht hat, auch wenn es noch so unglaublich klingt. Sie wissen natürlich, daß er eine Koryphäe auf seinem Gebiet ist« – Dunchue riß sich zusammen, plötzlich ganz der ewige Assistent; »niemand kann ihm das Wasser reichen, seit der alte Sempel tot ist. Da lohnt es sich doch, daß ich hierbleibe. Aber ein komischer Kauz ist er schon – wie große Männer so oft.« Er griff nach der Karaffe und füllte sich sein Glas. »Manchmal denke ich, daß es mehr als Trägheit bei ihm ist, und es liegt auch nicht am Klima. Sehen Sie sich das Haus hier an, wie er die schwarzen Dummköpfe auf Trab hält. Dieses Nichtstun ist eine Art Krankheit – ein Fall für die Psychologen.« Er leerte sein Glas bis auf den Grund. »Genau wie das Saufen. Irgendwas, was man schon von seiner Mutter abbekommt oder von der Kinderfrau.«

Wieder herrschte Schweigen. Appleby starrte hinaus in den Dschungel und überlegte, mit welchem der diversen Fühler, die er ausstrecken wollte, er beginnen sollte. »Diese schwarzen Dummköpfe«, sagte er; »die mögen Sie anscheinend nicht?«

»Kann die Schwarzen nicht ausstehen – entsetzlich langweilig. Tropen kann ich auch nicht ausstehen – genauso langweilig.«

»Aber wieso …« Appleby überlegte es sich anders. »Und Hailstone?«

»Der auch. Der haßt die Einheimischen. Erstaunlich, daß er trotzdem so gut mit ihnen zurechtkommt.«

»Würden Sie sagen, er haßt die Schwarzen so sehr, daß er einem, der ihm im Weg ist, den Schädel einschlagen würde?«

»Ein Tritt in den … in den Hintern, das schon.« Dunchue schien überrascht, und Appleby fragte sich, ob es denkbar war, daß durch den dichten Alkoholnebel noch gar keine Kunde vom Mord an Unumunu gedrungen war. »Kann mir auch vorstellen, daß Hailstone einen umbringt. Sieht ja aus wie ein großer Kater, aber er hat seine Krallen. Scharfe sogar.« Dunchue wurde zusehends betrunkener.

»Einen Mann umbringen? Weswegen? Geld, Frauen, politische Überzeugung?«

»Liebe Güte, nein.« Dunchue lachte in den hohen, gepreßten Tönen eines Mannes, dessen Kehle trocken war. »Da kennen Sie den alten Knaben schlecht.« Das Lachen verstummte und ein dumpfes Mißtrauen machte sich auf seinen Zügen breit. »Wieso fragen Sie das alles? Sie reden, als wären Sie von der Polizei.«

»Wie das Leben so spielt, bin ich das tatsächlich. Ein Mann ist auf dieser Insel umgebracht worden. Und ich werde herausfinden wie, auch wenn ich meine Befugnisse in einer Kronkolonie ein wenig überdehne.«

»Kronkolonie? Bin mir nicht mal sicher, ob das hier nicht eine amerikanische Insel ist.« Dunchues Interesse war erloschen. »Es gibt, glaube ich, irgendwo einen britischen Gouverneur, aber ich habe nie gehört, daß er uns zu seinen Empfängen lädt. Umgebracht? Wundert mich überhaupt nicht. Gräßliches Loch hier.«

Diana hatte sich über die Veranda gelehnt, als höre sie gar nicht mehr zu. Doch nun drehte sie sich um und sah Dunchue ins Gesicht. »Kannten Sie Sir Ponto Unumunu?« fragte sie ernsthaft. »Er war An… er war Anthropologe, genau wie Sie.«

»Ich bin kein Anthropologe. Ich bin Archäologe. Das ist etwas ganz anderes.« Er rieb sich die Augen, blickte Diana an, als sähe er sie zum ersten Mal. »Hallo! Wollen Sie nicht ein Glas mit uns trinken? Oh, Sie haben schon eins? Nehmen Sie es mir nicht übel. Kleiner Fieberanfall – dauert eine Weile, bis der Verstand wieder klar ist. Ist das der Mann, den sie umgebracht haben? – Sir …?«

»Ponto Unumunu.«

»Nie gehört. Anthropologe? Komischer Name.« Dunchue griff zur Karaffe und besann sich dann. »Hoffe, Sie bleiben zum Essen.«

Appleby nickte. »Gern – aber nur, wenn wir noch ein paar Fragen stellen dürfen. Ich möchte gern mehr über Heaven und sein Gasthaus wissen.«

»Widerlicher Kerl.« Dunchue starrte seine Gäste ein paar Sekunden lang an, doch er sah durch sie hindurch. »Aber ich habe *doch* von ihm gehört – Unumunu, meine ich. Nichts über seine Arbeit allerdings, deswegen bin ich nicht gleich darauf gekommen. Natürlich, Heaven – da können wir Ihnen allerhand erzählen. Aber dieser Unumunu. Ich habe von ihm gehört, ich weiß nur nicht mehr wo.« Er stellte sein Glas ab, und es war, als verliere er damit allen Mut. »Und erst vor kurzem.« Ein Auge war von einer Haarsträhne verdeckt, mit dem anderen starrte er sie benommen und elend an. »Ich kann mir überhaupt nichts mehr merken.« Plötzlich kamen die Tränen.

Diana wurde unruhig. Appleby, dem von Berufs wegen die Launen der menschlichen Psyche nichts anhaben konnten, blickte friedlich in die Ferne. Und von irgendwo aus dem Haus hörte man ein ironisches Schnüffeln, das nur von George kommen konnte.

113

»John« – Diana sagte es leise, damit der schluchzende Mann es nicht hörte –, »sollten wir nicht besser gehen?«

Er schüttelte den Kopf und wartete. »Unumunu«, sagte er nach einer Weile. »Ein merkwürdiger Name. Den würde man doch nicht wieder vergessen.« Er wartete. »Und ein merkwürdiger Mann war er auch.« Er redete weiter, freundlich und friedlich.

Unten schlugen die blauen Wellen an den Strand, und alles schimmerte und flirrte; George war wieder aufgetaucht, ganz Zunge und Hecheln, und hatte sich unter einem Stuhl niedergelassen. Von drinnen kam von Zeit zu Zeit ein metallenes Klimpern, als decke jemand sehr bedächtig den Tisch. Dunchue schloß die tränenfeuchten Augen; mit einem plötzlichen, hilflosen, häßlichen Ruck öffnete sich sein Mund, und er sackte auf seinem Stuhl zusammen. Ein paar Augenblicke lang redete Appleby noch leise weiter; dann erhob er sich. »Ich sehe mich mal im Haus um. Du hältst hier Wache.« Lautlos verschwand er im Halbdunkel.

Zwei einheimische Diener waren in einem langen, schmalen Wohnzimmer zugange, das sich über die ganze Länge des Bungalows erstreckte; sie sahen ihn an, doch ohne Neugierde, und ließen sich nicht bei den langsamen, grazilen Bewegungen stören, mit denen sie alles für die Mahlzeit vorbereiteten. Die wenigen Möbelstücke waren aus Sperr- und Preßholz, hübsche Sachen aus Finnland oder Schweden, die man auseinanderschrauben und in einer kleinen Kiste verstauen konnte; es gab ein Grammophon mit einer Beethoven-Büste, und als einziges anderes Zierstück stand auf einem Tischchen eine große bronzene Schale, offensichtlich sehr alt, mit einem Relief aus Drachen und fließenden Ranken – Appleby hatte ähnliche im Britischen Museum gesehen. Als nächstes wandte er sich den Büchern zu, die eine ganze Stirnwand einnahmen. Die meisten waren auf Deutsch, viele aber auch auf Englisch; etliche in sichtlich verschiedenen skandinavischen Sprachen, eine große Sammlung wissenschaftlicher Abhandlungen auf Holländisch.

Alles kündete von Kulturen, die Tausende von Meilen weit fort waren; die Rätselhaftigkeit des Raums lag offen zutage – alles hätte er ebenso gesehen, wenn man ihn hereinbat.

Die Diener hatten, leise miteinander redend, den Raum verlassen, und Appleby riskierte einen kurzen Blick auf den Schreibtisch. In einer großen Schublade steckte eine Reihe von Notizbüchern, jedes allem Anschein nach von der ersten bis zur letzten Seite mit archäologischen Skizzen und Notizen gefüllt. Diese studierte Appleby so ausführlich, daß es fast schon leichtsinnig war, obwohl nichts darauf hinwies, daß sie nicht zu dem paßten, was der Raum ihm schon selbst verriet. Alles drehte sich um Skandinavien. Es war die Welt der nordischen Sagen, die es auf diese träge, immer ein wenig schwüle tropische Insel verschlagen hatte.

Die anderen Abteilungen waren verschlossen – alle außer einer flachen Schublade ganz oben. Hier ließen ihn eine merkwürdig geformte Pfeife und eine einfache, hermetisch verschlossene Dose innehalten. Etwas regte sich hinter ihm, und er konnte die Lade gerade noch zuschieben, bevor einer der Diener den Raum betrat. Es war eine banale, gar zu vertraute Sache, diese klammheimliche Suche; er trat wieder hinaus auf die Veranda und atmete tief durch in der heißen, reglosen Luft.

Dunchue lag noch immer zusammengesunken wie im Koma; Diana bot ein Bild zum selben Thema, nur daß die Art, wie sie die Augen geschlossen hatte, etwas Wohliges hatte; nur George war wachsam – die Schnauze ein paar Zentimeter über dem Boden, die feuchte Nase gerümpft, um eine lästige Fliege zu vertreiben, doch fest auf den Gartenpfad gerichtet, der am Blumenbeet vorbei zum Haus führte. Und tatsächlich kam schon im nächsten Moment Mr. Hailstones vertrauter Sonnenschirm um die Ecke, schildkrötengleich wie zuvor und umschwirrt von einem ganzen Schwarm winziger, bunt gefiederter Vögel. Die schwarzen Diener liefen ihm entgegen und nahmen den Schirm exakt in dem Augenblick entgegen, in dem Hailstone in den

Schatten trat. Er hob seine blaue Sonnenbrille; doch als er sah, daß er Besucher hatte, setzte er sie wieder auf, wie um sie aufmerksamer zu studieren; statt dessen nahm er nun den makellosen Panamahut ab. »Wie geht es Ihnen?« fragte er. »Ich hoffe, George hat Sie in unserem bescheidenen Heim willkommen geheißen.« Er warf einen Blick auf seinen Assistenten. »Und Dunchue natürlich auch.«

Dunchue stöhnte in seinem Korbsessel.

»Es ist wohl nötig – oder sollte ich sagen: unnötig? –, daß ich offen zu Ihnen bin.« Hailstone wandte sich an Diana, und es hatte etwas von der Mühe und Umsicht, mit der ein Ozeandampfer an den Kai manövriert wird. »Dunchue ist ein erstklassiger Mann. Seit Sempels Assistent Oplitz tot ist, kann ihm keiner das Wasser reichen, kein einziger. Kapitaler Verstand, immer auf dem Laufenden – was uns Älteren ja nicht ganz leichtfällt. Aber manchmal habe ich das Gefühl, die Insel tut ihm nicht gut. Und ich kann es verstehen. Ich bin ja selbst ein tatendurstiger Mensch – George und mir machen Klimaveränderungen nicht das mindeste aus –, aber ich weiß, wie so etwas ist. Man bekommt einfach kein Bein auf den Boden. Ich bin sicher, es wird ihm besser gehen, wenn wir erst einmal mit der Grabung beginnen. Aber im Augenblick, das sehen Sie selbst, trinkt er.« Hailstone hievte sich hinüber zu einem Tisch. »Das erinnert mich – nehmen Sie ein Gläschen?«

Sie lehnten ab und wiesen auf die Gläschen, die sie schon tapfer geleert hatten. Hailstone goß sich eine Winzigkeit aus der Karaffe ein und machte es sich dann in einem der Korbsessel bequem. »Die Frage ist: wie anfangen? Das sagt sich so leicht, man gräbt. Aber man gräbt natürlich nicht selbst. Man stellt Leute dafür an, und dann verbringt man seine Zeit damit, sie zu ermahnen, daß sie vorsichtig bei der Arbeit sein sollen. Ich habe ein paar Einheimische organisiert …« Er hielt inne. »Aber ich fürchte, ich langweile Sie. Sind Sie gut untergekommen im Hotel? Ein Jammer, daß wir Sie nicht bei uns aufnehmen können. Ich kann mir nicht vorstellen, daß all diese leichtlebigen Leute …« Wieder brach er ab, und diesmal schloß er für einen Moment die Augen, als sei für ihn die freundliche Konversation ein genauso mächtiges Schlafmittel wie für seinen Assistenten der Alkohol.

»Wir können nicht klagen«, sagte Appleby. »Es hat sich alles sehr glücklich für uns gefügt. Und Sie langweilen uns nicht im mindesten – ich finde, Ihre Grabungen sind das Interessanteste, was die Insel zu bieten hat.«

Sofort schlug Hailstone wieder die Augen auf. »Am letzten Handelsposten habe ich ein paar Einheimische angeworben, und ich dachte, damit wäre alles erledigt. Man hätte sie nicht einmal zur Vorsicht ermahnen müssen, weil sie von Natur aus träge sind. Aber leider stellte sich heraus, daß ich sie von einer weiter entfernten Insel hätte holen müssen. Der Ort ist tabu oder etwas in dieser Art. Und als das Hotel kam und mir ein paar von ihnen abspenstig machte, wurde es natürlich noch schwieriger. Aber ich zweifle nicht« – er nickte unbestimmt –, »daß wir bald etwas in Gang bringen.«

»Mr. Hailstone« – Diana sah den Archäologen mit Augen an, die fast so groß und rund und blau waren wie die Gläser seiner Sonnenbrille –, »können *wir* denn nicht graben? Das wäre doch ein Riesenspaß. Wir hier, meine ich, und vielleicht noch Leute aus dem Hotel.«

»Ah.« Hailstone sagte es mit wehmütiger Stimme. »Aus dem Hotel hat man uns schon einmal Hilfe angeboten. Aber es hat sich nicht bewährt. Sie erwarteten schnelle Erfolge. Es kam zu Reibereien, am Ende verlief alles im Sande. Aber nun, wo wir frisches Blut haben, wäre es vielleicht nicht unmöglich.«

»À propos Blut«, sagte Appleby. »Ich habe Neuigkeiten von Unumunus Tod. Vielleicht waren es doch nicht die Wilden.«

»Er sagt, womöglich waren Sie es.« Mit einem Schlag war Dunchue erwacht und setzte sich auf. Er grinste Hailstone an, offenbar wieder ganz bei Sinnen.

117

»Ich hätte den geheimnisvollen Neger umgebracht? Liebe Güte, ich glaube, es wird Zeit, daß wir etwas essen.« Hailstone klatsche leise in die Hände. »Dann bekommt Mr. Appleby auch einen Eindruck von unseren Jungs. Es müssen ja wohl Wilde gewesen sein, die ihre Speere auf Sie geschleudert haben. Jemand könnte sie bestochen haben.« Er erhob sich. »George, vielleicht hast du Glück und es gibt Schildkrötensteak. Mrs. Kittery, darf ich bitten? Mein lieber Appleby, kommen Sie ins Haus.« Mit einem leisen Lachen ging er zur Tür. »Ich kann mir schon vorstellen, daß Sie zu Schlüssen gekommen sind, die auf mich als Täter weisen. Ich kann mir sogar vorstellen, daß Dunchue es sich vorstellen kann. Ihr Sir Pongo …«

»Ponto«, sagte Diana streng.

»Ihr Sir Ponto und ich, sind wir wegen Miss – Miss Curricle aneinandergeraten? Nein. Hatte er es auf meinen Sonnenschirm abgesehen und ich auf seine goldene Uhr? Wiederum nein. Aber befürchtete ich eifersüchtig, daß ein anderer Wissenschaftler vor mir das Geheimnis lüftet, daß er und nicht ich die Frage klärt, woher die Vorfahren unserer eingeborenen Nachbarn stammen? Ja – und zwar ganz entschieden Ja. Dunchue, ich mußte unsere Grabung gegen einen Rivalen verteidigen, eine Koryphäe auf dem Gebiet der pazifischen Anthropologie.« Sie waren ins Wohnzimmer getreten, und Hailstone wies mit ungewohnt energischer Geste auf eine Szene, die Appleby nicht so unvertraut war wie er dachte. »Sehen Sie?« Er lächelte glücklich, dann fiel ihm ein, daß er Diana einen Platz anbieten sollte, und danach lächelte er um so seliger. »Mr. Appleby, Sie sind Detektiv. Und ich fordere Sie heraus … Sehen Sie es?«

Kapitel 13

Appleby sah es allem Anschein nach nicht; er blickte sich im Zimmer mit dem aufmerksam mißtrauischen Auge eines Dorfpolizisten um, der zum ersten Mal den Ort des Verbrechens sieht. Hailstone war begeistert.

»Wir haben immer ein wenig Hemmungen gehabt, andere ins Haus zu lassen.« Er klatschte in die Hände, und der erste Gang wurde aufgetragen. »Die Leute aus dem Hotel zum Beispiel, die haben wir nur auf der Veranda bewirtet, was sie uns vielleicht übelgenommen haben, seinerzeit, als sie uns graben halfen. Dunchue hat, scharfsinnig wie er ist, einmal vorgeschlagen, wir sollten uns tarnen; aber ich fand, da hätten wir es mit der Geheimnistuerei doch übertrieben. Er wollte den Eingeborenen, die ab und zu vorbeikommen, etwas von ihrem Krempel abkaufen: Schilde, Schrumpfköpfe, Totempfähle – Sie wissen schon. Und das hier überall aufstellen.«

»Gräßlicher Gedanke.« Dunchue war nach wie vor äußerst schlechter Laune. »Ich verabscheue die niederen Rassen. *Alle* niederen Rassen.« Er funkelte seinen Chef finster an, als habe er den Verdacht, daß auch er in Wirklichkeit ein Hottentotte sei. »Aber vernünftig wäre es gewesen. So wie es jetzt ist, können wir nicht sicher sein, ob wir uns nicht schon verraten haben. Warum wir *Sie* einweihen, verstehe ich nicht.«

»Soll das heißen«, fragte Appleby, »daß Sie überhaupt keine Archäologen sind? Daß Sie zu einem ganz anderen Zweck auf der Insel sind? Sie sind doch nicht etwa Mädchenhändler?«

»Mädchenhändler?« Diana blickte perplex von ihrem Tomatensaft auf. »Ich habe hier noch kein einziges Mädchen gesehen. Die meisten sind Männer, und die Frauen sind alle alt.«

Hailstone lachte glücklich. »Mr. Appleby sieht mich in Gedanken immer noch, wie ich dem Schwarzen auflaure. Er überlegt, ob ich ihn in die Sklaverei verkaufen wollte. Nein, als

Mädchen- oder Menschenhändler wären wir nicht tüchtig genug; wir haben dem Halunken Heaven eine ganze Reihe von unseren schwarzen Jungs überlassen und keinen Penny dafür bekommen. Nein, ich denke schon, daß wir mit Fug und Recht behaupten können, daß wir Archäologen sind.«

»Unser Geschäft«, erklärte Dunchue, »ist die Welt der Vergangenheit. Unser Geschäft.«

»Nun sehen Sie doch nicht so schwarz«, sagte Hailstone eilig; »die Grabung kommt schon noch in Gang. Mrs. Kittery hilft uns – da kann doch gar nichts mehr schiefgehen.« Er setzte sein Glas ab und blickte in die Runde, wie um sich zu vergewissern, daß auch alle zuhörten, wenn der Höhepunkt kam. »*Wikinger!*« sagte er.

Diana, die vielleicht den entsprechenden Kurs nicht belegt hatte, sah ihn verständnislos an; Appleby tat – er spielte es überzeugend –, als begreife er allmählich. »Hier kann es doch keine Wikinger gegeben haben.«

Hailstone aß hastig, als halte das Essen ihn von Wichtigerem ab. »Wir zeigen es Ihnen. Es ist ein Langgrab.«

»Meinen Sie denn«, fragte Diana, »daß Sie sehr lange graben?«

Unter dem Tisch schnarchte George; Hailstone, der nun geradezu etwas wie Tatendrang an den Tag legte, lachte herzlich. »Meine Liebe, es ist ein sehr langes *Grab*.«

»Und Sie glauben, es liegen Wikinger drin?« fragte Appleby.

»Sachen«, sagte Dunchue. »Haben Sie von Traprain gehört? Das ist – oder war – ein ziemlich großer Hügel nicht weit von der Küste der schottischen Lowlands. Und als man ihn aufgrub, stellte sich heraus, daß er massiv mit Reichtümern gefüllt war; ein Lager, aus dem sie den Schatz später wieder abholen wollten. Nur daß es tausend Jahre dauerte, bis jemand kam.«

»Ein Schatz!« Diana riß die Augen auf. »Sie sind auf Schatzsuche! Wer bekommt ihn, wenn wir ihn finden?«

»Na, zuerst müssen wir ihn einmal finden. Und der Wert für die Wissenschaft wird weitaus größer sein als alles, was an Gold und Edelsteinen da sein mag.« Hailstone wandte sich an Appleby, und er sprach rasch, ganz von dem Thema gefesselt. »Die Wikinger liebten das Meer. Sie waren die ersten und größten Seefahrer der Geschichte. Keiner kann sagen, wo sie überall gewesen sind. Warum sollen sie nicht auch um Kap Horn gekommen sein – das Zeug dazu hatten sie. Stellen Sie sich vor, was sie in Südamerika geplündert haben könnten, Jahrhunderte vor Pizarro! Und hier auf dieser Insel haben sie es gehortet. Verstehen Sie nun, warum wir das nicht an die große Glocke hängen wollen? Es gäbe eine Sensation, einen Wettlauf der Archäologen, ein einziges Durcheinander. Dunchue, holen Sie die Landkarten. Die Idee geht mir schon seit Jahren durch den Kopf. Und dann fand ich auf den Marquesas den ersten konkreten Hinweis …« Hailstone redete und redete. Die Diener trugen lautlos auf und wieder ab. George lag auf dem Fußboden und schlief.

Appleby hörte pflichtschuldig zu. »Ich bin ja leider kein Fachgelehrter«, sagte er schließlich. »Mein Verstand bewegt sich auf anderen Bahnen. Aber wenn Ihre Theorien zutreffen, dann wären die Sachen, die hier zu finden sind, von enormem Wert, nicht wahr? Können Sie sicher sein, daß nicht doch jemand von Ihren Plänen Wind bekommen hat? Dies merkwürdige Hotel, das Ihnen so auffällig nachgereist ist und sich hier breitgemacht hat; wäre es nicht denkbar, daß es nur Fassade ist und in Wirklichkeit jemand dahintersteckt, der es auf Sie abgesehen hat? Was, wenn Unumunu dorthin vorgedrungen wäre und jemanden erkannt hätte – etwas wie einen archäologischen Piraten –, und der hätte es dann für notwendig gehalten, ihn aus dem Weg zu räumen? Nur eine wilde Spekulation – aber mit solchen Überlegungen komme ich voran.«

Hailstone legte mit lautem Klirren seinen Löffel ab. »Was für ein unglaublicher Gedanke!« Er warf Dunchue einen erschrockenen Blick zu. »Hatten wir nicht von Anfang an das Gefühl, daß mit dem Hotel etwas nicht stimmt? Eines Tages war Heaven plötzlich da, mit einem Boot voller Bauarbeiter, und dann kamen seine Gäste. Und die sind ja zwielichtig genug. Alle sechs Monate kommt ein Schiff, von Gott weiß woher.«

»Wie ist das eigentlich«, fragte Appleby, »mit Ihrer eigenen Verbindung zur Außenwelt?«

»Wir beschränken sie auf ein Minimum. Mit einem Händler ist vereinbart, daß er Anfang nächsten Jahres vorbeischaut. Immer vorausgesetzt, er wird nicht vorher torpediert. Aber Ihre Theorie zum Hotel beunruhigt mich; ich habe Heaven von Anfang an nicht getraut.«

»Heaven sammelt Briefmarken. Oder besser gesagt, er besitzt eine Sammlung.«

»Tatsächlich?« Hailstone schien nicht zu wissen, was er darauf sagen sollte. »Nicht gerade ein sympathischer Zug. Aber doch nichts …«

»Die Verbindung zu den Torpedos liegt auf der Hand.«

Diana, die sich verzückt einem Eisbecher mit Passionsfrüchten gewidmet hatte, lächelte glücklich. »Wenn er solche Sachen sagt«, meinte sie, als kenne sie ihn schon seit Ewigkeiten, »dann weiß man, daß sein Verstand auf Hochtouren läuft.« Und tauchte den Löffel noch tiefer ein.

»Es herrscht Krieg. Man kann sagen, es herrscht weltweiter Krieg. Eine Menge Leute würde alles dafür tun, sich in Sicherheit zu bringen. Nur ist es nicht leicht, sich das Geld dafür zu beschaffen. Nur die wenigsten Regierungen werden bereit sein, den pazifistischer gesinnten Zeitgenossen zum Beispiel einen Ferienaufenthalt auf einer tropischen Insel zu finanzieren. Man kann nicht in die Bank spazieren und für so etwas sein Konto plündern oder einen Kredit vereinbaren. Manche Leute läßt man allerdings gern gehen, solange sie kein Vermögen außer Landes bringen. Wer nicht als nützlich für die Gesellschaft gilt, darf das Land verlassen, wenn er glaubhaft versichern kann, daß seine Tante in Timbuktu für ihn aufkommt. Deshalb blüht in Kriegszeiten das Geschäft mit seltenen Briefmarken. Sie sind ein Vermögenswert, den man verkaufen kann und den man ohne Mühen mit sich herausschmuggeln kann. Und da kommt, das liegt auf der Hand, Heaven ins Spiel.« Appleby zögerte. »Jedenfalls hätte ich das vermutet. Jetzt wo ich weiß, daß Sie auf der Suche nach einem Schatz sind, überlege ich allerdings, ob er nicht größere Einnahmequellen im Auge hat.«

Hailstone seufzte. »Alles wird so furchtbar kompliziert. Dieser Krieg – sieht ein Außenstehender überhaupt, was für ein Schaden das für jemanden wie uns ist? Harvard, Tokio, Cambridge, Moskau, Berlin: Können Sie sich vorstellen« – er zögerte, suchte nach einem passenden Bild –, »daß zwischen allen ein Spiel im Gange ist, so schnell und so kompliziert und präzise wie ein erstklassiges Tennismatch? In jeder dieser Städte steht jemand und wartet auf den Ball, der für den Fortschritt seiner Disziplin steht, wartet, daß er ihn zurück übers Netz schlägt, mit einem neuen Dreh, einem unerwarteten Winkel. Und dann dieser Irrsinn – Leute wie Heaven verschieben Briefmarken und stopfen sich die Taschen voll, und Torpedos« – plötzlich blitzte Humor hinter den blauen Brillengläsern – »schleudern uns Polizisten vor die Tür! Aber wir sollten dem Schicksal ja dankbar sein, daß es uns Appleby beschert hat. Er hat uns auf eine Gefahr aufmerksam gemacht, die wir noch gar nicht gesehen hatten. George, wir müssen auf der Hut sein – und Sie natürlich auch, Dunchue.« Hailstone gab das Zeichen für den Benedictine.

Der Kaffee war ausgezeichnet, er war es wert, daß man bei ihm verweilte, und es machte auch niemand Anstalten, anderes zu tun. Der Tatendrang, zu dem sich Hailstone bei der Erläuterung seiner Arbeit aufgeschwungen hatte, war offenbar verflogen: George schlief fest; Dunchue, nach der Mahlzeit wieder ein gutes Stück nüchterner, hatte Dianas Reize entdeckt. Appleby verfolgte seine Annäherungsversuche mit tadelnswertem

123

Gleichmut; er lehnte sich zurück, ließ den Benedictine nach dem ausgezeichneten Rheinwein seine Wirkung tun und lauschte dem Plätschern der Wellen, die ihre Kraft schon weit draußen auf dem Riff verloren hatten. Es war wie das machtlose Murmeln der Stunden und Tage, die ihre Kraft zu locken, die Aufmerksamkeit zu fesseln längst verloren hatten. Und dieses Bild wirkte seinerseits in den Tiefen seines Verstandes weiter, wie ein Schlüssel, mit dem man tastet, bis er greift. Oft dreht er sich nur ein einziges Mal im Schloß, und nur die eine Tür steht dem Gedanken offen ... Appleby sah durch den Fliegendraht der schmalen, tief hinabreichenden Fenster nach draußen zu den Korbstühlen und dem perfekt polierten Chromtisch, zu den Gläsern, aus denen sie Dunchues abscheulichen Aperitif getrunken hatten; dankbar kehrte er zu Hailstones Likör zurück, und in der farblosen Tiefe des winzigen Glases sah er mit einem Mal eine andere Welt. Da lag das Geheimnis, sagte er sich, da und nirgends sonst – hier mußte er ansetzen, hier war er ihm auf der Spur. Sein Blick wanderte zurück zu Diana und zu Dunchue, der sich über die Obstschale zu ihr vorgebeugt hatte. Sie sahen so unwirklich, so unglaubwürdig aus wie ein schon halb abgelaufener Film, in einem Kino, in das man plötzlich aus dem Licht des Tages geraten ist. Schon in fünf Minuten, in der nächsten Szene, würde Dunchue wieder der adrette junge Mann sein, das Haar gekämmt, die Hose wie durch Wunder mit einer Falte versehen. Doch binnen zehn weiteren würde es zu einem Mißverständnis kommen; er würde betrunkener sein denn je und über Nacht einen Dreitagebart bekommen; erst ein Wirbelsturm, der reichlich Gelegenheit zu heroischen Taten bot, würde alles wieder in Ordnung bringen. Und in der Großaufnahme zum Schluß wäre er ganz der sympathische Tunichtgut; er würde einen entsetzlich schmalen Schnurrbart tragen, zur Perfektion getrimmt. Und Diana, die bis auf die Haut naß geworden war, so daß ihr gar nichts anderes übrigblieb, als hinter einem Wandschirm, der sich als ausgesprochen dekorativ erwies, ihre

Kleider abzulegen ... Appleby blinzelte mit den Augen. Er war hinter ein Geheimnis gekommen und hatte es schon beinahe gelöst – hatte beinahe das Rätsel gelöst, das sich noch gar nicht wirklich offenbart hatte –, und doch verfiel er noch immer dem Zauber dieser Insel. Er leerte sein Glas, und mit dem letzten Schluck vertrieb er die Schweizer Familie Robinson, schon lange in weite Ferne gerückt, ein für allemal. Er nahm eine Zigarette, zündete sie sich an, und in den trägen blauen Rauchkräuseln nahm allmählich ein anderer, größerer Klassiker Gestalt an. »Tusitala«, sagte er laut.

Hailstone blickte auf, verdutzt. »Wie bitte?«

»Ach, nichts. Mir fiel nur der Name wieder ein, den die Eingeborenen dieser Inseln Robert Louis Stevenson gegeben haben. Der Mann, der Geschichten erzählt.«

Kapitel 14

Und gräbt, dachte Appleby, bis er endlich sein Grab sich gräbt … Er raffte sich auf, als die anderen sich erhoben und an die Vorbereitungen zu ihrem Ausflug gingen. Es fand sich ein zweiter Sonnenschirm für Dunchue und Diana; ein kleiner Picknickkorb und eine Thermosflasche stellten sich ein; alles hatte etwas von einer harmlosen Zerstreuung, die den Kindern den Nachmittag vertreibt. Hailstone weckte George mit einer Folge von immer energischer werdenden Pfiffen – fast wie Montaignes Vater, der den zukünftigen Essayisten mit ein wenig Musik aufweckte –, und dann machte sich die Gesellschaft auf den Weg in die gleißende Sonne und die nun lauter gewordene Brandung. Weit draußen zeigte das tiefe Blau einen gleichmäßigen weißen Gischtsaum, als habe die seltsame Prozession dem gleichmütigen Antlitz des Ozeans ein kleines Lächeln entlockt. Ein einzelner Windhauch brachte den Laut des Meeres herüber, ein Schluchzen, eine todtraurige Melodie in den Bäumen, und weiter vorn antwortete ein leises Echo. Hailstone war unter der Belastung des Fußmarsches verstummt, als konzentriere er seine Gedanken auf das Atmen. Appleby nutzte die Ruhe und stellte ein paar topographische Überlegungen an.

Dieser Bereich der östlichen Inselküste war vom Rest vollständig durch die kaum zu überwindende Hügelkette geschieden, die von ihrem alten Lager aus im Osten gelegen hatte. In den unteren Regionen schien der Dschungel undurchdringlich, und als sie nun in Richtung Süden zogen, ragten die Felsen vor ihnen auf, eine nach oben immer zerklüfteter und unzugänglicher werdende Bergwand, die im Osten in jähen Klippen endete – eher Hebriden als eine polynesische Insel. Der Weg, den sie einschlugen, führte damit in eine Art natürliche Sackgasse. Aber bevor sie an deren Ende gelangten, tauchte jenseits einer schmalen Landenge, die nun vor ihnen erschien, eine Halbinsel

126

aus flachen Dünen auf, mit buschigem Gras bewachsen. Darauf steuerten sie zu, den Bungalow an die fünfhundert Meter hinter sich und noch einmal zweieinhalb Kilometer dahinter das Hotel.

Appleby studierte die Hügel zu seiner Rechten. Zwischen ihnen blitzte manchmal die Spitze des Bergs durch, den sie Ararat getauft hatten; vielleicht, dachte er, sollten sie ihn jetzt besser den Fernrohr-Hügel nennen. Von dort oben war der größte Teil des Küstenstreifens, auf dem sie nun wandelten, nicht zu sehen, und das erklärte, warum sie die Insel zunächst für unbewohnt gehalten hatten. Er blickte zurück zum Bungalow, zwischen Palmen an die Stelle gesetzt, an der die Berge am nächsten an die See herankamen. Plötzlich wünschte er sich, er hätte einen Revolver – dieser Ausflug konnte gut eine Falle sein. Aber vielleicht deutete er die Dinge ja auch falsch … Und damit kehrte er in Gedanken zum Hotel und der seltsamen Zuflucht zurück, die Mr. Heaven dort bot.

Zwielichtig und unbedeutend war das Haus ihm bisher vorgekommen – eine merkwürdige und vielleicht alles andere als anständige Institution, die den Gästen als Notquartier diente, bis sie wieder fortkonnten. Aber jetzt, wo alles Mögliche geschehen konnte … Er wandte sich an Hailstone. »Dieser Heaven«, fragte er, »hat die Belegschaft für sein Paradies wohl kaum auf einmal hergebracht?«

»Ich glaube, sie kamen in zwei Gruppen – immerhin ein Trost, daß das Hotel jetzt voll belegt scheint – überbelegt sogar, wenn man Sie mitzählt. Diese Leute sind eine solche Last.« Hailstone war milde gestimmt. »Außerdem haben sie etwas gegen George.« Nun wurde der Ton schon schärfer.

»Ich habe nicht den Eindruck, daß es George etwas ausmacht.«

»George ist ein ausgesprochen gutmütiger Hund. Einer von ihnen – ich glaube, ein Mann namens Jenner – hat ihn erst vor ein paar Tagen getreten.«

»Mit welcher Gruppe kam Jenner?«

Applebys Frage wirkte – so kurios das war –, als folge sie logisch aus dem, was er gerade gehört hatte. Und Hailstone schien in Gedanken versunken und blickte durch seine blauen Brillengläser hinaus aufs Meer; vielleicht mußte er den neuen Gedanken erst verarbeiten. »Ich glaube«, sagte er, »Jenner gehörte zur zweiten Gruppe.«

»Hatten Sie je das Gefühl, daß diese zweite Gruppe beim Hotel nicht erwartet worden ist?«

Hailstone beugte sich nieder und zupfte Grassamen aus Georges nicht gerade für die Tropen gemachten Fell. Als er antwortete, tat er es mit einer Stimme, die unmißverständlich besorgt klang. »Sie meinen wirklich …?«

»Ich halte es nicht für undenkbar, daß im Hotel Leute sind, die Ihnen Übles wollen.« Nun war es Appleby, der hinaus auf den unendlichen Ozean starrte. »Wie Unumunus Tod da hineinpaßt, ist mir nach wie vor ein Rätsel. Wenn das Bild Gestalt annimmt, werden wir sehen, was das zu bedeuten hatte. Bis dahin müssen wir vorsichtig sein. Aber daß es Grund zu echter Besorgnis gibt, glaube ich nicht.«

Appleby sagte es mit einer Unbekümmertheit, die in Wirklichkeit längst verflogen war. Es beunruhigte ihn zu hören, daß der Mann namens Jenner George getreten hatte.

Eine Möwe zog über ihnen ihre Kreise; ihr flinker Schatten huschte über den Sand wie eine Aufforderung zur Tat. In diesem Augenblick hätte Appleby auch ohne Besichtigung geglaubt, daß es eine Grabung gab; er wollte zurück zu Heavens Hotel und sich zum ersten Mal wirklich ansehen, was für ein Hotel das war. Was für eine Art Gauner war Sir Mervyn Poulish mit seinen faulen Finanzgeschäften? Darauf kam vieles an. Würde sich sein erster Eindruck von Mudge, dem einzigen weißen Diener, bestätigen? Auch das war wichtig. Und was Heaven anging … »Was diesen Heaven angeht«, mischte sich Hailstones Stimme kurios mit seiner inneren, »je mehr ich über ihn nachdenke, desto mehr Sorgen mache ich mir. Die Sache mit den Briefmarken, auf die Sie so scharfsinnig gekommen sind – das kann doch nicht alles sein? Ich kann mir schon vorstellen, daß er damit guten Gewinn macht, wenn er sie eines Tages wieder losschlagen kann. Aber daß jemand sich darauf verläßt, daß die Welt des späteren zwanzigsten Jahrhunderts nichts anderes zu tun haben wird als Briefmarken zu sammeln …« Er zuckte mit den Schultern, und der Schatten des Sonnenschirms, der vor ihnen herzog, machte einen kleinen Hüpfer. »Ich denke, er ist auf etwas anderes aus.« Einige Minuten lang schwieg er; sie stapften nun mühsam durch weichen Sand. »Vielleicht hat Dunchue doch geplaudert – gleich zu Anfang; er hat, das muß ich leider sagen, schon lange bevor wir hier ankamen getrunken.« Wieder blieb er eine Weile still. »Was hier auszugraben ist, wäre schon eine Menge wert – für einen Räuber, meine ich. Die Goldschätze könnten unermeßlich sein.« Er blickte Appleby durch das kalte Blau seiner Brillengläser an, vielleicht mißtrauisch.

»Ich kann mir schon vorstellen, daß Heaven sich auch für anderes interessiert als für Briefmarken.«

Hailstone seufzte. »Ich kenne diese Art, sich in Geheimnisse zu hüllen. George kann genauso sein … So, da wären wir.«

Ein Kind der Brobdingnags, das zwischen diesen flachen Dünen mit Förmchen von der Größe eines Kinosaals spielte, hätte etwas hervorgebracht, das etwa so ausgesehen hätte wie Hailstones Tumulus. Vor ihnen lag ein gewaltiger, hoch aufragender Kubus aus Sand und buschigem Gras, dessen perfekte geometrische Form dem Zahn der Zeit fast unverändert getrotzt hatte. Diana juchzte wie die Touristen, wenn in einer Tropfsteinhöhle die bunten Lichter eingeschaltet werden; Appleby starrte das Ding nur fassungslos an. »Man könnte Cricket darauf spielen«, meinte er.

Hailstone lachte. »Auf die Idee sind wir noch nicht gekommen. Aber Sie sehen, welche Aufgabe sich uns stellt. Wie die Maus, die einen Berg abnagen soll.«

»Aber das können doch nicht alles vergrabene Schätze sein? Man bräuchte einen Ozeanriesen unserer Tage …«

»Ich stelle mir vor, daß sie eine kleine Flotte hatten.« Dunchue wandte zum ersten Mal seit dem Aufbruch die Augen von Diana ab und sah den Hügel an wie ein Verliebter. »Er ist so groß, wie Sie ihn jetzt sehen, weil sich immer mehr Sand anlagert, wir wissen nicht wie. Vor allem oben – und trotzdem behält er immer seine Form. Hailstone vermutet, daß das Gras ihn zusammenhält.« Er schüttelte den Kopf, einer seiner stürmischen Stimmungswandel. »Der Sand verdichtet sich natürlich, wenn man tiefer kommt. An das Zeug ranzukommen ist, als wollte man sich durch eine Pyramide graben.«

»Das heißt, der Schatz ist ganz tief drin?« fragte Diana enttäuscht.

»So tief, daß man eigentlich einen Bagger bräuchte. Nicht einmal Hailstone und nicht einmal, wenn er uns alle einspannt, George eingeschlossen, könnte da auf die Schnelle etwas ans Licht holen.« Dunchue setzte sich und begann mangels anderer Tätigkeitsfelder mit der Ausgrabung des Picknickkorbes.

»George«, sagte Hailstone nachsichtig, »tut was er kann.« Und das war die Wahrheit. Es war nicht zu übersehen, daß das riesige, unerklärliche Objekt, so streng und regelmäßig in der üppig wuchernden Wildnis der Insel, für diesen monströs trägen Hund eine unwiderstehliche intellektuelle Herausforderung war. Mit lautem Kläffen war er hinüber zum Grab gestürmt und scharrte nun, so hoffnungslos das war, an der ihnen zugewandten Seite. »Ich sage es oft: Wir sollten uns alle ein Beispiel an George nehmen.«

»Könnten Sie es nicht sprengen?« fragte Diana.

»Vorstellbar wäre es.« Hailstone schien ein wenig schockiert von der Frage. »Aber leider haben wir keinerlei Sprengstoffe.

Und es wäre nicht abzusehen, welchen Schaden feine und zerbrechliche Stücke im Inneren nähmen. Möchten Sie hinaufsteigen? Auf der anderen Seite gibt es einen Weg.«

Sie überließen George seinen vergeblichen Mühen und erklommen den Hügel. Das Grab, erkannte Appleby, lag unmittelbar am Strand; die Wellen des Ozeans reichten bis fast an das Fundament heran. Das war jedoch nicht das Bemerkenswerteste, was es dort oben zu sehen gab. Denn mitten auf dem sandigen Plateau, auf das sie gekommen waren, vor sich etwas, das aussah wie eine Flasche Champagner, saß ihr Hotelier. Himmelwärts waren sie gestiegen, und oben angekommen fanden sie den himmlischen Heaven. Aber wenn es hier eine Himmelskrone zu erringen gab, so hatte Heaven offenbar alle Absicht, sie sich aufs eigene Haupt zu setzen. Neben ihm im Sand lag ein stattlicher Spaten.

Er erhob sich, als sie sich näherten, und Appleby studierte ihn aufmerksamer als zuvor. Er reckte unruhig den Hals, und ein ebenso unruhiges Zucken zeigte sich in seinen Gesichtszügen – ein Mondgesicht, das auf seinem hageren Leib saß wie ein Polyp, der auf einem spinnenartigen Geschöpf der Tiefsee hängengeblieben ist. Und als er ihnen nun entgegenkam, war sein Weg begleitet von kleinen, halb verschluckten unwillkürlichen Lauten – ein seltsames Muhen wie von Rindern auf weit entfernten Weiden, ein Donner in unendlicher Ferne, Schwalben in den gewaltigen Schornsteinen eines alten Hauses. So kam er auf sie zu, die Augen zusammengekniffen, weil er in die Sonne blickte – arrogant, unsympathisch, vielleicht hochintelligent. Mit diamantenfunkelnder Hand nahm er zackig den Tropenhelm ab – und weit fort auf unsichtbaren Wiesen hoben Kühe ihre Häupter und brüllten in den Wind; er verneigte sich vor Diana und richtete dann das Wort an die Neuankömmlinge. »Ein wunderbarer Hügel, um ein wenig die frische Luft zu genießen. Mrs. Kittery, meine Herren – ein Glas Wein?« Hoch oben im brüchigen Gemäuer fiepten und flatterten die Schwalben.

Dunchue setzte den Picknickkorb wieder ab – doch diesmal eher, als wolle er die Hände für eine Prügelei freihaben. Hailstone pflanzte seinen Sonnenschirm wie eine Standarte in den Sand. George, der ihnen nachgekommen war, knurrte, noch außer Atem vom Buddeln, ein neues Knurren – beunruhigend, wie sehr es nach Kühen klang, die muhten hinter dem fernen Horizont. Und einen Moment lang schwand Heavens Selbstvertrauen; in seinen Zügen zuckte ein unsicheres Lächeln, sein Kopf hüpfte auf den Schultern, mit der freien Hand machte er unverständliche Gesten vor der Brust. Und dann drang wie der Blitz eines Unwetters ein hämisches Meckern durch das ferne Donnergrollen; er kniff die Augen noch fester zusammen, und ein gefährliches Funkeln kündete von einem geheimen Quell an Bosheit und Macht. Er lachte sie aus. Und dann ging er zu seinem eisgefüllten Kasten und nahm die Flasche Champagner heraus. »Trinken Sie ein Glas Wein mit mir?« fragte er noch einmal – und stand treuherzig, ein wenig zuckend, da.

»Danke, wir haben unseren eigenen Proviant.« Hailstone sagte es in seinem üblichen nachsichtigen Ton. Aber er hielt sich sehr aufrecht unter dem Sonnenschirm – entschlossen, sich nicht unterkriegen zu lassen, dachte Appleby –, und es war eine Pose, die nicht ganz überzeugend wirkte. Denn im Grunde war Hailstone kein aufrechter, willensstarker Mensch; bei aller Tüchtigkeit, mit der sein Bungalow eingerichtet war, war seine Trägheit echt – das oder die Folge eines weichen, biegsamen, ausweichenden Zugs in seiner Natur. *Parendo vincitur*, dachte Appleby. Und er mußte wieder an die erste Begegnung an Unumunus Strand zurückdenken, wo das Uneindeutige das erste gewesen war, was ihm an Hailstone aufgefallen war. Aber zumindest hatte der Mann den Willen, jetzt eine andere Figur zu machen; er stellte sich dieser seltsamen Gestalt aus dem Hotel entgegen, und das mit der Beherztheit eines Colonel Glover.

»Mr. Heaven«, sagte Hailstone, »darf ich fragen, was Sie auf diesem Tumulus mit einem Spaten tun?«

»Tumulus?« Heaven zog den Hals ein und senkte den Kopf; es war die instinktive Bewegung einer Kuh, die zum Angriff die Hörner präsentiert, und die Ähnlichkeit wurde noch durch ein leises Muhen unterstrichen, als er mit Unschuldsmiene um sich sah. »Das wird doch nicht etwa Ihre Grabungsstätte sein? Da kann ich mich nur entschuldigen, mein Herr. Und der Spaten hier« – mit jeder Silbe, die Heaven sprach, kam das verächtliche Lachen durch –, »der wird, fürchte ich, eher für die Befriedigung des Magens gebraucht als für die des Geistes. Würmer, Mr. Hailstone. Wir hatten gehofft, daß wir heute abend eine Vorspeise aus eßbaren Würmern servieren können. Eine Delikatesse, die man nur in Feinschmeckerkreisen kennt.« Heaven lachte hämisch, er muhte, als mache die unverhohlene Lüge ihm den größten Spaß. »Eine Spezies, die sich auschließlich in der Südsee findet. Ich gehe einer kuriosen Bemerkung in einer Abhandlung von Pierre Colet nach, der über viele Jahre Koch der französischen Gouverneurs von Neukaledonien war. Man gräbt ein tiefes Loch …« Und unter weiterem Kichern und Prusten stach Heaven seinen Spaten in den Sand.

Es war eine Geste auf halbem Wege zwischen Impertinenz und Manifest. Dunchue, der sich mit finsterer Miene im Hintergrund gehalten hatte, nahm es als letzteres. Er trat vor, und es war offensichtlich, daß er eher in der Lage war, mit einer Herausforderung wie dieser fertigzuwerden als sein Chef. »Dieses Grab«, sagte er mit fester Stimme, »ist von großer Bedeutung für die pazifische Archäologie. Es kann uns Aufschlüsse über Bewegungen der Völkerschaften im gesamten pazifischen Raum liefern. Wir werden nicht zulassen, daß sich Glücksritter daran zu schaffen machen, die glauben, sie könnten sich die Taschen mit einem Schatz vollstopfen, den es nicht gibt. Haben Sie das verstanden?«

Seine Augen schossen Blitze, doch Heaven lächelte nur, Heaven zuckte, Heaven stieß nie gehörte Laute aus. Wütende Laute, fand Appleby – und beobachtete genau, was der Mann mit seinem Spaten tat. Doch als Heaven antwortete, klang es, als amüsiere ihn das alles nur. »Soll das heißen, Dunchue, daß Sie einen Rechtsanspruch auf diesen Teil der Insel erheben?«

»Auf dieser Insel gibt es kein Recht. Man kann sogar sagen, wir leben in einer Anarchie; erst vor wenigen Tagen ist ein Fremder ermordet worden – und Mr. Appleby will wissen warum. Wir sollten ihm nicht noch mehr zu tun geben.« Dunchue trat einen weiteren Schritt vor. »Was es hier an Gesetz gibt, müssen wir selbst schaffen. Dies ist unsere Grabung. Und wenn Sie uns in die Quere kommen, dann, glauben Sie mir, haben Sie Ihren letzten Wurm gegessen. Im Gegenteil, dann sind Sie Fraß für die Würmer.« Und Dunchues bitteres Lachen scholl hinaus zu den Hügeln.

Diana hatte sich niedergesetzt und verfolgte die Aufwärmrunde mit großen, sichtlich zufriedenen Augen; es war offenbar nicht die Art von Vorfall, bei der ihr blümerant wurde. Sie betrachte Dunchue mit etwas, das Appleby – als seine Gedanken einmal kurz bei Nebensächlichem verweilten – als gar zu leichtfertige Bewunderung vorkam. Trotzdem hatte er nicht die Absicht einzugreifen. Statt dessen setzte er sich selbst nieder und kitzelte George mit einem Strohhalm am Ohr. George gab unbestimmbare Laute von sich; vielleicht versuchte er seinerseits hämisch zu lachen. Hailstone änderte den Winkel, in dem sein Schirm stand, als könne er damit die Temperatur auf der Oberseite des Tumulus senken. Mehrere Sekunden lang hing die ganze Szene in der Luft, alle schienen zu warten, was geschehen würde. Dann machte Heaven kehrt und ging zurück zu der Stelle, an der sie ihn zuerst gesehen hatten. Die Schwalben flogen zum Schornsteinloch hinaus und waren fort.

Die Begegnung war jedoch noch nicht zu Ende. Sie beobachteten, wie er sich niederbeugte, etwas aufhob und ihnen dann wieder entgegenkam, zuckender denn je, ein Bild in einem Daumenkino. »Nichts für ungut«, sagte er; »Mrs. Kittery und Mr. Appleby sollen ja nicht den Eindruck bekommen, daß es echte Feindseligkeit in unserer kleinen Gemeinde gibt.« Nach wie vor amüsierte er sich königlich, auch wenn er Dunchue nicht aus den Augen ließ; sein ganzer Körper zuckte nun, hatte die Bewegungen des Kopfes aufgegriffen, drohte einen kleinen Stapel in Butterbrotpapier gewickelter Sandwiches zum Umkippen zu bringen, den er mit dem Geschick eines Seehunds im Zirkus balancierte. »Ein recht anständiger Kaviar; vielleicht werden Sie mir gestatten, Ihnen zusätzlich zu Ihrem eigenen Proviant davon anzubieten?« Er meckerte, er muhte. »Als kleine Wiedergutmachung, verstehen Sie, dafür daß ich – wie war das? – der pazifischen Archäologie in die Quere gekommen bin.« Er hielt Hailstone den Stapel hin. »Oder darf ich vielleicht Mr. Appleby etwas anbieten?« Er packte die Brote aus. Keiner sagte ein Wort. Er hielt inne. »Tja, es scheint wirklich Kaviar vor die … für das Volk. Vielleicht werden wir uns morgen sehen, manche von uns, und in besonnenerer Stimmung sein.«

Heaven verneigte sich vor Diana, wandte sich um, sammelte seine Sachen zusammen und ging davon. Und als sein Kopf am Horizont des Langgrabes verschwand, verstummten die Schwalben, die Kühe legten sich zur Ruhe und der Donner verhallte in der Ferne.

»Seltsam«, sagte Appleby, als er mit Diana auf dem Rückweg zum Hotel war. »Seltsam, das mit dem Kaviar. Erinnerst du dich an den Schwarzen Fleck in der *Schatzinsel?* Genau so etwas war das – ein Zeichen, das dem Feind zu verstehen gibt, was ihm bevorsteht. Ich denke, der Kaviar war so eine Art Schwarzer Klecks. Heaven überbringt Hailstone den Schwarzen Klecks. Sehr seltsam.« Er sprach abgehackt, denn sein Blick huschte unablässig hierhin und dorthin auf dem Strand vor ihnen.

Es herrschte Ebbe und die zurückgehende Flut ließ eine Myriade winziger Muscheln zurück; dazwischen lagen Tausende von ockerfarbenen haarigen Kugeln in allen Größen – eine verdorrte Frucht der See, vielleicht aus der bizarren Welt des Tongagrabens aufgestiegen. Diana beugte sich vor wie Atalanta und hob im Gehen eine der Kugeln auf; sie lag in ihrer Hand leicht wie Distelsamen und sah doch solide aus wie ein Tennisball. »Es ging nicht nur um die Kaviarbrote«, sagte sie nachdenklich, »es ging auch um das Butterbrotpapier. Vielleicht steckte da die Drohung drin. Kein Schwarzer Fleck und kein Schwarzer Klecks, sondern hundsgemeine Erpressung. Womöglich waren die Sandwiches in Drohbriefe eingewickelt …«

Er war stehengeblieben und sah sie mit ehrlicher Bewunderung an. »Hast du das Papier gesehen? Mir ist nichts daran aufgefallen.«

»Nur die Kanten. Es sah wie gutes Butterbrotpapier aus – ziemlich dick. Aber eher gelb. Es sah irgendwie *alt* aus. Wie dieses …«

»Pergament.«

»Genau. Eine alte Urkunde, ein Plan, eine – eine Landkarte.«

Er lachte – doch nicht allzu glücklich. »Schon wieder die Schatzinsel. Und sie paßt ja auch. Jack und Ernest und der brave Pastor sind in der falschen Zeit.« Wieder blickte er sich nervös in alle Richtungen um. »Ich wünschte, wir hätten auch einen so schönen, undurchdringlichen Palisadenzaun. Ich wünschte, wir könnten dich ins Apfelfaß stecken, Diana, und dann wüßten wir, was auf dieser Insel vorgeht.« Er schüttelte den Kopf. »Aber eine Schatzkarte paßt trotzdem nicht ins Bild … Mit diesen Dingern könnte man eine tropische Schneeballschlacht machen.« Er versetzte einem der größeren Bälle einen Tritt, daß er hinaus aufs Meer flog.

»Ich hätte gedacht, eine alte Karte wäre genau das Richtige.« Diana klang enttäuscht. »Aber wenn dir das so viele Sorgen macht – meinst du nicht, man könnte es aus Heaven … herausbekommen? Ich kann mir nicht vorstellen, daß er viel Mumm hat.«

»Das mag sein. Wahrscheinlich würde er plaudern. Aber es wäre nicht ganz anständig, oder? Schließlich leben wir auf Kredit in seinem Hotel und haben kaum Aussicht, in der nächsten Zeit von hier fortzukommen.«

Diana nickte weise. »Stimmt«, sagte sie, »das wäre wohl nicht der Zeitpunkt, ihn in die Mangel zu nehmen. Anscheinend hat er eine Jacht, aber keiner weiß, wann sie wieder hier vorbeikommt ... Das erinnert mich. Ich sollte dir noch etwas von Dunchue sagen. Etwas, das ihm wieder eingefallen war. Über den armen Pongo. Ponto, meine ich.« Einen Moment lang blickte sie bekümmert drein. »Wie schnell man Leute vergißt, wenn sie erst einmal tot sind.«

»Was war Dunchue wieder eingefallen?«

»Nicht viel. Als Heavens Jacht hier vor Anker lag, war Dunchue beim Kapitän zu Gast. Die haben ein richtig großes Radio an Bord – hier auf der Insel gibt es ja keines –, damit konnte man Sachen von überall empfangen. Und er weiß noch, daß in einer Sendung aus Kapstadt etwas über Ponto Unumunu kam. Er konnte sich nicht mehr erinnern was, aber er hatte das Gefühl, daß es etwas mit Kimberley zu tun hatte ... Ist das ein Ort?«

»Ja.« Appleby schürzte die Lippen, als wolle er einen Pfiff ausstoßen, aber dann tat er es doch nicht. »Sonst noch etwas?«

»Er sagt, es ist ihm im Gedächtnis geblieben, weil es noch mit jemand anderem zu tun hat.«

»Ach je.«

»Ziemlich vage, was? Wenn er sich recht erinnert, war es dieser Mann aus dem Hotel, der mit dem Ganovengesicht. Poulish – Sir Irgendwas Poulish. Er sagt, als das mit Ponto Unumunu im Radio kam, wäre dieser Poulish – der auch an Bord war – erregt gewesen. Mehr weiß er nicht mehr. Nicht gerade viel, oder?«

Appleby schüttelte den Kopf. »Mir kommt es fast schon ein wenig *zu*viel vor. Gerade wenn ich George dagegenhalte.«

»Den Hund der Hailstones?«

Er nickte, ging einige Schritte schweigend. »Dir mag George«, sagte er mit ernster Stimme, »als pures Dekor vorkommen – jemand, der auf drolligen Pfoten durch die Absurditäten unserer Abenteuer tollt. Nichts, Diana, könnte falscher sein. Der heilige Franziskus predigte den Georges – aber dieser George, der predigt *mir*.« Er sah sie an und lachte laut. »Der Herzog von Monmouth wurde von seinem George verraten – er hatte ihn in der Hosentasche, heißt es –, aber dieser George …«

»John, du bist wirklich un-er-träg-lich. Ich habe keine Ahnung, wer der Herzog von Monmouth war. Aber ich finde, wenn er einen Hund in der Hosentasche hatte, dann war das sehr unaristokratisch und hat bestimmt auch schlecht gerochen.«

Diana las eine Handvoll Seekugeln auf und bombardierte ihn damit. Aber Appleby konnte nicht anders, er lachte aus vollem Halse – ein seltsames Betragen für einen Polizisten, selbst für einen, der das Gefühl hat, daß er auf der richtigen Spur ist, und zu erklären war es nur durch die Exotik der Umgebung. Schon im nächsten Moment war er mit raschen Schritten wieder unterwegs. »Laß den Unsinn, Diana«, rief er – höchst ungerecht – über die Schulter. »Wir haben zu tun!« Er stürmte voran, dann blieb er stehen, wartete – und als sie ihn einholte, fand sie ihn die Insel mit Augen studieren, die fast so groß und rund waren wie die ihren. »Außerdem habe ich Hunger. Ich könnte ein paar von diesen Würmern vertragen – die wären knorke.« Immer noch war er übermütig, als wäre die Welt plötzlich wieder jung. »Ehrlich, Diana. Kannst du mir glauben.«

Kapitel 15

Mr. Mudge, Hausdiener im Hotel Eremitage, wohnte in einer eigenen Hütte auf einer kleinen Anhöhe oberhalb der Quartiere für die einheimischen Bediensteten. Damit fiel ihm die Rolle des Aufsehers zu, eine Arbeit, die er nicht gerne tat – jedenfalls war das der Eindruck, den Appleby gewann, als er ihn am Abend desselben Tages vor dem Essen besuchte. Mudge war im Begriff eine Dusche zu nehmen; er zog seine weiße Jacke aus und blickte den Besucher unschlüssig an, bis er Gewißheit hatte, daß es zwanglos zuging; er setzte an, um das Unterhemd abzustreifen, hielt aber dann noch einmal inne und schüttelte sein finsteres Haupt. »Keine Moral, Mr. Appleby«, sagte er, »nicht die geringste.« Unter dem Hemd kam eine Brust zum Vorschein, auf die eine volkstümliche Version der Venus von Medici tätowiert war. »Lüstern wie die Affen, Sir – und die üblichen Mittel, sie in Schach zu halten, nützen hier nicht das Geringste. Die eine Hütte ist so eine Art Schlafsaal für die Mädels, Sir, und die andere drüben ist für die Jungs. Eine Weile ist es gutgegangen, aber Sie hätten sehen sollen, was für lange Gesichter die gemacht haben. Und inzwischen« – er steckte den Oberkörper unter einen Wassereimer und angelte nach dem Seil, mit dem er sich kippen ließ –, »nun, unverantwortlich wäre wohl das richtige Wort, Sir, wenn Sie verstehen, was ich meine.«

»Ah«, sagte Appleby.

»Und keine Vorstellung von Monogamie, Mr. Appleby – nicht die mindeste. Bei den Gästen erwartet man ja nichts anderes. Aber wenn die Dienerschaft genauso schlimm ist oder noch schlimmer – nun, Sir, das quält einen. Man macht sich seine Gedanken, verstehen Sie, Mr. Appleby?«

»Kann ich mir vorstellen«, sagte Appleby. »Warten Sie, ich ziehe für Sie.«

»Danke, Sir. Langsam und gleichmäßig, wenn Sie so freundlich sein wollen. Letztens haben wir einen Basar veranstaltet, der ganz im Zeichen der moralischen Erziehung stand – aber leider kam alles ganz anders als wir es uns vorgestellt hatten.« Mudge wandte ihm nun den Rücken zu, den eine Darstellung zierte, die man für eine Szene aus Daphnis und Chloe halten konnte. »Es ist einfach so, Mr. Appleby, in dieser tropischen Stimmung wird die Moral lax. Standhaft, streng und treu, das ist der Norden. Ganz anders die Südsee. Nord ist Nord und Süd ist Süd, und nie soll'n die zwei sich begegnen. Ich hoffe, Sie verzeihen, wenn ich das Dichterwort abwandle, Sir. Aber ich sage mir immer, das Poetische ergibt sich bei einem kontemplativen Menschen wie von selbst. Sie haben nicht zufällig Wordsworths *Spaziergang* gelesen?«

»Doch.«

»Das freut mich zu hören, Mr. Appleby. Ein Buch, über das man immer wieder von neuem nachdenken kann. Oft nehme ich es des Abends zur Hand. Aber offenbar kennt es niemand sonst auf der Insel. Ich hoffe, wir finden Gelegenheit, einmal unsere Gedanken darüber auszutauschen, Sir. Kennen Sie auch Blairs *Grab*?«

»Leider nein.«

»Ah.« Mudge war enttäuscht. »Oder Youngs *Nachtgedanken?* Sehr meditativ, Mr. Appleby, ein sehr meditatives Werk.«

»Nein – nur die Teile, die im Lesebuch stehen.«

»Dann soll es mir eine Freude sein, Ihnen meine bescheidene Bibliothek zur Verfügung zu stellen, Sir. Und ich glaube, ich darf sagen, wenn Ihnen der *Spaziergang* gefallen hat, dann werden auch die beiden anderen nach Ihrem Geschmack sein. Ein Trost, finde ich, bei der begrenzten Gesellschaft, die wir hier haben. Wenn Sie so freundlich sein wollen, Mr. Appleby – das gestreifte Handtuch.«

Daphnis und Chloe und die zierlich posierende Venus wurden nacheinander kräftig abgerieben. Appleby wartete einen

Augenblick, dann fragte er: »Sind sie denn alle gleich, Mr. Mudge? – die Weißen, meine ich. Ist die Moral bei allen gleichermaßen lax?«

Das war eine schöne Frage, die Mudge sichtlich zu schätzen wußte. »Wie gesagt, ich bin überzeugt, daß es mit der Umgebung zu tun hat. Das soll nicht heißen, daß sie nicht alle schon mit frivolen Absichten hier ankommen, Mr. Appleby – von denen nimmt keiner das Leben ernst, kein einziger. Aber irgendwie haben sie, wenn sie hier anlangen, doch ein wenig mehr Verstand als später. Nehmen Sie zum Beispiel Mr. Jenner.«

»Ah«, sagte Appleby eifrig. »Der Mann, der George getreten hat.«

»Das wundert mich nicht, Sir. Nun, Mr. Jenner ist noch nicht ganz so lange hier wie manche andere; er kam mit der zweiten Gruppe. Und ich hatte den Eindruck, Mr. Jenner hat Verstand.«

»Er ist vernünftiger als die anderen? Er redet vernünftig?«

Mudge schüttelte den Kopf. »Nein, Mr. Appleby, soweit würde ich dann doch nicht gehen. Aber er macht auf mich den Eindruck eines Mannes, der sich Gedanken macht.«

»Verstehe.« Appleby blickte nun finster drein. »Er könnte jemand sein, der ein Ziel verfolgt, und die anderen leben anscheinend nur in den Tag hinein?«

»Genau das – und treffend formuliert, wenn ich mir erlauben darf, das zu sagen, Sir. Aber ich würde es nicht auf Mr. Jenner beschränken; es gibt noch ein oder zwei andere in der zweiten Gruppe, von denen man denselben Eindruck hat. Um es mit einer Redewendung auszudrücken, Mr. Appleby, man könnte fast denken, daß sie etwas im Schilde führten – daß sie zu anderem hier sind als zu schändlichem Müßiggang. Nicht von Natur aus Lotosesser; nicht die Art von Leuten, die sich am Saft des Mohns berauscht. Als Mann der Dichtkunst, Mr. Appleby, werden Sie wissen, worauf ich anspiele.«

Appleby hatte begonnen, sich eine Pfeife mit Mr. Heavens ausgezeichnetem Tabak zu stopfen. Nun steckte er sie wieder ein. »Mr. Mudge«, fragte er unvermittelt, »sind Sie ein ehrlicher Mann?«

Mudge wirkte nicht gekränkt; nur schien er sich der Antwort nicht sicher. »Wer kann das sagen? Wir sind allzumal Sünder, Mr. Appleby; wer von der eigenen Moral spricht, wird nie Gewißheit haben. Aber mit aller gebotenen Vorsicht würde ich doch mit Ja antworten.«

»Und fühlen Sie sich als Untertan Seiner Majestät des Königs?«

Diesmal war Mudge verblüfft – doch die Antwort kam mit Nachdruck. »Unbedingt, Mr. Appleby. Sollte ich meine politische Einstellung beschreiben, so würde ich sagen, ich bin Royalist – eindeutig. Aber darf ich fragen …«

»Wir leben hier in zweifelhafter Gesellschaft, Mr. Mudge, und wir beide sollten uns versichern, daß wir uns aufeinander verlassen können. Mehr will ich im Augenblick nicht sagen. Glauben Sie mir, ich stehle Ihnen Ihre Zeit nicht aus Neugier. Aber wenn Sie es mir gestatten, würde ich gern noch ein oder zwei weitere Fragen stellen.«

Mudge ließ Daphnis, Chloe und Venus unter einem frischen Unterhemd verschwinden. Als sein Gesicht wieder zum Vorschein kam, blickte es wach und aufmerksam. »Mr. Appleby, ich denke, es wird zum Guten sein. Fragen Sie, was Sie wollen.«

»Dann wüßte ich gern als erstes, wie Sie an Ihre hiesige Anstellung gekommen sind.«

»Das war in Pago-Pago – und es lag daran, daß der Erste Offizier des Tankers, auf dem ich angeheuert hatte, ein philosophischer Mann war.«

»Tatsächlich?«

»Jawohl, Mr. Appleby. Ein Mann mit philosophischem Sinn. Von Zeit zu Zeit diskutierten wir metaphysische Fragen miteinander. Aber seine Ansichten, das muß ich leider sagen, waren unhaltbar – vollkommen unhaltbar, Mr. Appleby. Ein Solipsist reinsten Wassers. Glauben Sie mir, es gab nichts, was diesen

142

Mann überzeugen konnte, daß es eine Existenz außerhalb seines eigenen Kopfes gab. Es gab Zeiten, da trieb es mich zur Verzweiflung. Und eines Tages, Sir – in der Hitze der Diskussion, wohlgemerkt –, kam ich darauf, daß es kein besseres Mittel gab, ihn zu überzeugen, als einen unvermuteten physischen Stimulus von außen.«

»Verstehe.«

»Er nahm es nicht gut auf, muß ich leider sagen; nie zuvor habe ein Quartiermeister ihm einen Tritt versetzt, erklärte er. Und so verließ ich in Pago-Pago unter ein wenig unregelmäßigen Umständen das Schiff. Unter stürmischen Umständen, wäre wohl nicht zu drastisch ausgedrückt. Und dort begegnete ich Mr. Heaven. Das Hotel war zu jenem Zeitpunkt vollendet und er holte seine Gäste ab.«

»Woher kamen sie – und weswegen kamen sie in das Hotel? Wissen Sie darüber etwas?«

Aber für einen intelligenten Mann wußte Mudge erstaunlich wenig. Offenbar war ihm just zu jenem Zeitpunkt ein Exemplar von Dr. Armstrongs berühmter Dichtung *Die Kunst, die Gesundheit zu erhalten* in die Hände gekommen, und er war ganz mit diesem Meisterwerk beschäftigt gewesen, als er die Stelle bei Heaven annahm und mit ihm zur Insel fuhr. Und wie so oft bei Menschen von poetischer oder philosophischer Wesensart, hatte auch er keinen rechten Sinn für Geld; von den finanziellen Verhältnissen des Hotels Eremitage und seiner Gäste hatte er nur die vagesten Vorstellungen. Aber das Privileg, dort zu wohnen, konnte nicht billig sein; das Haus war von Arbeitern und mit Materialien erbaut worden, die von weither kamen; irgendwo unterhielt Heaven eine Jacht; die ursprünglich vorgesehene Zahl von Gästen sei sehr klein gewesen.

Bei diesem letzteren Punkt setzte Appleby an. »Weniger als jetzt hier sind? Ohne Colonel Glover und den Rest von uns, meine ich. Es kam noch eine zweite Gruppe von Gästen – meinen Sie, das war ursprünglich nicht so gedacht?«

»Überraschend kamen sie, glaube ich, nicht, Mr. Appleby. Ich hatte nur den Eindruck, daß es mehr waren, als die Heavens erwartet hatten.«

»Ah ja. Und einer davon war Jenner, der George tritt und nicht nach einem Lotosesser aussieht. Jetzt noch eine Frage, Mr. Mudge. Und zwar betrifft sie Sir Mervyn Poulish. Einmal, als die Jacht hier vor Anker lag, war Sir Mervyn zufällig an Bord, als ein Radioprogramm aus Kapstadt lief; es fielen die Namen Sir Ponto Unumunu und Kimberley. Er war beunruhigt. Haben Sie eine Ahnung, was das bedeuten könnte?«

»Nicht die geringste, Mr. Appleby.«

»Ganz wie ich vermutet hatte.« Appleby ging ans Fenster und blickte hinaus in die kurze tropische Abenddämmerung. »Es kann einem angst machen, wie ungeschützt dieses Hotel ist.«

In einer Reihe von Fenstern vor ihnen flammten hinter Fliegendraht und Glas die Lichter auf; im äußersten war eine fette Frau zu erkennen, die, halb angezogen, ihr Dekolleté puderte; ließ man das Auge auch nur ein klein wenig von diesem bedrükkenden Schauspiel weiterwandern, kam das unmerklich näherwuchernde Gewirr aus Schlingpflanzen und Farnkraut in den Blick, eine Mischung aus dunklem und hellerem Grün, die nun zu einem gleichmäßigen schwarzen Hintergrund für die scharlachroten Blüten verschmolz, die im letzten Licht zusehends kräftiger glommen, wie sich öffnende Wunden. Oberhalb hatten die Palmen ihre Konturen schon verloren, standen wie flach an den Himmel gedrückt, feine Scherenschnitte einer Dame aus klassischer Zeit, die das Schicksal in eine Gesellschaft aus dumpf glänzendem Chromstahl verschlagen hatte. Zwei Sterne kamen hervor. Der Verstand, der unablässig seine Phantasien sponn, faßte sie als zwei Punkte auf, die eine gerade Linie bestimmten – aber in Wirklichkeit hatten sie nichts zu bedeuten, hatten keine Beziehung zueinander, sondern nur zu einem Dritten und nur zu diesem Augenblick. Die Laute der See drangen fremd und bedrohlich herüber; die Grillen waren Verbündete, in deren Machtlosigkeit sich das eigene Schicksal lesen ließ. Schon senkten sich die Schattenvorhänge der Nacht; die Insel hüllte sich in sie wie eine Tänzerin in ihre Schleier und verschwand; und zurück blieb nur die fette Frau, die sich in ein Kleid zwängte, und weit in der Ferne in Hailstones Bungalow ein einsames Licht.

Appleby wandte sich zum Gehen, doch in der Tür drehte er sich noch einmal um. »Wie steht es mit der Prosa, Mr. Mudge? Haben Sie die *Schatzinsel* gelesen?«

»Nein, Mr. Appleby, auf den Gedanken bin ich nie gekommen.«

»Eine Handvoll ehrlicher Männer und ein Junge fanden sich auf einer Insel wie dieser, zusammen mit einer Bande Ganoven. Sie mußten kämpfen. Aber als erstes mußten sie wirklich sicher sein, welches die Ganoven waren und welches die ehrlichen Männer.«

Mudge schlüpfte in die weiße Jacke, in der er gleich das Auftragen des Abendessens beaufsichtigen würde; dann hielt er inne, um die literarische Information zu verarbeiten. »Die Ganoven«, sagte er, »hatten einen Anführer, nehme ich an?«

»Allerdings. Er hieß Long John Silver.«

»Und hier gäbe es ebenfalls einen Anführer, Mr. Appleby? Und vielleicht wissen Sie sogar, wer er ist, auch wenn Sie nicht alle Mitglieder seiner Bande kennen?«

»So ist es.«

Mudge seufzte. »Das meditative Temperament hat seine Nachteile, Mr. Appleby, große Nachteile sogar. Man bemerkt manche Dinge nicht so schnell wie man sollte. Darf ich fragen, wie Sie darauf gekommen sind?«

»Das weiß ich selbst nicht so genau. Es geschah beim Mittagessen … Sie und ich sollten ein Auge aufeinander haben. Gute Nacht.«

Und damit ging Appleby hinaus. Vom Hotel rief ein Xylophon melodisch zu dem, was Mr. Heaven an Stelle der eßbaren

Würmer servieren würde. Obwohl Appleby bei Diana schon Stunden zuvor von seinem Hunger gesprochen hatte, folgte er dem Ruf nicht sogleich; als er beim Hotel ankam, ging er zunächst bis ganz ans Ende der Veranda, von wo er das Meer sehen konnte. Es war, wie oft auf den Inseln, eine kühle Nacht. Aber an diesem Abend kam etwas anderes hinzu – ein Hauch, ein Beben, das der Wetterkundige zu lesen vermocht hätte. Der Ozean war von hier nur eine unbestimmte, schimmernde Fläche; nur der Verstand wußte, wie fremd und leer diese Fläche war. Mit ernster Miene blickte er hinaus, wie jemand, der nach etwas Wichtigem, Entscheidendem sucht.

Er hörte Schritte hinter sich, und als er sich umwandte, sah er das Glimmen einer Zigarette, das Schimmern eines weißen Abendanzugs, die spöttische Miene, dramatisch von der Glut beleuchtet, des gescheiterten Finanziers Sir Mervyn Poulish. Der Mann richtete das Wort an ihn – gleichmütig, mit der lässigen Höflichkeit einer Unterhaltung auf Deck eines Dampfers. »Na, schon was gefangen?«

Appleby schüttelte den Kopf. »Nein«, sagte er. »Bisher nicht.«

Kapitel 16

Gut möglich, dachte Appleby, als er den Blick über den Speisesaal des Hotels Eremitage schweifen ließ, daß ich mich verraten
habe. Vielleicht wird das Tempo der Sache von nun an davon
bestimmt. Noch ein oder zwei weitere Stunden in dieser Art,
und es wird hier nach einer ganz anderen Melodie getanzt. Am
besten, ich sehe zu, daß ich noch etwas herausbekomme, solange die Lichter brennen. Denn wer weiß, ob sie nicht bald ausgehen.

Er sah sich noch einmal im Speisesaal um und mußte feststellen, daß er anders aussah als sonst. Mr. Heaven hatte eins
seiner Divertissements vorbereitet. Appleby gehörte nicht zu
denen, die sich freuen, wenn sie zum Abendessen kommen und
statt dessen ein Divertissement vorfinden, und betrachtete die
Szene mit einer Miene, die auch beim Hund der Hailstones
nicht finsterer hätte sein können. Statt der üblichen langen Ti-
sche war eine Vielzahl von kleinen für jeweils zwei Personen
gedeckt. Beim Eintritt in den Saal bekam man das Ende einer
verschlungenen Seidenschleife in die Hand gedrückt, und diesem Ariadnefaden folgte man, bis man auf den persönlichen
Minotaurus stieß, der zum Tischgenossen ausersehen war. Eine
wunderbare Idee, um sich prächtig zu amüsieren. Auf diese
Weise war Hoppo gegenüber Miss Busst zu sitzen gekommen,
der Anführerin der Jeunesse dorée, Miss Curricle gegenüber
dem nichtssagenden Mr. Rumsby, und Colonel Glover teilte
seinen Tisch mit Jenner, dem Mann, der etwas im Schilde führte und von dem bisher nichts bekannt war, als daß er George
getreten hatte … Appleby nahm das Ende seines Bandes. Sir
Mervyn Poulish, der nach ihm eintrat, ergriff das seine. Da sie
als letzte kamen und nur noch ein Tisch frei war, war die Situation eindeutig genug. Doch trotzdem war das Gebot des Amüse-
ments so groß, daß beide demonstrativ ihren Fäden folgten. Es

ergab sich daraus, stellte Appleby fest, eine Art Tanz. Er wandte sich an Poulish. »Haben Sie«, fragte er, »sich je verraten?« Der Faden führte ihn ans andere Ende des Raumes.

Die Gäste, die schon Platz genommen hatten, waren begeistert, daß sie mitspielten. Es gab Applaus, als sie sich in der nächsten Ecke wiedertrafen. Poulish war sich anscheinend nicht sicher, ob er recht verstanden hatte. »Wie meinten Sie eben?« fragte er.

»Ich habe gefragt, ob Sie sich schon einmal verraten haben. Mir ist das geschehen – erst heute. Bitte um Verzeihung.« Sein Faden führte ihn fort.

In der Mitte des Raumes näherten sie sich wieder an. Miss Curricle, vermerkte Appleby im Vorbeigehen, bewältigte ihr Divertissement mit starrem Blick auf die unbewegten Objekte in ihrer Umgebung; Hoppo war ganz der weise Mann, der gute Miene zu einer unschuldigen Dummheit macht; Glover sah aus, als ob er dringend ein Exemplar der *Times* bräuchte. Poulish kam wieder vorbei. »Oder vielleicht doch nicht?« fragte Appleby. »Womöglich habe ich es doch verbergen können? Sie kennen das Gefühl. Und gerade als Polizisten trifft es einen immer wieder. Ah, da wären wir.«

Sie waren an ihrem Tisch angelangt und nahmen Platz. Poulish beäugte sein Gegenüber mißtrauisch. »Vermutlich gar keine schlechte Idee«, sagte Appleby. Er wies auf die Zweiergrüppchen ringsum. »Wir tauschen Informationen aus … Ansichten … dergleichen.«

»Ja.« Es folgte eine Pause, dann fügte Poulish mürrisch hinzu: »Man amüsiert sich prächtig.«

»Genau das.« Appleby sah, daß auf dem Tisch Hämmer, Meißel und Sägen lagen. Und in der Mitte, wie ein Schwert zwischen sich und Poulish, ein langes Brot, einen guten Meter lang. Er griff zur Säge und machte sich an die Arbeit.

»Ich glaube« – sagte Poulish ein wenig aufgeregt –, »so ist das nicht gemeint. Es soll ein Scherz sein – wie manchmal auf

Schiffen. Gleich kommt ein Diener und holt die Sachen weg. Und dann gibt es etwas Anständiges zu essen.«

Aber Appleby, der sich ein großes Stück abgesägt hatte, biß hinein und kaute. »Ein Scherz? Da bin ich anderer Meinung. Ich denke mir, das Brot ist ein Symbol. Das Brot des Müßiggangs. Ein Element beim Zelebrieren einer Art Messe der Mutlosigkeit. Aber ich muß schon sagen, da wäre mir selbst eine Schwarze Messe lieber.«

Poulish war dunkelrot angelaufen. »Manche von uns sind nicht ganz freiwillig hier. Sie selbst zum Beispiel.«

»Da haben Sie recht.« Appleby biß noch einmal zu, und die Befriedigung, die es ihm bereitete, kam vielleicht nicht von der Qualität des Brotes her. »Es mag vielerlei Gründe geben, Zuflucht auf einer einsamen Insel zu suchen, das gebe ich gerne zu.« Er sah sich im Saal um. »Würde es Sie interessieren, wenn ich Ihnen erzählte, daß viele hier im Saal nicht dort sind, wo sie denken?«

Poulish dachte einige Sekunden lang darüber nach. »Ich würde mich sogar freuen«, sagte er. Es folgte eine weitere Pause, als – ein wenig zu Applebys Bedauern – die Hämmer und Sägen abserviert wurden. »Was haben Sie damit gemeint?« fragte Poulish unvermittelt. »Daß Sie sich verraten hätten?«

»Das ist eine dumme Angewohnheit von mir. Jetzt zum Beispiel, jetzt tue ich es schon wieder. Lassen Sie uns über Cottonreels reden.«

»Über *was?*«

»Cottonreels und Missionaries und Sydney Views. Vielleicht auch Triangular Capes.«

»Nie gehört.«

»Ah«, sagte Appleby; »dann zählen Sie zu denen, die Diamanten haben.«

Poulish löffelte seine Toheroa-Suppe. »Sie kommen mir nicht vor wie ein Mann, der sich verrät – es sei denn, er tut es mit Absicht.«

149

Appleby schüttelte den Kopf. »Plötzlich sah ich eine Aufgabe, wo zuvor nur Langeweile gewesen war. Da bin ich leichtsinnig geworden. Wie gesagt, Sie leben von Diamanten, andere leben von Briefmarken. Ich lebe auf Kredit, und das ist doch noch besser.«

Unwillkürlich und ein wenig unsicher lächelte Poulish. »Da könnte ich Ihnen einen Tip oder zwei geben … aber Sie haben schon recht, heute sind es die Diamanten. Glückssterne, die mir funkeln. Die Welt hat sich in den Abgrund gestürzt, als ich unfreiwillig Urlaub machte, und da habe ich doch – wie Ihre Freundin Mrs. Kittery sagen würde – Schwein gehabt, als mir zur rechten Zeit ein paar Diamanten in die Hände fielen.«

»Aber die Umstände, unter denen sie Ihnen in die Hände fielen, hatten auch ihre Schattenseiten? Sie legten zum Beispiel einen Aufenthalt in der Eremitage nahe?« Appleby studierte in aller Ruhe seinen Teller. Ein vergleichsweise alltägliches Arrangement aus geräucherten Austern hatte die Stelle der versprochenen Würmer eingenommen. »So etwa dürfte es gewesen sein, nicht wahr?«

»Ich will Ihnen nicht widersprechen.« Poulish lächelte nun schon ein wenig beherzter; Appleby spürte, daß der Mann ihn sympathisch fand.

»Gut so. Und im Grunde, Sir Mervyn, haben Sie ja auch wegen der Diamanten – und natürlich der Radiomeldung wegen – Unumunu umgebracht, nicht wahr?«

Poulish legte die Gabel ab; seine Augen waren groß, sein Teint blaß geworden. »Darf ich fragen« – er sagte es sehr prononciert –, »wie Sie auf eine derart abwegige Frage kommen?«

»Ungeduld. Und dürfte ich jetzt um die Antwort bitten?«

»Aber ja. Ich habe in meinem ganzen Leben niemanden umgebracht. Das wäre gegen meine Natur. Ich bin Finanzier – und wie Sie wissen, nicht gerade ein Musterknabe. Wenn Leute wie ich in die Enge getrieben werden, bringen sie sich manchmal selbst um. Aber nie einen anderen. Das ist einfach nicht unsere Art.« Und Poulish führte mit ein wenig zitternder Hand sein Glas zum Munde.

Es folgte ein gespanntes Schweigen. Appleby blickte auf und sah Hoppo, wie er ihm vom anderen Ende des Raumes glücklich zuwinkte. Miss Busst hatte eine Eroberung gemacht. Näher an seinem Tisch hatten Glover und Jenner sich in eine heftige Debatte gesteigert. Und ganz in der Ecke dozierte Miss Curricle mit gleichmäßiger Stimme, und Mr. Rumsby hörte zu. Er wandte sich wieder an Poulish. »Sie kennen Kimberley, nicht wahr?«

Das war immerhin ein Treffer. Der Mann blinzelte mit den Augen. »Ja … ja natürlich kenne ich das.«

»Nun, Sie haben diesen Unumunu umgebracht, weil Sie aus dem Radio erfahren hatten, daß er über etwas, was in Kimberley vorgefallen war, zuviel wußte. Ich könnte mir vorstellen, Sie haben uns gesehen, als wir noch als Schiffbrüchige auf der Insel hausten, und haben ihn wiedererkannt. Ein schwerer Schock – der Zufall war ja nun wirklich unglaublich.«

Poulish lehnte sich auf seinem Stuhl vor; inzwischen waren selbst seine Lippen bleich geworden. »Das ist eine unverschämte Lüge!«

Appleby seufzte. »Sehen Sie diesen Burschen Jenner drüben? Ich habe mir erzählen lassen, er hat George getreten.«

»Und was zum Teufel geht mich das an?«

»Das ist eine genauso unverschämte Lüge.«

Der Kaffee wurde auf der Veranda serviert. Appleby suchte sich eine abgelegene Ecke, und binnen kurzem tauchte Diana neben ihm auf. »Hallo«, sagte er. »Gut amüsiert beim Essen?«

»Meiner war ein sehr unanständiger alter Kerl.« Diana ging nicht in die Details. »Wie war es bei dir?«

»Ich habe Freundschaft geschlossen. Und jetzt suche ich nach neuen Eroberungen. Wie wäre es mit Heaven? Ich glaube, da kommt er gerade.«

Von unten kam ein Murmeln, und gleich darauf sahen sie durch die Dunkelheit etwas Rundes heranschweben – etwa in der Art der verirrten Nebenmonde, die die Römer um die Zeit des Mords an Cäsar in solchen Schrecken versetzten. Nun kam er die Treppe herauf und sah aus wie eine Kürbislaterne am Ende einer Stange. Heaven, im Smoking und mit üppiger schwarzer Schleife, machte die Runde bei seinen Gästen. Ein kluger Bursche, ging es Appleby durch den Kopf. Er und seine Frau betrieben ein regelrechtes Luxushotel nur mit der Hilfe von ein paar Halbwilden. Das mußte harte Arbeit sein … »Guten Abend«, sagte er.

Heaven hielt inne, lächelte, verneigte sich – alles unter jenen sanften Lauten, die klangen, als müsse er irgendwo in der Nähe eine unsichtbare Herde von Elfenkühen haben. »Guten Abend, der Herr, guten Abend, meine Dame. Ich hoffe, unsere kleine Zerstreuung hat Ihnen gefallen? *Dulce est desipere in loco:* Wir halten uns ganz an die Regel des Horaz.«

»Ich hätte gedacht, weniger *in loco*«, meinte Appleby, »als *in saecula saeculorum.* Amüsement rund um die Uhr, oder wie man früher zu sagen pflegte: das irdische Paradies. Nicht weniger, Mr. Heaven, streben Sie an. Ich bewundere Ihre Kühnheit. In der Kunst ist es gelungen – Watteau hat es gemalt und auch Giorgione, obwohl bei Giorgione schon das Bedrohliche im Hintergrund lauert. Aber Versuche, es in der Wirklichkeit zu finden, sind noch immer gescheitert. *Dis aliter visum* hat bisher auf dem Grabstein jeder solchen Unternehmung gestanden.«

Diana setzte sich und verfolgte mit großen und runden Augen diesen gelehrten Schlagabtausch. Heaven lachte, wenn auch ohne rechte Überzeugung. »Die Götter wollten es anders? Das wollen wir auch. Die Eremitage glaubt nicht an Götter, muß ich leider sagen.«

»Sind Sie denn überzeugt, daß es nur den einen Glauben hier gibt, Ihren eigenen Glauben an das Geld? Vielleicht sind Leute im Hotel, die anderen Göttern huldigen – und erstaunlich fest im Glauben sind. Sie sind ein Relikt aus einem verflossenen Jahrhundert, Mr. Heaven.«

Heaven sah ihn verblüfft an. »Ich muß sagen, ich verstehe nicht, worauf Sie hinauswollen.« Er kicherte, dann folgte ein dumpfes Murmeln. »Und ich bin mir nicht sicher, ob Sie es wirklich freundlich meinen.«

»Meine Absichten sind lauter. Und was ich sagen will, ist folgendes. Ihr Hotel, das Sie unter großen Kosten und Mühen auf dieser entlegenen Insel errichtet haben, weil Sie voraussahen, daß eine Nachfrage danach entstehen würde, ist ein Beispiel für das, was man einst freies Unternehmertum nannte, und freier könnte eine solche Unternehmung kaum sein. Der Profit ist Ihnen so wichtig, daß Sie bis ans Ende der Welt dafür gegangen sind. Wer weiß, ob Sie nicht auch über Leichen gehen. Aber Sie interessieren mich. Sie müssen ein Mann von außerordentlicher Habgier sein.«

»John«, ermahnte Diana ihn milde, »ist das denn die Art Freundschaft zu schließen?«

»Nein; aber es ist die Art klare Verhältnisse zu schaffen. Mr. Heaven denkt, er ist der einzige Mensch auf der Insel, den etwas antreibt – und sein Antrieb ist das Geld. Deshalb sein irdisches Paradies, bezahlt mit geschmuggelten Briefmarken und Diamanten. Wenn er anderen überhaupt einen eigenen Willen zubilligt, wird er davon ausgehen, daß es der gleiche ist wie sein eigener. Aber ich behaupte, daß es längst andere Kräfte gibt, die die Menschen treiben, und heute mehr als vor, sagen wir, fünfzig Jahren. Und er erkennt sie vielleicht nicht, weil er ein so altmodischer Mann ist, ein als Ästhet verkleideter Materialist. Er sieht den Antrieb der anderen womöglich nicht, und eine solche Blindheit kann gefährlich sein.«

»Ich muß sagen«, entgegnete Heaven, »es ist ein Vergnügen, einem so anregenden und bezaubernden Verstand zu begegnen. Gerade wenn er« – er wandte sich an Diana und verneigte sich – »gemeinsam auftritt mit einem so anregenden und …«

153

»Ich rate Ihnen« – Appleby verdarb ihm das Kompliment –,
»denken Sie darüber nach.«

»Das werde ich tun, mit Sicherheit.« Heaven lachte und murmelte. Aber er war nervös geworden; sein Körper schwankte
mit seltsamen, ruckhaften Bewegungen, er fuchtelte unschlüssig mit den Händen.

»Und bevor es zu spät ist.«

Heaven gab einen neuen Laut von sich – etwas wie ein schar-
fes Zischen. »Wie meinen Sie das? Was wollen Sie sagen mit
diesen Antrieben, dieser Gefahr?«

»Den Antrieben? Ich wollte Ihnen sagen, daß Leute hier
sind, denen anderes wichtiger ist als Geld. Denken Sie an die
Wissenschaftler. Denken Sie an Hailstone und Dunchue drüben, die nur für ihre Archäologie leben.«

»Unbedingt.« Heaven hatte sich gefangen, und das nächste
Kichern kam wieder von Herzen. »Wie leicht es doch ist, über-
zeugende Beispiele zu finden, wenn man erst einmal eine feste
Position hat. Eines Tages werde ich wohl selbst als Beispiel
herangezogen werden, für das vergebliche Bemühen, ein Paradies unter dem Mond zu bauen – ein paar goldene Stunden zu
finden in einer Zeit aus Blei.«

»Ah«, sagte Appleby, »nun kommen Sie der Sache schon näher. Der Mann, der nach Gold suchte, und statt dessen fand er
Blei. Etwas in dieser Art.«

Colonel Glover und der Mann namens Jenner debattierten noch
immer. Sie kamen just in dem Moment um die Ecke der Veranda, in dem Heaven davonhuschte. Glover bestritt den Großteil
der Konversation, und als sie näherkamen, war zu sehen, daß
Jenner ein wenig unruhig auf die Uhr blickte. Diana versetzte
Appleby einen Stoß in die Rippen. »John, wenn du noch eine
von deinen freundlichen und gelehrten Unterhaltungen führen
willst, da kommt ein passendes Opfer.«

»Nein, diesmal will ich herausfinden, ob ich durchschaut bin.«

»Ich verstehe überhaupt nichts mehr. Früher, da war viel – viel klarer, was du wolltest.«

Appleby lachte nur. »Das war in Zeiten des *dolce far niente*.«

»Und diesmal wirst du dann wohl Griechisch zitieren, nehme ich an.«

»Das wäre eine Möglichkeit.«

Diana warf den Kopf in den Nacken. »Worauf *willst* du denn nun hinaus?«

»Nun, ich denke, Heaven ist auf der Jagd nach etwas, zu dem eher ein wenig Spanisch passen würde. Und vielleicht können *wir* dabei … Ah, Colonel, guten Abend. Mrs. Kittery und ich können uns nicht einigen über diesen Hund.«

»Hund? Na, bei Hunden kann man immer geteilter Meinung sein. Was, Jenner? Gehen die Ansichten sehr auseinander. Ein Spaniel zum Beispiel … gar nicht so leicht, sich da zu verständigen.« Glover schüttelte zweifelnd den Kopf.

»Wie wahr, Colonel.« Für einen Mann mit einer so üblen Visage klang Jenners Stimme überraschend klar und gebildet. »Nicht daß ich Hundeverstand hätte.« Er wandte sich höflich an Diana. »Wie ist das bei Ihnen?«

»Ich habe auch keinen Hundeverstand. Ich meine, ich …« Amüsiert über die eigene Sprachverwirrung lachte Diana laut. »Aber in Wirklichkeit …«

»Wir haben uns unsere Gedanken um George gemacht«, sagte Appleby. »Mrs. Kittery wollte sich nicht überzeugen lassen, daß er ein wohlerzogener Hund ist.« Er blickte Jenner an. »Wie sehen Sie das?«

»George? Dem habe ich einen Tritt versetzt.« Wieder blickte Jenner auf die Uhr – diesmal mit unverhohlener Unruhe. »Wenn Sie so freundlich wären und mich entschuldigen …« Er verneigte sich und war verschwunden.

Appleby seufzte leise. »Diana, war das nun Spanisch oder Griechisch?«

Diana schüttelte finster den Kopf. »Ich glaube, du bist allmählich wirklich plemplem.«

»Sture, einfallslose Tüchtigkeit – für welche Nation gilt das als typisch?«

Diana schwieg. Colonel Glover, der Jenner nachgestarrt hatte, wandte sich zu Appleby um. »Als Nationalcharakter? Na, ich würde sagen, für die ...«

»Ganz genau.«

Kapitel 17

Typisch für die Gäste der Eremitage war eine ansteckende schlechte Laune, die sie von Zeit zu Zeit befiel. Das lag daran, daß ein prächtiges Amüsement rund um die Uhr im Grunde unmöglich ist; bestenfalls wird es eine Folge amüsanter Episoden sein, zwischen denen die Stimmung nachläßt, und auf der Insel wurden diese Intervalle für jeden, der nicht achtgab und sie gut überbrückte, zu gähnenden Abgründen der Langeweile oder der nervösen Anspannung.

Etwas in dieser Art mußte wohl geschehen sein, dachte Appleby, als er wieder in den Salon kam. Eine unbestimmbare Anspannung lag in der Luft. Die Jeunesse dorée wirkte lustlos, ja geradezu erschlafft; unter den Älteren, die beim Kartenspiel saßen, herrschte Unaufmerksamkeit, für die man sich gegenseitig tadelte. Mr. Hoppo saß nach wie vor mit Miss Busst zusammen, doch die gute Laune des Abendessens war verflogen, und er machte nun einen geradezu verdrießlichen Eindruck. Appleby ging zu ihnen hin und setzte sich zwischen die beiden. »Ich war draußen«, sagte er. »Ein schöner Abend, der Mond geht gerade auf. Eine schmale Sichel.«

»Neumond?« frage Miss Busst und widmete sich ihrer bestickten Handtasche. »Ich kann sie nie auseinanderhalten.«

»Zumal man ja« – Hoppo riß sich aus der ungewöhnlich düsteren Stimmung, in die er verfallen war – »nicht weiß, ob nicht auf der Südhalbkugel die Sichel in die andere Richtung weist.« Er lachte halbherzig. »Ich könnte es wirklich nicht sagen.«

»Nun«, meinte Miss Busst, »für alle Fälle …« Und sie sortierte einige Geldscheine in ihrer Tasche. »Wahrscheinlich ist es ja nur Gerede, und ich glaube auch nicht an solche Sachen, aber ich wüßte doch gern, wer zuerst davon gehört hat?«

Appleby hob den Blick. »Gehört? Es gibt schlechte Neuigkeiten?«

157

Miss Busst nickte ernst. Hoppo räusperte sich. »Natürlich«, sagte er mit heiserer Stimme, »kann es falscher Alarm sein. Offenbar ist es bisher noch nie vorgekommen. Aber es heißt – man hört reden … nun, die Wilden.«

»Ah«, murmelte Appleby, »die Wilden.«

»Ich finde, das ist unerhört von den Heavens«, sagte Miss Busst, nun mit unverhohlenem Ärger, »eine Unverschämtheit. Nirgends im Prospekt war von so etwas die Rede. Ein Skandal ist das. Gewiß, es war eine Art Hawaiimädchen auf dem Umschlag – Bastrock und alles. Aber es verstand sich, daß das nur die Aufmerksamkeit möglicher Gäste erregen sollte – männlicher Gäste. Daß es wirklich gefährliche Eingeborene gibt, auf den Gedanken wäre man nie gekommen. Keiner hätte gedacht, daß man auf so etwas auf dieser Insel gefaßt sein muß. Ich finde, wir sollten darauf drängen, daß sie das Hotel verlegen.«

»Sind sie denn wirklich in der Nähe?« fragte Appleby. »Verläßliche geographische Informationen sind ja nicht leicht zu bekommen.«

Hoppo sah sich mißtrauisch im Raum um. »Es heißt – man hört reden –, daß eine Insel mit sehr unangenehmen Bewohnern etwa hundert Meilen von hier liegt. Und auf halbem Wege zwischen hier und dort gibt es Fischgründe. Sie fahren mit ihren Kanus hinaus – *großen* Kanus. Und wenn sie nicht genug fangen, dann – nun, wenn sie dort nichts zu essen bekommen, dann fahren sie weiter. Das ist die Erklärung für den Überfall auf uns. Und jetzt geht das Gerücht um …«

»Ah«, sagte Appleby noch einmal.

»Ein Großteil der Gäste ist sich einig«, beharrte Miss Busst, »daß man von den Heavens verlangen sollte, das Hotel anderswohin zu verlegen. Mr. Rumsby wird mit ihnen darüber sprechen. Schlimm genug, daß wir diesen entsetzlichen Krieg haben. Da können wir unsere Nerven nicht noch weiter anspannen lassen.«

Appleby nickte. »Ich kann mir vorstellen, daß einem da der

Gedanke an einen Umzug kommt. Ich fürchte nur, dazu ist es zu spät. Denn zum Umziehen müßte Heaven erst einmal Gelegenheit haben. Aber ich sehe, Miss Curricle winkt mir. Entschuldigen Sie mich.«

Er ging ans andere Ende des Raumes. Miss Curricle, aufrechter und kantiger denn je, führte ihn wiederum hinaus auf die Veranda. »Mr. Appleby, alle Zeichen stehen auf Panik.« Sie schien ganz von der finsteren Stimmung durchdrungen, die plötzlich vom Hotel Besitz ergriffen hatte – aber zugleich sprach sie mit einer grimmigen Genugtuung, wie ein satanischer Schriftsteller, der sein neuestes Geschöpf vorstellt. »Empörend, und blamabel dazu. Gemeinsam mit dem Bungalow können wir ein Dutzend wehrhafter Männer aufstellen. Irgendwo gibt es gewiß auch Feuerwaffen. Aber daß auf das bloße Gerücht von diesen hasenfüßigen Wilden hin …«

»Haben Sie eine Ahnung, woher das Gerücht stammt? Es kam ja sehr plötzlich auf.« Appleby starrte hinaus ins Dunkel.

»Das weiß anscheinend niemand. Und Heaven und seine Frau sind nirgends zu finden … Horchen Sie.«

Appleby schüttelte den Kopf. »Horchen hilft uns nicht weiter. Das halbe Leben einer solchen Insel spielt sich in der Nacht ab, und wenn man wirklich hinhört, stockt einem das Blut in den Adern. Das können wir wirklich nicht brauchen.«

»Aber mir war, als hätte ich etwas gehört. Leise Schritte am Rande der Lichtung.«

»Gut möglich. Wahrscheinlich wird es binnen kurzem sehr turbulent hier zugehen. Aber ich erwarte eigentlich nicht, daß es wirklich gefährlich wird. Es hängt, fürchte ich, davon ab, ob ich vor nicht allzulanger Zeit ein wenig zu hart am Wind gesegelt bin.«

»Mr. Appleby, Sie sprechen in Rätseln. Vielleicht sollte ich sagen, daß ich großes Vertrauen in Sie setze.« Miss Curricle sagte es forsch, wenn auch ein klein wenig verlegen. »Es ist mir nicht entgangen, daß Sie, als ich im Laufe unserer Abenteuer –

ähm – die Dinge zeitweilig in falschem Licht sah, sehr vernünftig reagiert haben. Manchmal frage ich mich, warum Sie nicht offener zu uns sein können, aber ich vermute, es ist eine Eigenheit Ihres Berufes. Mein lieber Vater, der einen hohen Posten in der Kolonialverwaltung bekleidete, war stets untadelig diskret.« Miss Curricle verweilte bei der Erinnerung. Nur weil sie beunruhigende Laute aus dem Dschungel vernahm, würde sie in diesem Augenblick der Andacht keine falsche Hast an den Tag legen. »Ich muß sagen, daß ich den Eindruck habe – und die anderen aus unserer Gruppe teilen die Ansicht –, daß auf dieser Insel etwas nicht stimmt. Und zum gleichen Schluß sind Sie ja offensichtlich auch gekommen. Könnten Sie uns denn nicht anvertrauen, was Sie wissen? Übrigens habe ich« – Miss Curricle sagte es ohne die kleinste Änderung im Tonfall – »bei Mudges Hütte gerade eine nackte Gestalt gesehen. Ich sehe nämlich gut im Dunkeln. Eine Eigenschaft, die auch meine liebe Mutter ... Natürlich nichts was Sie für sich behalten wollen.«

»Viel mitzuteilen gibt es da nicht.« Appleby betrachtete den schwachen Lichtschein in Mr. Heavens Generatorschuppen. »Zumal ich noch sehr im Dunkeln tappe – ein Dunkel, für das ich ein genauso gutes Auge haben sollte wie Sie für das Dunkel der Nacht, aber bisher bleibt alles finster.« Er zögerte. »Ich habe einen Verdacht, und vorhin hatte ich den Eindruck, ich hätte mich verraten. Aber inzwischen denke ich mir, die Chancen sind gut, daß es unbemerkt blieb. Deswegen bin ich jetzt um so vorsichtiger geworden. Soviel kann ich Ihnen immerhin verraten: Heaven ist ein recht zwielichtiger Zeitgenosse, für den das ganze Leben aus nichts als Habgier besteht. Deshalb hat er Hailstone und Dunchue von Anfang an nicht geglaubt, daß sie wirklich als Wissenschaftler hier sind ... Sie haben recht. Jetzt sehe ich auch einige Gestalten. Und da kommt Hoppo. Hoppo, gehen Sie noch einmal ins Haus und bringen Sie Glover und Mrs. Kittery her; wir sollten zusammenbleiben.«

160

Einen Moment lang sah Appleby dem Geistlichen nach, der verdutzt kehrtgemacht hatte. Dann fuhr er fort. »Heaven war so überzeugt davon, daß diese beiden ersten Erforscher der Insel Gauner waren, daß er in aller Stille bei ihnen im Haus eingebrochen ist.«

»Das paßt zu ihm«, entgegnete Miss Curricle streng. »Wir sind ihm zu Dank verpflichtet, daß er uns Zuflucht gewährt, das will ich nicht leugnen, aber ich muß doch sagen, daß mir dieses Hotel nicht sympathisch ist. Da kommt ein Mann um die Verandaecke geschlichen. Es ist mir sogar ausgesprochen unsympathisch.«

»Heaven sah sich bei Hailstone im Haus um« – inzwischen hatten sich seine Gefährten um Appleby versammelt –, »er brach im Bungalow ein, und dabei muß er etwas gefunden haben. Das ist jedenfalls meine Vermutung. Was ich sage, ist übrigens streng vertraulich, das ist hoffentlich allen klar. Davon, daß wir es für uns behalten, kann unser Leben abhängen – und nicht nur unseres.«

Hoppo hustete. »Es ist alles höchst dramatisch«, sagte er, »angsteinflößend sogar. Besorgnis wäre wohl angebracht. Aber offenbar gewöhnt man sich selbst an die unglaublichsten Gefahren. Im Augenblick, muß ich gestehen, verspüre ich vor allem Neugier. Sie wissen ja, daß ich nicht gerade ein kriegerischer Mensch bin. Ich kann mich nur wundern.«

»Keiner hier« – Glover sagte es recht barsch – »würde an Ihrem Mut zweifeln. Jetzt lassen Sie Appleby erzählen. Heaven hat etwas bei Hailstone gestohlen. Aber was …? Donnerwetter, da ist ein Nigger mit einem von diesen Speeren.«

»Kümmern Sie sich gar nicht um ihn. Was Heaven bei seinem Einbruch genau gefunden hat, kann ich Ihnen nicht sagen. Aber ich stelle mir etwas wie eine alte spanische Seekarte vor, mit einem Hinweis, wo die Goldstücke und Dublonen vergraben sind.«

»Die Tunika!«

»Genau, Diana, der Tumulus. Heaven fand eine Schatzkarte, und bei einem kuriosen kleinen Picknick am heutigen Nachmittag gab er das unseren archäologischen Freunden zu verstehen – und das war ein Fehler. Mehr weiß ich nicht; und nichts davon, ich sage es noch einmal, dürfen Sie weitererzählen. Binnen kurzem wird es stürmisch werden … Ah!«

Von jenseits der Lichtung, auf die sie hinabblickten, war der Klang von zersplitterndem Glas herübergekommen, und nur Sekunden darauf erlosch das kleine Licht im Generatorschuppen. Alle drehten sich um. Auch das Hotel lag in Dunkelheit.

»Ich würde vorschlagen«, sagte Appleby, »daß wir bleiben, wo wir sind. Wenn wir uns bewegen, werden wir uns immer weiter bewegen müssen – und das wäre nur Verschwendung von Körperkraft auf dieser kräftezehrenden Insel.« Plötzlich kam ein Schrei aus dem Inneren des Hotels. »Das dürfte Miss Busst sein, die sich wieder prächtig amüsiert. Ich würde vermuten, ein gräßlicher Wilder ist durch ihr Fenster eingestiegen. Und da« – er hatte seine Taschenlampe hervorgeholt, und der Strahl, der kurz aufblitzte, zeigte eine Gestalt, die fluchend ins Freie gestürmt kam –, »da haben wir Rumsby. Vielleicht geht er die Polizei holen. Und jetzt ganz ruhig bleiben« – er mußte die Stimme heben, denn rundum hatte ein Inferno aus gellenden Rufen und Trommelschlägen eingesetzt; »vergessen Sie nicht, daß wir das alles schon einmal erlebt haben. Denkbar, daß sie das Hotel anstecken, aber alles in allem glaube ich nicht … Vorsicht!«

Hinter ihnen krachte und klirrte es, und eine Gestalt kam durch das Fenster geflogen – eine braune, nackte Gestalt, die sich aufrappelte und die Flucht ergriff; Sir Mervyn Poulish, bewaffnet allem Anschein nach mit einem Stuhlbein, nahm die Verfolgung auf. Und Applebys lautes Lachen drang durch den Tumult. »Der alte Gauner wächst mir noch wirklich ans Herz.« Dann nahm er sich zusammen. »Alles Schabernack. Aber im Innersten tragisch, fürchte ich.«

Kapitel 18

Der Morgen stieg glutrot über der Insel auf, als hätten Sünde und Tod ihre Türen weit aufgeworfen und der Widerschein des Fegefeuers leuchtete am Himmel. Die Elemente bereiteten die Bühne zu einem Schauspiel – und Miss Busst beschwor die Hand des Schicksals und prophezeite, daß die heimkehrenden Wilden zerschmettert am Meeresgrund enden würden. Denn niemand nahm die Geschehnisse der Nacht schwerer als Miss Busst. Ein baumlanger Wilder hatte sie angegriffen; genauer gesagt hatte er sie umtanzt und dazu Schreie ausgestoßen, und bevor er sich aus dem Staub gemacht hatte, hatte er Anstalten gemacht, sie in die Nase zu kneifen. Mr. Heaven hätte etwas zu hören bekommen, wäre Mr. Heaven nicht tot gewesen.

Dunchue kam mit der Nachricht; die Leiche, erklärte er, sei das erste Indiz eines Überfalls auf den Bungalow gewesen. Er und Hailstone waren nämlich in der Nacht außer Hauses gewesen – beide bekannten sich zu einer stillen Leidenschaft für die nächtliche Schildkrötenjagd –, und erst bei ihrer Rückkehr hatte eine gewisse Unruhe bei George schließlich zur Entdeckung des Toten in den Dünen geführt. Sie hatten einen schwarzen Diener zur Bewachung dort gelassen und sich auf den Weg zum Hotel gemacht. Dunchue, der weniger Gelassene, kam lange vor den beiden anderen an.

Er traf auf einen Appleby, der in aller Eile sein Möglichstes tat, das Hotel für den Fall eines zweiten Nachtangriffs zu befestigen. Fenster wurden verbarrikadiert, Eimer mit Sand und Wasser bereitgestellt, falls jemand das Haus in Brand steckte. Gegen einen bewaffneten Feind, machte Appleby den Anwesenden klar, konnten sie sich nicht verteidigen. Aber für die Eingeborenen, die außer Krawall nicht viel zustandebrachten, mochte es reichen. Mudge hatte einige harmlose – doch, wie sie hofften, furchteinflößende – Granaten präpariert.

Dunchue lauschte dem Bericht über diese Vorbereitungen mit einer Miene, von der er nicht wissen konnte, daß Appleby sie als Mischung aus Häme und tiefer Befriedigung deutete. Und nur widerstrebend rückte er mit seinen schlechten Neuigkeiten heraus. Aber es stand fest. Die lärmenden Eindringlinge hatten einen zweiten Mann umgebracht. Er bat, daß jemand vom Hotel käme und sich einen Eindruck machte; dann würden sie Träger bereitstellen, um die Leiche zu bringen. Vielleicht wolle Appleby selbst einen Blick werfen? Appleby kratzte sich am Kinn und schlug dann vor, daß sie zu mehreren gehen sollten.

Soweit war der Austausch gediehen, als ein Farbfleck am Strand die Ankunft des weniger behenden Hailstone in Begleitung von George ankündigte. Beider Stimmung war eindeutig gedämpft. Man erwartete fast, daß der bunte Sonnenschirm von einem Trauerflor gefaßt sein würde.

»Ein schockierender Vorfall«, sagte Hailstone. »Unsere aufrichtige Anteilnahme Ihnen allen.« Er tätschelte George. »Allen voran natürlich Mrs. Heaven. Ich sollte ihr jetzt gleich mein Beileid aussprechen. Komm, George.«

Doch Mrs. Heaven war verschwunden. Als sie es kurz vor Sonnenaufgang bemerkt hatten, hatte Jenner bemerkenswert ritterlich die ganze Umgebung des Hotels nach ihr abgesucht. Nun war er mit Mudge und Colonel Glover zu einer größeren Expedition aufgebrochen. Hailstone blickte bekümmert drein. »Und nun gar noch eine Frau. Das macht es ja noch entsetzlicher.«

Miss Busst kommentierte es mit einem unbestimmbaren Laut; anderen weiblichen Hotelgästen kamen die Tränen; Mr. Rumsby, der zum Äußersten gegriffen und sich selbst Frühstück bereitet hatte, fragte besorgt, wer sich denn nun um das Mittagessen kümmern werde. Dann wurde die Mannschaft zusammengestellt, die den Leichnam des Hoteliers inspizieren sollte. Dunchue hatte eine Schrotflinte mitgebracht und blieb zur Verteidigung der erregten Gästeschar im Hotel. Hailstone bot Appleby seinen antiken und wenig vertrauenerweckenden Revolver an, doch dieser lehnte das Angebot, ihn von der Last zu befreien, höflich ab. Die beiden machten sich gemeinsam auf den Weg, die anderen Mitglieder des Trupps folgten.

Diesmal brachte Hailstone sogar Unterhaltung und Fußmarsch gleichzeitig zustande. »Ich fürchte«, sagte er, »wir müssen beide *peccavi* rufen. Ich gebe zu, daß ich die Geschichte vom Mord an Ihrem schwarzen Freund Unumunu nicht geglaubt habe; ich hatte nicht den Eindruck, daß es in dieser Gegend Eingeborene gibt, denen man eine solche Tat zutrauen konnte. Und mir schien, daß Sie selbst auch Ihre Zweifel hatten. Aber jetzt – tja, jetzt hat es sich ja wohl doch bestätigt.«

Die blauen Brillengläser blickten Appleby forschend an, und Appleby antwortete, wenn auch widerstrebend: »Man kann es kaum noch bezweifeln.«

»Ich sage Ihnen offen, ich fürchte, daß es für die arme Frau keine Hoffnung gibt. Das erste Verbrechen war eine Überraschung; ich denke imme noch, wenn er nicht schwarz gewesen wäre, wäre es nicht geschehen. Aber wenn diese Polynesier erst einmal getötet haben, haben sie keine Hemmungen mehr; wenn sie an einem Ort Blut geleckt haben, kommen sie auch wieder.«

Appleby nickte. »Sie sagen das« – er machte eine unschuldige Miene –, »als ob Sie doch nicht ganz ohne Interesse an der Anthropologie dieser Inseln wären.«

Hailstone lachte, aber es war dezent und verhalten genug. »Nur ein wenig müßige Lektüre. Dunchue weiß mehr als ich, und selbst das ist nicht viel. Genug vielleicht für eine Art Verständigung mit diesen Eindringlingen – aber mehr nicht.«

»Ah«, sagte Appleby.

»Und nun ist Heaven tot und seine Frau zweifellos ebenso, oder doch so gut wie tot. Sie und ich werden keine Krokodilstränen weinen. Es waren keine noblen Geschäfte, die sie mit diesen Feiglingen und Drückebergern gemacht haben. Uns geht es jetzt um die praktische Seite.«

»Da haben Sie recht. Über die praktische Seite denke ich schon seit einer ganzen Weile nach.«

Wieder warf Hailstone seinem Gefährten einen forschenden Blick zu. Doch Appleby betrachtete gedankenverloren George, der energisch und doch mit Würde voranschritt. »Die meisten Hotelbewohner werden gewiß abreisen wollen, und man kann es ihnen nicht verdenken. Sie haben ja nichts, was sie an die Insel bindet.«

»Anders als Sie, Mr. Hailstone.«

»So ist es. Wir könnten unsere Grabung natürlich nie im Stich lassen und müssen das Risiko eingehen. Es ist ein solcher Jammer, daß das Funkgerät nicht mehr funktioniert. Kennen Sie sich mit solchen Apparaten aus?«

»Nicht im mindesten, muß ich sagen.«

»Ein Grund mehr zur Klage. Der Punkt wäre gekommen, an dem wir Hilfe herbeiholen sollten. Zum Glück hat Dunchue mich an etwas erinnert, das ich vergessen hatte. Es sind noch Monate bis zum verabredeten Termin, an dem unser Schiff hier vorbeischauen soll. Aber uns ist eingefallen, daß der Skipper sagte, sein Weg werde ihn vielleicht schon früher wieder herführen. Dann könnte er alle mitnehmen.«

»Na, das wäre doch wunderbar.«

»In der Tat.« Wieder spürte Appleby, wie er von der Seite her angesehen wurde. »Nur eines macht mir Sorgen, und das werden Sie, scharfsinnig wie Sie sind, auf Anhieb erraten.«

Appleby schüttelte den Kopf. »Ich staune immer wieder, wie schwer es mir fällt, auf dieser Insel etwas zu erraten – wahrscheinlich weil die Umgebung mir so vollkommen fremd ist. Ich muß sagen, im Moment sehne ich mich hauptsächlich nach London und nach meiner eigenen Arbeit zurück.«

Hailstone nickte wissend. »Das kann ich gut verstehen, glauben Sie mir. Es gibt nichts Schlimmeres, als wenn man seine Arbeit nicht tun kann.«

Eine Weile lang gingen sie schweigend, als müßten sie diese erbaulichen Gedanken erst verarbeiten.

»Aber wenn ich doch raten sollte«, nahm Appleby den Faden auf, »und da ich weiß, wie wichtig Ihnen Ihre Grabung ist, würde ich vermuten, Sie hoffen, daß die Sache ohne großes Aufsehen geregelt werden kann.«

»Genau das«, sagte Hailstone und hielt inne, um Atem zu schöpfen. Auch George blieb stehen und wedelte mit dem Schwanz. Es war wunderbar, wie einvernehmlich alles ging. »Genau das. Aber es läßt sich nicht leugnen, daß es, wenn man es aus offiziellem Blickwinkel sieht, ein sehr schwerwiegender Vorfall ist. Und wenn unsere Freunde erst einmal überall davon erzählen …«

»Ich denke mir, sie werden diskret sein. Sie sind ja schließlich in einer peinlichen Lage – einer lächerlichen geradezu. Mit ihren Briefmarken und Diamanten werden sie aus dem irdischen Paradies vertrieben und müssen zurück ins Getümmel der Welt. Ich glaube nicht, daß sie das an die große Glocke hängen.«

»Aber Sie und Ihre Gesellschaft vielleicht.« Hailstone machte sich wieder auf den Weg.

Appleby schien zu überlegen. »Ich glaube, Colonel Glover und ich könnten ein wenig Einfluß nehmen und dafür sorgen, daß nichts über die Insel bekannt wird. Amtliche Ermittlungen könnten wohl auch wir nicht verhindern – jedenfalls glaube ich das nicht –, aber wir könnten schon dafür sorgen, daß es über offizielle Kreise nicht hinausgeht. Ich glaube, selbst wenn die Insel wirklich amerikanischer Verwaltung untersteht, könnte ich das arrangieren. Wenn es für Sie eine Hilfe ist.«

»Mein lieber Herr, ich bin Ihnen außerordentlich dankbar. Vielleicht mache ich mir unnötig Sorgen, aber Sie wissen ja, wieviel mir daran liegt, daß unsere Arbeit nicht vor der Zeit bekannt wird.«

167

»Allerdings.«

Schweigend marschierten sie voran. Appleby betrachtete die zusehends kürzer werdenden Schatten im Sand. Er hatte keinerlei Anhaltspunkt, was der andere wirklich dachte. War es Bluff? Doppelter Bluff? Er kam sich vor wie beim Pokerspiel, nur daß die Partie im Gehen gespielt wurde.

»Hinter der nächsten Düne liegt der Tote«, sagte Hailstone. »Einer von meinen Jungs paßt auf ihn auf, auch wenn ihm vor Angst die Knie schlottern. Oh! Ich hätte nicht gedacht, daß die Ameisen so schnell sind.«

Heavens Leichnam lag auf dem Gesicht. Ein Speer steckte noch immer in seinem Rücken. Die Kleider hatte man ihm ausgezogen und mitgenommen. Glieder und Hals des Toten oder Sterbenden hatte man scheußlich verrenkt, als er mit dem Tode rang oder schon tot war. Und nun fraßen die Ameisen ihn auf. Auf seine nüchterne Art war es ein bemerkenswert schauriger Tod.

Appleby betrachtete den Toten aufmerksam, doch teilnahmslos und achtete nicht auf die erregten Ausrufe der Männer, die hinter ihm standen. Er wandte sich an Hailstone. »Wie sie ihn wohl erwischt haben? Ich habe ihn noch kurz vor dem Überfall am Hotel gesehen. Wir unterhielten uns – was einem nun entsetzlich unpassend vorkommt – über Gold und Blei. Wenn man sich das vorstellt!«

»Gold und Blei?« Hailstone war verblüfft.

»Nur eine kleine literarische Plauderei«, antwortete Appleby munter. »Er hatte ja, wie Sie wissen, seine ästhetischen Neigungen. Ja, über die Kästen aus Gold und Blei im *Kaufmann von Venedig*. Und jetzt, bei all den Ameisen, könnte er selbst einen bleiernen Kasten brauchen. Ist Hoppo mitgekommen? Ah ja. Ich würde sagen, ein rasches Begräbnis wird das Anständigste und Gnädigste sein. Danach sollten wir uns auf die Suche nach seiner Frau machen. Vielleicht ist sie verschleppt worden – womöglich nur an einen anderen Ort auf der Insel. Ein paar Waffen werden sich finden, damit können wir eine Suchexpedition wagen. Meinen Sie nicht auch?« Appleby sagte es praktisch und vernünftig, weder allzu streng noch allzu besorgt, und blickte Hailstone fragend an.

»Ich finde, da haben Sie ganz recht.« Hailstones Nicken war geradezu vehement. »Es ist ein großer Trost, wenn jemand da ist, der solche Dinge in die Hand nimmt.« Dann ging er hinüber zu dem Diener, der bei der Leiche Wache stand.

Sie begruben Heaven. Binnen einer halben Stunde war er verschwunden. Das Tempo, dachte Appleby bei sich, wurde flotter … wenn das der richtige Ausdruck dafür war. Er ging hinunter ans Wasser. Hier, diesseits des Riffs, schwappten nur noch kleine Wellen an den Strand, folgten einander beinahe verstohlen ans Ufer. Fische huschten vorbei – so winzig, daß sie selbst im flachsten Wasser noch ihre Purzelbäume schlagen konnten; eine Krabbe, wie ein durch Magie gelöster Schatten, flitzte von der Deckung eines Steins zur nächsten. Der kleine Sog der zurücklaufenden Wellen ließ den Sand immer wieder neu fließen, wirbelte die Myriade fast schon kleinster Teilchen auf, verlor seine Kraft in Gegen- oder Querströmungen, in denen die unablässige Bewegung ihren Fortgang nahm. Es war, als läse man Bergson: Wandel und immer wieder Wandel, und nie war zu erkennen, woher dieser Wandel kam. Heaven, Hailstone, Heraklit, sagte Appleby zu sich – und blickte auf und sah die klare, eindeutige Gestalt, die diese Welt, auch wenn sie ständig im Fluß war, hier am Strand annahm. Er sah müßig zu, ein paar einsame philosophische Klischees gingen ihm noch durch den Sinn, ohne jede praktische Verbindung zu dem, was er sah. Noch träumte er vor sich hin, doch im Mittelgrund regten sich Hailstones Hosen, Georges Fell, ein gleichmäßigerer Strom als die schwappenden Wellen schob sich geheimnisvoll über den Sand, so leicht und fast berührungslos wie eine flüchtige Liebkosung. Am Strand hatten sich die seltsamen Wattekugeln, mit denen Diana gespielt hatte, in immer größerer Zahl aufgetürmt; sie waren zu Tausenden da, zu Millionen, als hätten alle Sirenen des Ozeans durch alle Ewigkeiten Schlagball gespielt, und jeder Ball wäre ins Aus gegangen. Der Wind, der flach über die Wasseroberfläche blies, raschelte darin, als befühle er sie mit vorsichtigen Fingern, drehte sie, schichtete sie auf wie Kanonenkugeln, warf sie versuchsweise ein paar Zentimeter in die Luft. Die kleineren unter den leichten, graubraunen Kugeln machten erste Hüpfer auf dem Strand – linkisch wie Sandläuse oder schlecht geschnippte Märkchen beim Flohhüpfen. Und weit hinten begann etwas, das Appleby für einen Stein gehalten hatte, sich zu regen und zu flattern, ein schwarzer Wimpel, der plötzlich im Wind flatterte. Er rief den anderen etwas zu. Und alle liefen dorthin.

Mrs. Heavens schwarzer Rock lag, vom Wasser durchweicht, auf dem Sand; in einer Pfütze zwischen den Felsen fanden sie einen durchnäßten Unterrock; weit draußen auf dem anscheinend ruhigen und unter der Oberfläche doch fließenden Wasser schwamm grotesk ein einzelner Stiefel. Hailstone kam herangeschnauft und zeigte aufgeregt auf etwas. Im Sand war eine tiefe Rinne, wie das stumpfe Messer eines Riesen sie hinterlassen hätte. Appleby blieb stehen und überlegte, was das sein konnte. »Kanu«, klärte Hailstone ihn auf. Er betrachtete die Rinne. »Und ein großes.«

Appleby nickte. »Es muß ein großes sein, wenn sie damit hundert Meilen übers Meer fahren.« Er blickte hinauf zum Himmel, wo sich geheimnisvoll vom Zenit her ein Kupferton ausbreitete. »Und die Ärmste wird eine stürmische Überfahrt haben. Ein Jammer, daß Miss Busst nicht dabeisein und ihr Gesellschaft leisten kann.« Er blickte hinaus aufs Meer, so besorgt wie es der Anstand gebot. »Je früher Ihr Handelsschiff wieder hier vorbeikommt, desto besser. Und wenn sie sie wirklich mitgenommen haben, macht das alles ja noch komplizierter, nicht wahr? Da können wir die Sache nicht einfach vertuschen. Es muß nach ihr gesucht werden.«

170

Hailstone nickte – ein wenig zögernd, als sei ihm dieser Aspekt jetzt erst aufgegangen. »Selbstverständlich.« Er konsultierte seine Taschenuhr. »Hätten Sie Zeit für ein Mittagessen?«

»Ich glaube nein; zuerst müssen wir die Dinge im Hotel besser organisieren. Aber am Nachmittag – wenn das Unwetter, das da heraufzieht, mich nicht abhält – komme ich noch einmal vorbei.« Appleby wartete – wartete, bis Hailstone ihn ansah. Dann setzte er ein geheimnisvolles Lächeln auf. »Wir beide müssen uns noch ein wenig unterhalten.«

»Unbedingt.« Der Mann war verblüfft.

»Lange werden sie sie nicht am Leben lassen, fürchte ich. Reiseproviant, mehr nicht.«

Hailstone nickte, auch wenn er ein wenig schockiert dreinblickte.

»Warum also unnötige Aufregung? Gemeinsam werden wir die Sache schon regeln.« Appleby besiegelte es mit einem kleinen Grinsen – so verschwörerisch er konnte – und machte sich dann auf den Rückweg zum Hotel.

Kapitel 19

Colonel Glover stellte sein Glas Zitronenwasser ab. »Wie sind Sie der Wahrheit auf die Spur gekommen?«

Appleby und seine Gefährten saßen zusammen mit Sir Mervyn Poulish in einer Ecke der Veranda beim improvisierten Mittagessen. Mudge bediente sie. Und aus dem Haus kamen die aufgeregten und vorwurfsvollen Stimmen der anderen Gäste.

»Die Wahrheit? Die weiß ich noch lange nicht.« Appleby lächelte grimmig. »Vielleicht sind wir alle tot, bevor ich soweit bin, verschlungen von den Kannibalen aus Dunchues Phantasie.«

Hoppo biß um so beherzter in sein Sandwich. »Dunchue?« fragte er mit vollen Backen. »Dunchue und nicht Hailstone?«

»Eindeutig. Dunchue ist der Anführer. Hailstone, müssen Sie wissen, ist kein Weißer; er hat indisches Blut in den Adern und gehört damit für Dunchue zu den minderen Rassen. Er hat es ihm deutlich genug zu verstehen gegeben – ich saß dabei. Die beiden arbeiten gut zusammen, aber daß sie sich deswegen mögen, würde ich nicht sagen.«

Glover sah ihn zweifelnd an. »Inder? Das kann ich gar nicht glauben …«

»Er nimmt nie seine blaue Sonnenbrille ab. Einmal, als Diana und ich im Bungalow waren, war er im Begriff es zu tun, doch als er uns sah, zog er statt dessen den Panamahut. Aber bei unserer ersten Begegnung am Strand, als er mich genau studierte, da setzte er die Brille ab. Ich fand ihn verwirrend. Er paßte nirgendwohin, könnte man sagen. Dann durchwühlte ich seinen Schreibtisch und fand eine Opiumpfeife und eine Dose, in der höchstwahrscheinlich Opium war. Das war für mich der Beweis. Er hat gewiß seit Jahren in England gelebt, aber er ist ein Mischling, ein Eurasier. Das aber nur nebenbei. Schon bei unserer ersten Begegnung fand ich die richtige Fährte, sie war

172

deutlich genug zu sehen. Meine größte Sorge war, daß sie auch ihm nicht verborgen sein konnte. Auf einer Insel mitten im weiten Ozean wird ein Anthropologe ermordet, und der nächste Mensch, den man trifft, stammt aus derselben oder fast derselben Disziplin. Das ist doch ein unglaublicher Zufall, und gerade das haben unsere Freunde aus dem Bungalow falsch eingeschätzt, als sie es mit ihren Wilden und dem ganzen Brimborium überspielen wollten.«

Miss Curricle, die mit leicht mißbilligendem Blick Dianas Coca-Cola betrachtet hatte, sah Appleby an. »Jetzt wo Sie es sagen …«

»Genau. Man bekommt in meinem Beruf ein Gespür dafür, welcher Zufall glaubwürdig ist und welcher nicht. Was war denn nun in Wirklichkeit die Verbindung zwischen diesen Wissenschaftlern – Hailstone und Dunchue auf der einen und Unumunu auf der anderen Seite? Daß sie sich schon vorher kannten, ist unwahrscheinlich, und daß wir ausgerechnet auf dieser Insel landeten, konnte keiner voraussehen. Aber schwarze Anthropologen kann es nicht viele geben, und sie hatten vielleicht von ihm gehört und wußten, wer er war. Oder – was noch wahrscheinlicher ist, da unsere Freunde vielleicht gar keine Archäologen sind – sie lernten ihn erst am Morgen seines Todes kennen, und er erzählte ihnen selbst von seiner Arbeit. Kurz darauf war er tot. Warum? Wohl weil sie sofort erkannten, daß er sie entlarven konnte. Jeder, der sich auf dem Gebiet, auf dem sie angeblich tätig waren, auskannte, hätte sie durchschaut. Das war vom ersten Augenblick an meine Theorie.«

Dianas runde Augen blickten weit in die Ferne. Vielleicht war vor ihrem inneren Auge wieder das Bild von Mr. Bradman erschienen, wie er den Schläger schwang. »Und wenn man sich vorstellt, daß du das alles im Kopf hattest, John, als wir den betrunkenen Dunchue im Dschungel trafen!«

»Betrunken?« Ein Lächeln huschte über Applebys Gesicht, das ansonsten mittlerweile einen sehr besorgten Eindruck machte. »Das war meine zweite Erkenntnis. Daß er nämlich nicht betrunken war. Erinnerst du dich an unser Mittagessen im Bungalow? Er hat uns beiden einen Schnaps eingeschenkt – und etwas an dem Glas kam mir seltsam vor. Aber erst ein wenig später bin ich darauf gekommen, was es war. Wir saßen nach dem Essen im Wohnzimmer, und ich blickte hinaus auf die Veranda. Ich betrachtete den polierten Tisch draußen. *Und er war makellos.* Doch Dunchue, allem Anschein nach stockbetrunken, hatte mir ein randvolles Glas auf diesen Tisch gestellt. Damit hatte er sich verraten, verstehst du? Daran konnte man sehen, daß seine Betrunkenheit nur gespielt war. Es bestätigte meine Vermutung, daß der Bungalow eine Fassade für etwas war. Aber eine Fassade für was?«

»Ah«, sagte Poulish. »Das ist oft die große Frage. Glauben Sie mir.«

»Sie hatten Unumunu umgebracht, nur damit er ihnen nicht auf die Schliche kam. Konnte es sein, daß nicht mehr dahintersteckte als das, was sie mir und Diana so bereitwillig gestanden – daß es nicht um pazifische Archäologie im herkömmlichen Sinn gehe, sondern daß sie auf Wikingerspuren wandelten? Das kam mir doch unwahrscheinlich vor. Ich nahm eher an, daß sie damit etwas verbergen wollten, das niemand als wissenschaftliche Archäologie hätte durchgehen lassen. Und zum selben Schluß war auch unser Freund Heaven gekommen. Einmal habe ich mich in einem Augenblick des Leichtsinns, den ich jetzt bitter bereue, beinahe verraten. Heaven hingegen verriet sich mit Absicht; es sollte der Auftakt zu einem Geschäft mit den beiden sein. Leider hat er seine Gegner bei weitem unterschätzt. Zur Antwort inszenierten sie einen weiteren Überfall jener Wilden, die sie erfunden hatten, um die Spuren des Mords an Unumunu zu verwischen. Die Heavens wurden eliminiert, und damit lieferten sie dem ganzen Hotel einen guten Grund, so schnell wie möglich das Weite zu suchen. Wenn möglich wollen sie es so einrichten, daß weder von offizieller Seite noch von Freunden oder Angehörigen der Familie Heaven noch von irgend jemand sonst Fragen gestellt werden. Deshalb haben sie uns bisher am Leben gelassen; hätten sie die gesamte Belegschaft umgebracht, so hätte das zwangsläufig zu Untersuchungen geführt, wenn zum Beispiel Heavens Jacht das nächste Mal vorbeikommt. Jetzt haben sie Hoffnung, daß sie das Hotel loswerden, ohne daß die kleinste Notiz davon genommen wird. Aber brenzlig ist es schon für sie. Sie müssen genau überlegen, was sie tun. Und das ist unsere Chance.«

Mudge war mit dem Abräumen des Tisches beschäftigt. Nun hielt er inne. »Da sieht man wieder, Mr. Appleby, daß einer lächeln und immer lächeln und doch ein Schurke sein kann. Es ist wunderbar – wenn man es unter diesen Umständen so ausdrücken darf –, wie das Leben immer wieder die Worte der Dichter bestätigt.« Er legte eine andächtige Pause ein. »Mir schien dieser Mr. Hailstone ein sehr freundlicher Herr. Und ich zögere fast zu glauben, Sir, daß solche Bosheit in ihm stecken soll. Und ich habe den Eindruck, Sir Mervyn ist derselben Meinung.«

»Das bin ich tatsächlich.« Poulish nippte friedlich an seinem Whisky. »Ich muß sagen, Ihre Psychologie überzeugt mich nicht. Uns alle umbringen? Nein, Menschen denken nicht so. Jedenfalls ist mir noch keiner, der so gedacht hätte, begegnet. Und ich habe ja nun in den letzten Jahren eine ganze Menge Bekanntschaften gemacht.«

Appleby nickte ernst. »Das Bild ist noch sehr unvollkommen. Und ich muß auch leider sagen, ich fürchte, die Gefahr für uns nimmt weiter zu. Ich denke mir, so wie die Dinge jetzt stehen, müssen Dunchue und Hailstone nur ein klein wenig nachdenken, dann werden sie darauf kommen, wie außerordentlich gefährlich es für sie ist, wenn sie uns laufenlassen. Gebildete Leute, einer davon Polizeibeamter« – er schüttelte den Kopf –, »da ist mir gar nicht wohl bei dem Gedanken, daß ihr Handelsschiff vielleicht schon bald wieder vorbeikommt.« Er blickte in die Runde der gespannten und noch ein wenig verwirrten Gesichter. »Allerdings habe ich noch ein letztes As im Ärmel, und das werde ich heute nachmittag ausspielen.«

Eine Weile lang schwiegen sie; dann ergriff Hoppo das Wort. »Diese Kannibalen – sind Sie wirklich sicher, daß …?«

»Vollkommen. Unsere Freunde mit ihren einheimischen Dienern, dazu ein oder zwei Leute aus unserer näheren Umgebung.«

»In Wirklichkeit« – aus Hoppos Stimme sprach eine Unschlüssigkeit zwischen Erleichterung und Enttäuschung – »haben wir es also gar nicht mit Wilden zu tun, sondern nur mit weißen Kriminellen?«

»Mehr oder weniger.« Appleby schwieg, ernst und gedankenverloren. »Kriminelle würde ich sie nicht nennen.«

Sie starrten ihn an. »Aber«, protestierte Diana, »sie haben Ponto …«

»Und Mrs. Heaven …«, sagte Miss Curricle.

Appleby schüttelte den Kopf. »Das ist eine sehr schwierige Frage. Es ist nämlich …«

Ein markerschütternder Schrei aus nächster Nähe ließ ihn verstummen. Es folgte ein weiterer und noch ein weiterer, und Leute aus dem ganzen Hotel kamen gelaufen um zu sehen, was geschehen war. Und plötzlich brach aus dem Unterholz direkt vor ihnen Miss Busst hervor und fuchtelte in wahnsinnigem Schrecken mit den Armen. »Die Wilden!« schrie sie; »die Wilden haben schon wieder einen Mann umgebracht!«

Der Tote war nackt – ein Mann mittleren Alters, glattrasiert, mit zwei großen Wunden wie von Säbelhieben auf beiden Wangen. Ein Grüppchen war ins Unterholz zu der Stelle vorgedrungen, die Miss Busst beschrieben hatte, und der erste von ihnen, der etwas sagte, war Jenner. »Ist denn das zu fassen! Ein vollkommen Fremder.«

Appleby blickte Jenner an und machte sich seine Gedanken.

Dann betrachtete er den geheimnisvollen Leichnam, der in einer kleinen Lichtung am Boden lag. Und schließlich blickte er hinauf zum Himmel. Man konnte sagen, daß der Himmel das Interessanteste von allem war; Ermordete hatte Appleby mehr als genug gesehen, aber noch nie einen Himmel wie diesen. Es war die Farbe alter Bronze, mit einigen grünen Flecken wie Patina; es war, als wollten die Elemente ein gewaltiges Mausoleum für diesen Toten bauen, das neueste Rätsel der Insel. Allerdings hatte man auch den Eindruck, daß mit diesem mächtigen Baldachin das Interesse der Natur an dem Geheimnis sich erschöpft hatte; die Vögel sangen keinen Klagegesang, nichts flüsterte verstohlen im Gras. Alles war still geworden. Selbst der säuselnde Wind war verstummt. Man spürte, daß jedes lebendige Wesen sich eine Zuflucht gesucht hatte und daß der Tote in einer Einsamkeit dort gelegen hatte, die selbst für diese einsame Insel bedrückend war.

Glover sah sich die Wunden mit der Leidenschaftslosigkeit des alten Indienkämpfers an. »Mutwillig«, sagte er. »Gräßliches Ritual zweifellos.« Er stutzte. »Aber hören Sie, Appleby, wenn das, was Sie sagen, stimmt …«

»Ganz richtig«, unterbrach Appleby ihn laut, »wenn meine Theorie stimmt, dann steht uns noch einiges bevor.« Er wandte sich an Jenner. »Ich habe dem Colonel erklärt, daß es für meine Begriffe mit dem Neumond zu tun hat. Wahrscheinlich feiern sie ein großes Fest, und dafür brauchen sie Opfer. Ich würde vermuten, daß sie am Abend wiederkommen und ihn holen wollen.« Bei diesen Worten warf er Glover einen Blick zu, der alles andere als schmeichelhaft war. »Die Frage ist nur: Wie ist dieser Bursche – ein Weißer – hierhergekommen? Es ist doch undenkbar, daß er auf der Insel lebte. Fällt Ihnen da eine Erklärung ein, Mr. Jenner?«

Jenner schüttelte den Kopf, wobei die Augen, was sehr merkwürdig aussah, auf Appleby geheftet blieben. »Ich habe keine Ahnung.«

177

»Eine Idee hätte ich schon.« Appleby machte eine Pause, als wolle er, daß auch alle dies Zeichen seines Scharfsinns vermerkten. »Keine schöne, muß ich sagen. Ich könnte mir vorstellen, daß sie ihn schon vor einer ganzen Weile gefangen und stets bei sich gehabt haben. Bis der Zeitpunkt des Rituals gekommen war. Der arme Kerl.« Er sah die Leiche recht herzlos an, fast ein wenig sinister. »Am besten, wir bringen ihn gleich unter die Erde. Da haben wir ja inzwischen Übung.« Er lachte hart. »Und danach sollten wir an unsere eigene Sicherheit denken. Die Barrikaden weiter verstärken.« Er ging nervös auf und ab. »Ich wünschte, dieses Handelsschiff käme. Wir müssen schließlich an Dian… an die Frauen denken.« Plötzlich blickte er auf, sah grimmig das Grüppchen Männer an. »Oder etwa nicht?« Wieder ging er auf und ab, in sichtlich gereizter Stimmung. »Hailstone und Dunchue sind entschlossen zu bleiben. Aber sie müssen selbst wissen, was sie riskieren. Es sei denn« – es war, als entschlüpften die Worte ihm unfreiwillig –, »sie verstehen sich mit diesen Wilden besser als ich.« Abrupt, ärgerlich blieb er stehen. »Glover, Hoppo – nun holen Sie doch endlich ein paar Schaufeln. Und nicht mehr als ein Vaterunser, Hoppo. Gott weiß, was sich da an Sturm zusammenbraut, so wie der Himmel über uns aussieht.« Er blickte noch einmal den Toten an, und sein Lachen war hart wie zuvor und heiser dazu. »Nicht einmal die Hosen haben sie dem armen Kerl gelassen.«

Der Fremde wurde begraben – ohne Applebys Hilfe, denn Appleby war anderswo. Hätte jemand gewußt, wo er zu suchen hatte, so hätte er ihn im Bootshaus des verstorbenen Mr. Heaven gefunden, wo er im Halbdunkel mit beklommener Miene Mudge zusah, der über die Maschine gebeugt stand.

»Ich hatte es schon befürchtet«, sagte er. »Das sind tüchtige Leute. Aber ich will sehen, daß ich genauso tüchtig bin … Wie schlimm ist es?«

»Nicht allzusehr, Mr. Appleby. Offenbar lag ihnen daran, nichts zu Offensichtliches zu tun. Arglistig, Sir. Haben Sie je die *Ökonomie der Botanik* von Dr. Erasmus Darwin gelesen?«

Appleby starrte ihn an. »Was zum Teufel hat das hiermit zu tun?«

Mudge machte ein überraschtes Gesicht. »Nicht das Geringste, Sir. Nur ein wenig Konversation.«

»Oh, verstehe. Bitte um Verzeihung. Nein, das habe ich nie gelesen.«

»Ich glaube, ich könnte Ihnen das *Liebesleben der Pflanzen* empfehlen. Nicht wirklich philosophisch, aber sehr hübsch auf seine Weise. Wir haben Glück, Sir. Es ist der Dynamo. Ich habe noch einen zweiten in der Schachtel dort in der Ecke. Besser als wenn sie die Zündkerzen mitgenommen hätten. Sehr lehrreich, Mr. Appleby. Man muß seine Sinne beieinander haben, bevor man Gedichte über botanische Themen schreiben kann. Würden Sie wohl so freundlich sein und die Fußbodendielen anheben, auf denen Sie stehen, und sehen, was darunter ist? Sie werden feststellen, daß sie lose sind, auch wenn man es ihnen nicht ansieht.«

Appleby tat, wie ihm geheißen. »Ich sehe einige Kanister Benzin.«

»Das ist doch immerhin etwas.« Im Dämmerlicht lächelte Mudge grimmig. »Man kann nie wissen. Das habe ich mir gesagt, als ich sie dort in Sicherheit brachte. Ich wünschte nur, ich hätte mehr hinuntergeschafft.«

»Aber das Hotel hat doch mit Sicherheit mehr Benzinvorräte als das?«

»Oh ja, Mr. Appleby. Man könnte eine lange Fahrt damit machen. Aber auch hier wieder Arglist, Sir. Die Deckel scheinen gut verschraubt. Aber leuchten Sie einmal mit Ihrer Taschenlampe den Boden rings um die Fässer dort ab und sehen Sie, was Sie finden.«

Wieder gehorchte Appleby. »Ein paar weiße Krümel.«

179

»Natürlich gibt es Kritiker, Mr. Appleby, die Dr. Darwins Verse für gar zu süßlich halten. Zuckersüß geradezu. Übrigens, Sir, halten Sie einmal einen dieser Krümel an die Zunge.« Wieder lächelte Mudge. »Jawohl, Mr. Appleby: Zucker. Eine kleine Prise Zucker tut eine große Wirkung im Benzin. Arglist, Sir.«

Kapitel 20

Der Himmel war noch finsterer geworden, als Appleby wieder aus dem Bootshaus kam; wenn man aufblickte, fühlte man sich wie in einer gewaltigen Blase aus geronnenem Blut. Kein Lüftchen regte sich, selbst das Meer lag still – obwohl die Brecher nach wie vor geheimnisvoll auf das Riff schlugen und ihre weißen Mähnen hoch in die reglose Welt warfen, wie Erstickende, die sich im Ringen nach Luft verzweifelt aufbäumten. Die Insel wartete. Es war seltsam, daß die Natur sich mit solch dramatischen Gesten abgab, statt daß sie sich an die Arbeit machte und die Kräfte, die sie gesammelt hatte, zum Ausbruch kommen ließ. Appleby ging zu Diana. »Kommst du mit?« fragte er mit ernster Miene.

Sie sah ihn an, überrascht. »Zum Bungalow? Sicher.«

»Ich hätte dich lieber hiergelassen – aber ich brauche dich für meinen Plan.«

»Galant bis zum letzten Augenblick. Und es könnte gut der letzte sein, oder?«

»Die Sache ist nicht ungefährlich.«

Diana sprang von dem Geländer, auf dem sie gesessen hatte. »Schön, wenn man gebraucht wird – mal was anderes als immer nur begehrt sein.« Sie sagte es spöttisch, pfiff ein paar Takte von einem Schlager; dann brach sie ab. »Kein Grammophon mehr; die Fanfaren rufen zur Schlacht. Auf in den Kampf.« Sie streckte sich, betrachtete ihre elastischen Knie, die straffen Waden. »Obwohl ich nicht gern in Miss Bussts zweitbesten Shorts fallen würde.«

Sie machten sich auf den Weg, am Swimmingpool vorbei. Das Wasser war schwarz wie Samt und glomm, als brenne an seinem Grund ein Feuer. Es hätte das Maar sein können, in dem der Drache Grendel hauste oder ein Wikingerungeheuer. Ein großes Gummitier, schon halb erschlafft, drehte sich langsam

181

im Kreis. Auf den Treppenstufen lagen Zigarettenstummel, ein angebissener Keks, eine grellrote Kirsche, aufgespießt auf einem kleinen Stab. Alles sah nach einer Eremitage aus, die bald nach einem neuen Besitzer suchen würde.

»Jenner ist spurlos verschwunden – und noch ein Mann, der immer mit ihm zusammen war.« Die Stille war so schreiend, daß Diana unwillkürlich die Stimme senkte.

Appleby nickte. »Sie ziehen ihre Truppen zusammen – für den Fall des Falles.«

»John, was hat das eigentlich zu bedeuten, daß Jenner George getreten hat? Das ist ja neuerdings so eine Art Lieblingsthema von dir.«

»Jenner hat George nicht getreten. Aber Hailstone wollte es mir weismachen. Lügen aufspüren ist mein Geschäft – ich spüre die kleinen psychologischen Ungereimtheiten, die Wahrheit und Verstellung unterscheiden –, und diese hier fiel mir auf. Das wäre mir beinahe zum Verhängnis geworden. Ich habe Hailstone gleich darauf gefragt, ob Jenner mit dem zweiten Schwung Gäste gekommen sei. Ich war aufgeregt, verstehst du, und ein wenig leichtsinnig. Wieviel auf dem Spiel stand, war mir da noch nicht aufgegangen, und ich habe einfach geprahlt – und das sollte man als Polizist nie tun.«

»Geprahlt?«

»Mit meiner Frage habe ich preisgegeben, wieviel von der Sache ich schon erraten hatte. Daß Heaven mit seinem Hotel hier auftauchte, war ein schwerer Schlag für unsere Freunde. Sie wollten die Insel ganz für sich – das wollen sie immer noch. Und wenn das nicht zu machen war, dann wollten sie zumindest die Stärkeren bleiben. Also ließen sie Verstärkung kommen – und tarnten sie klug als Gäste im Hotel. Die Verstärkung, das waren Jenner und ein oder zwei weitere; ich denke, ich weiß jetzt, wer sie sind. Wir hätten diese Verbindung vielleicht nie bemerkt, aber in seinem Eifer, sie zu verbergen, erzählte mir Hailstone, was für ein unangenehmer Bursche Jenner sei – er habe George getreten. Instinktiv spürte ich die Lüge, aber das hätte ich für mich behalten müssen. Statt dessen habe ich mich beinahe verraten, als ich die Frage stellte, die logisch daraus folgte. Ob dieser Jenner mit der zweiten Gruppe Gäste gekommen sei? Hailstone bekam einen Schrecken, und ich hatte mein Vergnügen dabei. Aber ich glaube – wenn er nicht besser blufft als ich mir vorstellen kann –, daß er es inzwischen als Zufall abgetan hat. Von großer Bedeutung ist es ohnehin nicht mehr. Wir zwei werden jetzt bei ihm hineinmarschieren und ihm sagen, daß wir *Bescheid wissen* – und zwar nur du und ich.«

Diana starrte ihn an. »Da hattest du wohl recht, daß es nicht ganz ungefährlich wird. Nicht daß ich kneifen will. Ich finde es nur etwas unfair, daß ich nicht weiß, was gespielt wird.«

»Das wirklich Unfaire daran, meine Liebe, ist etwas ganz anderes. Unfair ist das, was ich gleich über dich sagen werde.«

»Und was wird das sein?«

»Teils Lügen, teils Wahrheit, aber unfair sind sie beide. Du wirst schockiert und wütend sein.« Appleby sagte es sehr nüchtern. »Aber vergiß nicht: Du mußt zu mir stehen.«

»Ich stehe zu dir.«

Er blickte sie aufmerksam an. Sie sah verwirrt aus und noch ein wenig gekränkt. Die Augen leuchteten. Vielleicht atmete sie um eine Kleinigkeit schneller. »Alles in Ordnung mit dir?« fragte er sanft.

»Mir geht's prima«, antwortete sie.

Der Dschungel war mucksmäuschenstill. Nicht einmal eine träge Echse hörte man noch rascheln, und sie schritten auf dem verschlungenen Pfad zum Bungalow so lautlos, als gingen sie auf dem Grund des Ozeans und das Laubdach über ihnen seien gigantische Algen. Es war, als bewegten sie sich in Trance, in einem Traum, auf einer verzauberten Insel. Appleby streckte im Gehen die Hand aus und streifte über ein Grasbüschel; das Rascheln war laut und bedrohlich, wie Regentropfen auf einem

183

Blechdach. »Als wäre die ganze Insel mit den Heavens gestorben«, sagte er.

»John, dieser Fremde, der Tote – wer war er?«

Er lachte leise. »Diana, du hast doch Mrs. Heaven nicht wirklich für eine Frau gehalten, oder? Mit der Stimme, dem Bart, der Art zu gehen? Er war Heavens Partner in diesem Geschäft, und für das Hotel machte es sich gut, wenn sie als Ehepaar auftraten. Vielleicht war er auch einer der seltsamen Männer, die gern in Frauenkleidern umherlaufen – das weiß ich nicht. Aber Dunchue hat es geschickt genutzt, um die Vorstellung vom Eingeborenenüberfall noch glaubwürdiger zu machen. Sie haben den armen Burschen ausgezogen, rasiert, ihm die Schnitte im Gesicht beigebracht, und mehr brauchten sie nicht. Mrs. Heaven haben die Wilden mitgenommen, dafür taucht der Leichnam eines Fremden auf. Speziell für Jenner habe ich die Erklärung geliefert, die er vermutlich selbst auf Lager hatte: Die Kannibalen hatten einen armen Gefangenen mit auf die Insel gebracht … Aber was wirklich mit Mrs. Heaven geschah, gehört zu den Dingen, die wir gleich nicht mehr wissen.«

»Verstehe. Wir stellen uns dumm.«

»Genau das.«

Sie näherten sich dem Bungalow. »Ich hätte ja gedacht, daß George uns begrüßt«, sagte Diana. Aber George war nirgends zu sehen – und ihnen ging auf, daß sein Erscheinen etwas Freundliches, Lebendiges in einer Szene gewesen wäre, aus der jedes Leben verschwunden war. Die Baumfarne umgaben sie wie erstarrte kopfstehende Kaskaden. Links kam einen Moment lang der Strand in Sicht – der Sand ganz unter Myriaden jener seltsamen Seeäpfel verschwunden, die nun wieder reglos und tot schienen. Strahlend weiß vor dem immer schwärzer werdenden Himmel zog eine einsame Möwe ihre Kreise, verblüffend beweglich, stürzte sich in die Tiefe und schwang sich wieder empor. Doch schon im nächsten Augenblick waren sie wieder vom Dschungel umgeben. »Es kommt einem weiter vor als sonst«, sagte Diana.

»Wir sind fast da.« Er legte den Arm um ihre Taille und drückte sie noch fester an sich, als sie ihn überrascht ansah. »So kommen wir dort an. Und wir müssen uns auch so fühlen.«

Sie blieb stehen. »John, was soll das heißen? *Wie* fühlen?«

Er sah sie eindringlich an. »Nicht wie uns in Wirklichkeit zumute ist. Nicht zufrieden miteinander und trotzdem unabhängig. Eher wie Leute, die sich aufeinander eingelassen haben und sich dabei selbst nicht ganz trauen. Wie zwei verliebte Kraken. So mußt du es dir vorstellen.«

Sie schauderte. »Du hast schon eine Art, Sachen zu sagen. Also los.«

»Also los!«

Sie lachten leise miteinander und traten hinaus auf die Lichtung.

Das kleine Blumenbeet wie vor einem englischen Cottage. Die heiteren, makellosen Läden der Veranda. Und auf der Veranda Jenner. Er starrte sie an und rief ohne den Kopf zu bewegen etwas ins Dunkel hinter sich. Appleby ließ, nicht ohne Bedauern, Diana los. »Einen schönen Nachmittag!« rief er, ein wenig herausfordernd.

Jenner antwortete nicht. Sie stiegen die Treppe zur Veranda hinauf. Hailstones Stimme kam aus dem Schatten des Wohnzimmers. »Appleby? Kommen Sie herein – kommen Sie herein.« Sie traten ein, und Jenner folgte ihnen und stellte sich in die Tür.

Beethoven und Archäologie: Im Zimmer hatte sich nichts verändert. Auch Dunchue war unverändert; er erhob sich, verneigte sich vor Diana und ließ sich dann wieder in seinen Sessel fallen. »Da braut sich etwas Widerliches zusammen, da draußen«, sagte er. »Widerlich, die Tropen … Nehmen Sie sich ein Glas.« Er blickte finster und bedrohlich in die Runde.

185

Appleby sah Jenner an und zögerte. »Ich hätte nicht gedacht, daß Sie heute nachmittag noch andere Gäste hätten.« Mit einem knappen Nicken wies er Diana einen Sessel an und nahm dann polternd ebenfalls Platz.

»Ah.« Hailstone griff zum Teekessel, den er auf einem Spirituskocher hatte. Von den schwarzen Dienern war keiner mehr zu sehen. »Nun, um ehrlich zu sein, wir haben uns mit Jenner in letzter Zeit ein wenig angefreundet. Wir verbergen unsere Pläne nicht vor ihm.«

Plötzlich lachte Appleby laut. »Warum sich verstellen? Warum behaupten, Sie hätten George getreten – hm, Mr. Jenner?« Er lachte noch einmal. »Wir haben Sie doch längst durchschaut – Mrs. Kittery und ich.«

Einen Moment lang herrschte gespanntes Schweigen. Dunchue lehnte sich in seinem Sessel zurück, und die rechte Hand wanderte verstohlen in die Tasche. Hailstone hielt mit dem Kessel inne.

»Und wir müssen nicht streiten.« Appleby blickte sich mißtrauisch um. »Wir wollen ja nicht, daß es uns geht wie den Heavens – oder dem armen Burschen, den wir heute morgen gefunden haben. Haben Sie dem auch Ihre Wilden auf den Hals gehetzt?«

Hailstone stellte den Kessel ab. »Ich verstehe nicht, worauf Sie hinauswollen«, sagte er. »Wir haben mit keinem dieser Tode etwas zu tun.«

»Nicht?« Es schien, als sei Appleby sich seiner Sache nicht mehr sicher. »Sie würden nicht sagen, daß Heaven Bescheid wußte?«

Wieder folgte eine Pause. Dunchue nahm die Hand aus der Tasche. Die Anspannung im Raum ließ ein klein wenig nach. »Meinen Sie denn«, fragte Hailstone, »wenn Heaven etwas erfahren hätte, hätten wir ihn deswegen umgebracht? Es war ein Überfall der Eingeborenen, nichts weiter.«

»Und daß sie Unumunu überfielen, wäre genauso ein Zufall gewesen? Unumunu, der gewußt hätte, daß in dem Grab etwas anderes steckt als Wikingerschätze?« Wieder lachte Appleby das Lachen eines Mannes, der sich auskennt und der keine Skrupel hat. »Aber ich bin nicht hier, um über die Toten zu reden.«

Abrupt setzte Dunchue sich auf, mit einem Male nüchtern. »Sie hatten uns zu verstehen gegeben, daß Sie Polizeibeamter sind. Wenn Sie tatsächlich glauben, daß wir Leute aus dem Wege geräumt haben …«

»Das sollte ich wohl besser erklären.« Appleby sah hinüber zu Diana.

»Es hat sich viel in meinem Leben verändert, seit ich auf diese Insel gekommen bin. Mrs. Kittery hier – Diana.« Er reckte stolz das Kinn. »Wir sind ein Paar.«

Dunchue hob die Augenbrauen. Appleby vermerkte mit Sorge, daß es nicht gespielt war. »Da wünschen wir Ihnen beiden alles Gute«, sagte er galant. Er betrachtete Diana genauer. Diana machte einen Schmollmund, legte die Beine aneinander und strich züchtig ihre Shorts glatt. Sie hatte verstanden.

»Und ich will sie heiraten.«

»Was sagt man dazu.« Dunchue, der erst vor kurzem drei Menschen in den Tod geschickt hatte, gab sich spöttisch. »Und wir dürfen davon ausgehen, daß sie Sie ebenfalls heiraten will?«

»Keine Frage.« Appleby war störrisch, ein wenig gereizt. »Nur Kittery steht uns im Wege. Ein abscheulicher Kerl. Und er will nicht in die Scheidung einwilligen.«

Hailstone goß den Tee ein. »Darf ich fragen«, fragte er sanft, »wie Sie das in Erfahrung gebracht haben?«

Appleby sah Diana an. Und Diana schniefte laut. »Es war schon einmal so«, sagte sie – und blickte verschlagen von Hailstone zu Dunchue. »Das ist doch nur natürlich, irgendwie.«

»Aber mit dem werden wir schon fertig. Da machen wir uns keine großen Sorgen. Nur beim Yard kann ich mich dann nicht mehr blicken lassen.«

»Und ganz ohne Geld will ich ja nicht dastehen«, sagte Diana, plötzlich streng und sachlich. »Das habe ich ihm auch schon gesagt.« Und sie warf ihrem Galan einen Blick zu, der halb Hingabe, halb Zweifel war.

»Sie sehen also« – Appleby hatte anscheinend Mühe, die rechte Formulierung zu finden –, »wir müssen nehmen, was wir bekommen können.«

Hailstone reichte ihnen die Teetassen. »Schade daß George nicht hier ist und das miterleben kann. Da könnte er noch etwas lernen über die menschliche Natur. Aber der starrköpfige Bursche wühlt nach wie vor an unserer Grabungsstelle. Ein Vorbild für uns alle.« Er lächelte Appleby an. »Finden Sie nicht auch?«

Appleby machte eine finstere Miene. »Ihr Hund kann mir gestohlen bleiben. Aber Ihre Grabung, das ist etwas anderes. Höchste Zeit, daß wir darauf kommen.«

»Da haben Sie recht. Für die Grabung ist es schon lange höchste Zeit.« Dunchue schlürfte seinen Tee. Groß, aufrecht, stattlich, stolz, mit blaßblauen nordischen Augen. »Die Insel, das habe ich schon einmal gesagt, bekommt mir nicht. Binnen kurzem ist hier jeder Anstand dahin, Mr. Appleby.« Er lächelte leise, seine Augen beobachteten genau.

Die Chancen standen fünfzig-fünfzig, dachte Appleby, vielleicht auch schlechter. Bei Hailstone würde er durchkommen; ihm fehlte das letzte Quentchen europäische Erfahrung. Aber Dunchue hatte einen wachen, kritischen Verstand, und er mußte sich schon etwas einfallen lassen, bevor er ihn überzeugen konnte. Am besten, er zeigte sich gekränkt ... Er sprang auf. »Dunchue, Sie gehen mir auf die Nerven mit Ihrer überheblichen Art! Glauben Sie denn, Sie wären besser als die Piraten, nach deren Schatz Sie sich die Finger lecken? Hier geht es ums Geschäft, und wenn Sie mir weiter stur kommen, werden Sie mich kennenlernen!« Er wandte sich zur Tür, wo Jenner schweigend und reglos stand.

188

»Jetzt halt aber mal die Luft an, John!« Diana zeigte Wut. »Ich habe dir doch gesagt, ohne Geld wird das nichts mit uns beiden. Setz dich.«

Appleby setzte sich, Dunchue sah ihn einige Sekunden lang reglos und schweigend an. »Also«, fragte er dann, »was haben Sie vorzuschlagen?«

»Ich will fünftausend Pfund.«

Dunchue blickte hinüber zu Hailstone, lächelte lässig, sagte nichts.

»Nicht weniger. Ich weiß, daß Sie hier nach einem großen Schatz graben und nur darauf warten, daß sie ihn sich in Ruhe unter den Nagel reißen können; daß Sie gerade anfangen wollten, als das Hotel kam. Ich weiß, daß Heaven Ihnen auf die Schliche gekommen war – daß er die Schatzkarte gestohlen hatte. Vor meinen Augen hat er sie Ihnen gezeigt, oben auf dem Hügel.« Appleby grinste verschlagen. »Und ich weiß, wie ihm das bekommen ist. Ich weiß, daß die blutrünstigen Eingeborenen auf Ihr Kommando hören – anfangs dachte ich ja, es gibt überhaupt keine Eingeborenen, aber da haben Sie mich eines Besseren belehrt. Jetzt weiß ich, daß sie irgendwo lauern, und habe Vorsorge getroffen, für den Fall des Falles.«

»Wäre es zuviel verlangt, daß Sie uns verrieten, was für eine Vorsorge das ist?« Dunchue machte ein nachdenkliches Gesicht.

»Ich kann mir nicht vorstellen, daß Sie riskieren würden, uns alle umzubringen. Und ich habe mir etwas ausgedacht, auf das Sie so schnell nicht kommen werden; ich habe dafür gesorgt, daß die Leute im Hotel, wenn sie dort wieder halbwegs zivile Zustände geschaffen haben, erfahren, was ich weiß. Es bringt also gar nichts, daß Jenner dort in der Tür steht, mit der Kanone in der Tasche. Er könnte sich genauso gut hersetzen statt daß er uns die Laune verdirbt.«

Dunchue seufzte, nickte kaum merklich. Und Jenner ging zur Seite und setzte sich mürrisch auf einen Stuhl.

»Fünftausend Pfund. Darf ich fragen, was wir dafür bekämen, außer der zweifelhaften Aussicht auf Ihr Schweigen?«

»Sie könnten eine Menge bekommen. Die Dummköpfe im Hotel würden den Mund halten – die sind froh, wenn sie verschwinden und sich klammheimlich in einem neuen Loch verkriechen können. Und für meine Leute habe ich mir schon eine Geschichte ausgedacht, die dafür sorgen wird, daß sie nicht plaudern.« Appleby zögerte, schien beinahe zu erröten. »Die glauben mir nämlich alles.«

»Wie Mrs. Kittery.« Dunchue lächelte. »Haben Sie noch mehr zu bieten?«

»Ja. Ich kann Kontakt mit Heavens Jacht aufnehmen und dort alle beruhigen. Desgleichen bei Schuldnern und Verwandten. Wenn niemand Geld verliert, werden sie sich in diesen Zeiten nicht viele Gedanken um zwei schräge Vögel machen, denen ein schräges Geschäft zum Verhängnis geworden ist. Das bekämen Sie dafür. Und alles für fünftausend Pfund.«

»Ein attraktiver Vorschlag« – Dunchue hatte sich an Hailstone gewandt –, »das muß ich sagen. Ob er denn irgendwann darauf kommt, daß er im Verhältnis zum vermutlichen Wert des Schatzes lächerlich wenig verlangt?«

»Fürs erste«, reagierte Appleby rasch. »Fünftausend auf die Hand. Und später mein Anteil.«

Dunchue lachte gutmütig, allem Anschein nach überzeugt. »Ich glaube wirklich, wir verstehen uns, Mr. Appleby. Sie wissen ja, auch wenn ich noch so fein tue, bin ich in Wirklichkeit nichts als ein mieser kleiner Gauner; und genau das sind Sie nun also auch. Bitte um Verzeihung, Mrs. Kittery.«

Jenner, der zum Fenster hinausstarrte, brummte plötzlich etwas, was Appleby nicht verstand. Dunchue und Hailstone liefen zu ihm hinüber. Und Diana flüsterte: »John, schaffen wir es?«

Er nickte knapp. »Sieht ganz danach aus. Wenn jetzt nicht noch …«

Seine Worte gingen in einem ohrenbetäubenden Tosen unter, so unbeschreiblich wie die Eröffnung eines Artillerieangriffs. Die drei Männer waren hinausgelaufen, und sie folgten ihnen. Auf der Veranda bewegte sich nach wie vor nichts. Kein Laden klapperte, das bunte Blumenbeet lag da wie auf Seide gemalt. Erst weiter draußen bei den Dünen tobte der Sturm. Ungläubig starrten sie hinüber. Denn am Himmel stand eine gigantische Säule aus Sand.

»Eine Windhose!« brüllte Diana Appleby ins Ohr. »Und sie muß genau über …«

»Das ist über dem …« Dunchues Stimme drang durch das Tosen, doch er verstummte abrupt.

Und dann folgte ein weiterer unerklärlicher Klang. Es war ein Rasseln, wie es vielleicht entstanden wäre, wenn das Kind eines Riesen einem Drachen eine Kette aus Blechdosen an den Schwanz gebunden hätte. Das Geräusch wurde lauter, ließ nach, war verschwunden. Die Sandsäule – der Sandwirbel – begann nun allmählich seitwärts zu wandern. Appleby wollte rufen, daß der Wirbel am Haus vorbeiziehen würde, als ein neues und winziges Geräusch ihn innehalten ließ. Es war das Kläffen eines zu Tode erschrockenen Hunds. Und im nächsten Augenblick sahen sie George, der auf den Bungalow zugestürmt kam – die Gestalt von George, doch das schneeweiße Fell nun schmutzigbraun.

Der Hund kam die Treppe herauf, und aus den verklebten Haaren ronn die braune Flüssigkeit. Appleby hatte sich hinabgebeugt. »Öl«, flüsterte er. Diana sah, wie er und Dunchue sich in die Augen blickten. Es war der Augenblick der Wahrheit. Sie spürte, wie sie mit einer Wucht am Arm gepackt und die Treppe hinuntergerissen wurde, als hätte der Zyklon selbst sie ergriffen. Aber es war nur Appleby. »Lauf!« rief er. »Lauf um dein Leben!« Durch das Tosen des immer näherrückenden Sturms war noch ein weiterer, neuer Laut zu hören – ein leises Prasseln, wie getrocknete Erbsen in einer Schweinsblase. Etwas pfiff an ihrem Ohr vorbei. »Lauf!« hörte sie rufen. »Lauf!«

191

Kapitel 21

Sie waren in dem langen Urwaldtunnel, dem Anfang des Wegs zurück zum Hotel. Ein dumpfes, immer lauter werdendes Dröhnen hallte darin, als nähere sich ihnen vom anderen Ende ein Zug. Kurze Windstöße gingen hin und her, ließen Farne und Gräser schwanken, und der ganze Tunnel schien sich zu wiegen wie eine Gondel auf dem Jahrmarkt; sie stolperten voran, noch weiter verwirrt vom Brüllen des Hurrikans zu ihren Häupten. Von überall war das Krachen und Splittern stürzender Bäume zu hören; vor ihnen bog eine elastische Palme sich, bis sie knickte wie ein Streichholz; sie kletterten darüber und kamen an etwas, das aussah wie der gespaltene Stumpf eines Baums. Der Stumpf regte sich, und Diana sah, daß es einer von Jenners Freunden aus dem Hotel war; er kniete am Weg, in der Hand eine schwere Waffe. Wieder spürte sie, wie Appleby zugriff, und im nächsten Augenblick lagen sie am Boden – krochen durchs Unterholz, durch den Geruch nach Erde, durch Dornen und Ranken, die sich um ihre Körper legten.

Verzweifelt arbeiteten sie sich voran. Diana mußte sich immer wieder sagen, daß das, was nach ihren Händen und Füßen griff, blinde Natur war und keine Mörderhand; sie mußte kämpfen, daß sie nicht den Verstand verlor. Ranken verflochten sich in ihrem Haar, legten sich um ihr Handgelenk, rissen Miss Bussts Hosen auf … Dann kam vor ihnen der Strand in Sicht; sie waren wieder im Freien und doch nur halb Herr ihrer selbst, wie Zweige oder Blätter in der tyrannischen Macht des Sturms. Der Wind dröhnte lauter als zuvor; er sog Luft ein und spie sie aus wie ein gewaltiger löchriger Blasebalg; die Seeäpfel umtanzten sie wie magische Distelsamen.

Sie faßten sich an den Händen und liefen, ein Hindernisrennen im Alptraum, bei dem man durch Tausende schlaff gewordener Tennisbälle waten muß. Wieder rasselten die Erbsen in

192

der Schweinsblase. Plötzlich spritzte rings um sie der Sand auf – und Appleby bremste sie und blieb stehen. »Es hat keinen Zweck mehr«, sagte er. »Sie kriegen uns.«

Sie warf einen Blick über die Schulter. Er hatte recht, es war aussichtslos. Alle hatten sie schwere Waffen in der Hand, und sie waren keine fünfzig Meter mehr entfernt. »John ...«

Ihre Worte gingen in einem Tosen unter, im Vergleich zu dem alles Vorige Stille gewesen war. Vor ihren Augen wurde Applebys Hemd in Fetzen gerissen und war verschwunden. Der Sturm hob sie in die Höhe, warf sie in die Luft und ließ sie ein Stück weiter wieder miteinander verschlungen zu Boden stürzen. Sie lag auf Händen und Knien, spürte, daß sie von einem unbekannten Element umgeben war. Sie bekam keine Luft mehr. Ringsum wirbelte die undurchdringliche Wand aus Seeäpfeln. Zu sehen war nichts mehr. Die seltsamen Wollknäuel, große wie kleine, stürmten wild auf sie ein. Als wären sie beide Zwerge, die in eine Schneeballschlacht von Riesen geraten sind.

Wieder nahm Appleby ihre Hand. »Sie können uns nicht sehen. Wir gehen weiter.« Sie kämpften sich voran, Passagiere auf einem großen Flugboot, das sein Ruder verloren hat. In immer wieder neuen, verblüffenden Winkeln kam der Strand auf sie zu; die Luft war voll von Sand und einem beißenden Staub, der aus den Seeäpfeln kam; jeder Atemzug schmerzte. Sie kamen immer schwerer voran, dann gar nicht mehr, und blieben stehen. Im Tanz der Seeäpfel, im Auf und Ab des Sandes ließ sich ein Muster erkennen, eine Kurve, ein Oszillieren. Alles drehte sich nun um sie in einem simplen Rhythmus, drehte sich in immer rascherem Wirbel, immer größerer Dichte. Sie drückten sich an den Boden, rangen nach Luft, lagen in einer kleinen Insel der Ruhe. Sie warteten ab, zwei Forschungsreisende in einem kleinen Zelt, die ein Schneesturm aufhält. Und irgendwo – vielleicht in solcher Stille, vielleicht auch mitten im Chaos des Sturms – wartete ebenso der Feind.

Diana keuchte. Die Luft war dünn und plötzlich klar, wie hoch oben auf einem Berg. »John, was war das?«

Appleby grinste erschöpft. »Wir haben Dunchue besucht. Wir hatten den Verdacht, daß er den Verdacht hat, daß wir einen Verdacht haben, und wir wollten ihn davon überzeugen, daß wir einen anderen Verdacht haben als den, den wir in Wirklichkeit haben.« Mit roten Augen versuchte er zu erkennen, was hinter dem schwindelerregenden Wirbel war.

»Das weiß ich. Aber …«

»Aber George hat alles verraten. Habe ich nicht gesagt, daß er noch eine Rolle in der Geschichte spielen wird? George und dieser unglaubliche Sturm. Die beiden zusammen haben das Geheimnis des Depots gelöst.«

»Des was?«

»Des Depots. Was unsere Freunde ihre Grabung genannt haben oder Tumulus oder das Wikingergrab. Was Heaven für Piratengold hielt. Von dem wir getan haben, als hielten wir es ebenfalls für Piratengold. In Wirklichkeit ist es Öl; Hunderte von Fässern Treibstoff für die Unterseeboote.«

»John!«

»Nichts anderes. Der Zyklon hat den Sand heruntergerissen und ein oder zwei Fässer eingedrückt. Der arme George, der unten wühlte, nahm ein Ölbad. Und als Dunchue und ich uns in die Augen sahen, war das Geheimnis heraus. Er wußte, daß ich es weiß und daß wir ihn beinahe getäuscht hätten. Da half nur Flucht.«

»Das hast du die ganze Zeit gewußt?«

»Ich dachte, es sind Waffen; es ist kein Geheimnis, daß an allen Enden der Welt hübsche Waffendepots versteckt sind. Jedenfalls war es etwas, das die beiden hüteten. Sie wollten nichts tun, sie warteten; das ging mir gestern im Bungalow auf, als wir beim Kaffee saßen. Die Trägheit der Insel war eine gute Tarnung für sie.«

»Und die Schatzkarte? Das verstehe ich nicht.«

»Ebenfalls Tarnung. Wenn jemand dahinterkam, daß sie keine pazifischen Archäologen waren, dann waren sie auf der Suche nach Wikingern; wenn jemand auch das durchschaute, hatten sie die Geschichte vom Piratenschatz parat – und die Karte dazu. Dunchue gefällt mir; ein tüchtiger Mann.«

»Der jeden Moment zeigen kann, wie tüchtig er mit uns ist.«

»Da hast du recht, Diana.«

»Und er ist ein Mörder.«

Er zuckte mit den Schultern. »Sie wollen ein Imperium errichten. Und wir müssen sie aufhalten. Was als erstes heißt: Zurück zum Hotel.« Er rappelte sich auf. »Bei allem Sturmgetöse kann ich die Wellen gerade noch hören. Das ist immerhin Orientierung. Ich denke, wir versuchen es.«

Sie gingen weiter, und sogleich packte der Wirbel sie wieder. »Was wohl passiert, wenn diese Achterbahn zum Stillstand kommt?« fragte Diana.

»Wahrscheinlich kaum etwas. Die Insel kehrt zum normalen Leben zurück. Obwohl ich wünschte, daß es anders kommt.« Er warf einen besorgten Blick hinter sich; die Seeäpfel sanken nieder und hüpften wieder über den Strand, und der seltsame Vorhang, der sie umhüllt hatte, wurde dünner. »Die Elemente waren unser Unglück. Aber sie haben uns auch das Leben gerettet, und eine Weile sind wir noch auf ihre Hilfe angewiesen. Was wir jetzt bräuchten, wäre Nebel oder ein dichter Regenguß. Oder ein Erdbeben oder eine Flutwelle. Alles, was Verwirrung stiftet und ein wenig Deckung gibt. Wir müssen laufen.«

Sie liefen, auch wenn sie nach wie vor fast nichts sehen konnten. Es wäre unmöglich gewesen zu hören, ob die Verfolger ihnen auf den Fersen waren; ein Panzerbataillon hätte hinter ihnen sein können und sie hätten es nicht bemerkt. Denn die ganze Insel war erfüllt von Stimmen: vom gleichförmigen Knarren großer Wasserräder, von Monstren, die durchs Unterholz brachen oder sich in Wasserbecken stürzten, von Zuschauermassen, die ein Tor beim Fußballendspiel bejubelten, von Xylophonen, die rasend schnelle Tonleitern klimperten. Und das war nur der Generalbaß zum Gesang der versammelten Dämonenschar in den Lüften. Sie hatten ein Geschrei angestimmt, mit dem sie das Himmelszelt hätten sprengen können; selbst König Lear in all seinem Wahn hätte sich keinen heulenderen Sturm wünschen können. Jede Verständigung, selbst mit Brüllen, war unmöglich geworden; nichts war mehr von der Brandung zu hören; nur die Neigung des Strands gab ihnen Orientierung, und sie gingen bergab, bis sie ans Wasser kamen. Von da an war der Weg vergleichsweise leicht. Aber das galt für den Feind ebenso.

Der Sturm, der in der Höhe tobte, als hätte sich ein Stück vom Chaos losgerissen, war am Boden launisch und unberechenbar; es kam vor, daß sie aus dem Wirbel unvermutet in ein Fleckchen schwüler Stille stolperten, und schon mit dem nächsten Schritt packte der Wind sie wieder; sie arbeiteten sich voran, als wateten sie durch einen gräßlichen Brei, der zuweilen dicker und dünner angerührt war. Von Augenblick zu Augenblick wurde es unwirklicher. Zu ihrer Linken explodierte plötzlich die Luft, und der Schlag warf sie fast um; dann geschah das Gleiche zur Rechten, und die Gischt durchnäßte sie; vor ihnen hob sich der Sand in die Höhe wie ein donnernder Geysir. So ungefähr stellte Diana sich ein Schlachtfeld vor – und im Augenblick, in dem ihr der Gedanke kam, riß Appleby sie auch schon herum, und sie stürmten verzweifelt den Strand hinauf in die Deckung des Dschungels. Allmählich begriff sie, was geschah. Etwas landete ihr mit einem schweren Schlag vor den Füßen. Es sah aus wie ein Cricketball. Sie rannten, so schnell sie konnten. Sie spürte einen Schlag, der ihr in den Ohren schmerzte und sie zu Boden warf, und Sand regnete auf sie herab.

Die Welt zog im Schneckentempo an ihr vorbei – was wohl ein Zeichen war, daß sie nach wie vor krochen. Jetzt wieder durchs Unterholz. Und der Dschungel schirmte das schlimmste Unwetter ab, so daß sie hören konnte, was Appleby brüllte.

»Sie sind uns ans Wasser gefolgt und werfen Handgranaten. Aber hier sind wir in Sicherheit.«

»Sollten wir uns nicht lieber für eine Weile verstecken?«

»Nein. Wir müssen versuchen, vor ihnen am Hotel zu sein. Komm.« Und weiter ging es. Diana fühlte sich naß bis auf die Knochen. Vielleicht regnete es in Strömen. Oder sie war schweißgebadet. Oder blutüberströmt womöglich, von einer Wunde, die sie gar nicht spürte, oder von den Dornen, die sie streiften. Aber kriechen konnte sie noch. Und plötzlich, sie wußte nicht wie, waren sie wieder auf dem kleinen Pfad durch den Dschungel und liefen. Die stickige Luft war so voller Sand, daß sie kaum etwas sahen. Aber es konnte nicht mehr weit sein. Diana spürte etwas Hartes, Festes unter den Füßen. Bevor sie überlegen konnte, was das war, war es schon wieder fort, und sie stürzte kopfüber ins Wasser. Sie hielt sich an etwas fest, das sich weich und glitschig anfühlte, und einen Moment lang dachte sie, es sei der von einer unbekannten Gewalt entsetzlich zerschmetterte Appleby; dann ging ihr auf, daß sie in den Swimmingpool gestürzt war und die Arme um ein großes Gummitier geschlungen hatte.

Appleby fischte sie heraus. »Gut gemacht. Jetzt wissen wir, wo wir sind. Weiter.« Aber ein aus der Höhe herabfahrender Windstoß klärte plötzlich die Luft, und sie sahen die Umrisse des Hotels nun auch vor sich. »Zu Hause«, sagte er.

Die Luft wurde zusehends klarer, und das Hotel nahm Gestalt an wie eine Einstellung in einem hochkünstlerischen Film. Sie lehnten sich dem Wind entgegen und musterten es mißtrauisch.

»Ein wenig angeschlagen«, sagte Appleby. »Leichtsinnig gebaut, zu ungeschützt für das Klima. Aber das kommt uns womöglich zunutze.« Noch während er sprach löste sich eine große Blechplatte vom Dach und kam auf sie zugeflogen wie ein überdimensionales Blatt im Wind oder wie ein fliegender Teppich.

Das Hotel und seine Nebengebäude standen an der Schmalstelle einer Halbinsel, und eine kleine Landzunge, an der auch der Bootssteg lag, befand sich dahinter. Es wäre unmöglich gewesen, sich unbemerkt von der Seite zu nähern, und so schritten sie mutig zur Vordertür. Sie sahen kein Zeichen von Leben. Vielleicht hatten sich alle an den geschütztesten Teil zurückgezogen. Oder auch nicht.

Sie kamen an die Treppe. Etwas regte sich – und Diana fuhr zusammen, als sie sah, was es war. Es war George, das chrysanthemenfarbene Fell jämmerlich braun und verklebt. Er erhob sich, selbst jetzt noch mit einer Spur seiner alten Würde. Diana tätschelte ihn. »John, meinst du …?«

»Nein. Dann hätten sie ihn nicht hier draußen gelassen, wo er uns warnt. Wir sind vor ihnen da, keine Sorge. Und George ist zu uns übergelaufen. Ein patriotischer Hund. Komm, George.«

Vorbei an allen drei Veranden ging es zum Bootshaus. Auf halbem Wege begegneten sie Miss Curricle, ihre Kleider vom Wind aufgeplustert, alle Kanten verschwunden. »Empörend!« brüllte sie ihnen entgegen, mit einer Handbewegung, die alles Tosen der Elemente umfaßte. Offensichtlich hatte sie der Natur die Solidarität aufgekündigt und bezog nun entschieden Gegenposition. »Und praktisch aus heiterem Himmel. Wolkenlos … von schönstem Blau.« Energisch schritt sie weiter in Richtung Hotel, und der Sturm schob sie voran und ließ die Kleider flattern.

Sie langten am Bootshaus an und stürzten hinein. Eine Gestalt wie ein schwarz geschminkter Komödiant tauchte vor ihnen auf und lockerte sich mit ölverschmiertem Finger einen imaginären Kragen. »Fast wie bei unserer Orgel«, sagte er. »Manchmal gibt sie schon beim zweiten Lied den Geist auf. Gerade wenn die Tavenders kommen. Lord Tavenders Vater hat sie seinerzeit der Gemeinde gestiftet. Irgendwo billig gekauft. Peinlich.« Mr. Hoppo gluckste gutmütig. »*Parvis componere magna*. Und ich sehe mit Freuden, daß Sie von Ihrer gefährlichen Mission zurück sind. George macht ganz den Eindruck, als sei er ebenfalls unter die Mechaniker gegangen.« Er zückte einen Schraubenschlüssel und war wieder fort.

Die Stimme von Mudge kam aus der Tiefe der Barkasse. »Das Getriebe, Mr. Appleby, das macht uns ein wenig Sorgen. Werden wir das Boot in nächster Zeit brauchen?«

»Auf der Stelle, fürchte ich.«

»Eine halbe Stunde, Sir.«

»Gut.« Appleby fuhr herum, als die Tür aufgerissen wurde. Es war Mr. Rumsby, erregt und zum Äußersten entschlossen.

»Wir haben nach wie vor keinen Strom, das wissen Sie. Aber es gibt einen Spirituskocher, und eine Kleinigkeit könnte ich uns kochen, wenn jemand …«

Appleby hatte sich schon an ihm vorbeigezwängt und lief zum Hotel. Diana folgte ihm. Die Gäste saßen in einer Ecke des Salons, alle dicht beieinander wie ängstliche Fischlein in einem Teich. Glover hielt grimmig eine Flinte im Arm, die einzige Waffe, die eine Suche im Haus zutage gefördert hatte. Und Sir Mervyn Poulish saß auf einem Klavier, einen Whisky in der Hand, und betrachtete heiter die Szene. Appleby ging zu ihm hin. »Sir Mervyn, haben Sie es je mit Brandstiftung versucht?«

Poulish runzelte die Stirn, als müsse er nachdenken. »Nein« – er sagte es fast mit Bedauern –, »bisher nicht.«

»Dann haben Sie jetzt Ihre Chance. In fünf Minuten muß der ganze Laden brennen.«

Poulish nickte und glitt von seinem Ausguck.

»Benzin«, sagte er.

199

Kapitel 22

Hätten die Gäste des verstorbenen Mr. Heaven sich, bevor sie sich für ihre Inselzuflucht entschieden, auch nur die elementarsten Grundkenntnisse der Psychologie angeeignet, so hätten sie vieles an Diamanten und blauen Mauritius sparen können. Denn sie hätten gelernt, daß physische Gefahr, wenn sie erst einmal eintritt, oft leichter zu ertragen ist als die Furcht davor, denn anders als wenn sich die Phantasie eine mögliche Bedrohung nur ausmalt, sorgt die Natur dann dafür, daß die richtigen Chemikalien ins Blut kommen. Sie hätten erfahren – denn so seltsame Wege geht das Menschenherz –, daß es sogar, wenn man erst einmal mit den Gefahren ringt, jene raren Augenblicke gibt, in denen man ganz das Gefühl hat, daß man sich prächtig amüsiert. All das lernten die Hotelgäste nun. Mr. Rumsby hatte sich ein nasses Handtuch um den gefährlich aufgerissenen Mund gebunden und einen Ausfall mit einer Kanne Kerosin gewagt, um eine Lücke in den Flammen zu schließen. Miss Busst rollte schwungvoller ihre Benzinfässer als sie je die fetten Gentlemen über den Strand gejagt hatte. Das ganze Hotel war ein Schlachtfeld im Miniaturformat geworden.

Das Feuer breitete sich in Richtung Dschungel aus. Behende und kraftvoll wie eine Schlange huschte es durchs Unterholz. Es hüpfte wie ein großes goldenes Eichhörnchen die Stämme der dunkel belaubten Bäume hinauf, und überall brachen Blütenflammen auf. Es würde den Feind in seinem Vorrücken behindern. Aber eine unüberwindliche Barriere bildete vorerst nur das Hotel mit seinem Halbkreis von Nebengebäuden. Wer an dieser Flammenhölle vorbeiwollte, mußte schwimmen. Und jeden Schwimmer hatte Glover mit seiner Flinte im Visier.

Diana hatte das letzte Faß gezuckertes Benzin vorgerollt und betrachtete die hüpfenden Flammen. »John«, sagte sie, »hast du

200

eigentlich überlegt, daß der Wind umspringen könnte, bevor das Boot bereit ist?«

»Keine Sorge. Ich bin kein Anfänger, nicht wie Poulish. Ich habe so etwas schon oft gemacht.«

»Häuser angezündet?«

Er lächelte gedankenverloren. »Na, zumindest einmal. Auch wenn es ein kleineres Haus war – und eine größere Sache … Was meinst du, was tun unsere Freunde jetzt gerade?«

»Gehen zurück und holen schwereres Geschütz.«

Appleby nickte munter. »Bei ihrem Kannibalenüberfall haben sie auch dafür gesorgt, daß keiner von uns einen Fluchtversuch unternimmt. Zucker im Benzin, der Dynamo außer Gefecht. Da werden sie davon ausgehen, daß sie eine halbe Stunde riskieren und die Dicke Berta holen können. Allerdings werden sie sich auch denken, daß wir einen Notvorrat an Benzin haben und nicht zu lange warten … Ah!«

Der Sturm hatte weit genug nachgelassen, daß aus einiger Ferne der Schlag einer Explosion durch das Tosen herüberdrang. Diana schürzte, was von Miss Bussts Shorts noch übrig war, und riß die blauen Augen auf. »Sind das etwa Bomben?«

»So schlimm ist es nicht. Immer noch Handgranaten – aber große. Allerdings lassen sie sie im Augenblick noch weiter draußen detonieren – der reine Nervenkrieg.« Er drehte sich wieder zur Tür des Bootshauses um. »Wie lange brauchen Sie noch, Mudge?«

»Eine Viertelstunde, Sir. Aber unser altes Heim wird länger brennen als das.«

»Zweifellos.« Appleby sondierte sorgsam das Terrain. Auf der einen Seite stand das Hotel in Flammen; auf der anderen gab es nur das Bootshaus, den niedrigen, aus Beton gebauten Anleger und das Meer. Der Anleger bot Deckung, und nach der ersten Detonation trieb Glover die Gäste, auch wenn sie klagten, in das flache Wasser dahinter. Die Granate war jenseits des Hotels explodiert, aber es konnte nicht allzu schwer für den

Feind sein, so nahe heranzukommen, daß er die nächsten zu ihnen herüberwerfen konnte. Und es war ja nur ein kleiner Bereich, der zu zerstören war.

Diana zählte, wieviele sie waren. »Die schwarzen Diener sind weg. Willst du alle anderen mit aufs Boot nehmen?«

»Alle, die sich nicht lieber gefangennehmen lassen.« Hoppo rief eine Warnung, und Appleby drehte sich eilig um. Ein kleines Stück hinter ihm steckte, noch vibrierend, einer der nun schon vertrauten Eingeborenenspeere im Sand. Er lief hin und zog ihn heraus; an den Schaft war ein Zettel gebunden. Er riß ihn ab und faltete ihn im Zurückgehen auf. »Bedingungslose Kapitulation binnen der nächsten fünf Minuten, und wir können als Gefangene an Bord eines Versorgungsschiffes gehen, sobald es hier anlegt.« Er drehte den Zettel um, holte aus seiner Tasche einen Bleistift. »Das wäre Dunchues Ultimatum. Was antworten wir?«

»Rule, Britannia.«

Er schrieb es hin; dann überlegte er. »Mudge«, rief er, »staken Sie vor bis zum Vorderende des Stegs; schließlich wissen sie, wo das Bootshaus ist. Diana, du gehst zu den anderen.« Er band seine Antwort um den Speer und wartete, zum Wurf bereit.

Diana lief. Das Unwetter war vorbei. Alle standen im lauwarmen Wasser, zur Deckung dicht an den massiven Beton des Anlegers gepreßt. Mudge und Hoppo stießen das Boot voran, hin zu dem Grüppchen. Dann kam Appleby gelaufen und sprang mitten zwischen sie. »Hören Sie zu«, sagte er. »Diese Fahrt wird äußerst gefährlich. Hier hinter …«

Etwas flammte auf, und dann schnitt eine Detonation ihm das Wort ab. Eine zweite folgte, eine dritte. Sand und Gischt regneten auf sie herab.

»Aber hier hinter dem Bootsanleger ist man einigermaßen geschützt. Sie werden das Bombardement einstellen, wenn sie sehen, daß wir draußen auf See sind. Außer Gefangenschaft hat jeder, der hierbleibt, nichts zu befürchten. Wer trotzdem mit aufs Boot will, sollte jetzt einsteigen.«

Eine weitere Granatensalve ließ die Erde beben. Alle gingen aufs Boot. Zehn Schritt hinter ihnen hob sich das ganze Bootshaus in die Höhe, zerplatzte in der Luft und ging als gefährlicher Trümmerregen nieder. Plötzlich, als habe die allgemeine Erregung nun auch sie angesteckt, rumorte es in der Barkasse und sie schüttelte sich. Mudge blickte triumphierend zur Luke heraus. »Maschine klar, Sir.«

Eine Granate explodierte über ihnen. Es war Blut auf Deck. Sie stießen sich vom Anleger ab. Eine kleine, geschwungene Schaumspur blieb hinter der Barkasse zurück.

»Zum Riff«, kommandierte Appleby.

Bis zum Riff war es eine halbe Meile. Die Rinne, durch die sie ins Freie kamen, war vielleicht sieben Meter breit. Und draußen konnten sie einen Mann sehen, der sich über die halb untergetauchten Felsen vorarbeitete, auf die Engstelle zu.

»Dunchue.« Appleby wandte sich an Glover. »Unser tüchtiger Freund. Er konnte sich denken, was wir vorhaben. Sie entscheiden, Sir, wie lange Sie warten, bis Sie feuern.«

Glover nickte. »Ich bin kein schlechter Schütze … sollte schneller als eine Granate sein … selbst auf See. Mudge – was immer er tut, Sie halten Kurs, bis ich gefeuert habe.«

»Aye, aye, Sir.«

»Wünschte, ich hätte eine zweite Kugel. Oder eine Doppelflinte. Volldampf voraus, Mudge.«

»Volldampf voraus, Sir.«

Glover legte sich bäuchlings aufs Deck. Dunchue war am Ende des Riffs angekommen und stand ruhig da und wartete. Er hätte sich auch sicheren Grund im Wasser suchen können, überlegte Appleby, und hätte dann kein so leichtes Ziel geboten. Aber dann hätte auch er schlechter zielen können, und Dunchue ging das Risiko ein. Jetzt winkte er ihnen – gab ihnen Zeichen,

203

sie sollten umkehren. Vielleicht spürte er, daß es zweierlei war, ob man Unumunu oder die beiden Männer namens Heaven umbrachte oder eine ganze Bootsladung leichtsinniger Frauen. Aber er würde es tun, das stand fest.

Diesseits des Riffs war die See fast still; vom Sturm war nur die bedrohliche Färbung des Himmels geblieben. Die Sicht war gut, für beide Seiten gleichermaßen ... Die Barkasse hielt unbeirrt auf die Durchfahrt zu; vor ihnen lag der weite Ozean, hinter ihnen loderten die Flammen des Hotels Eremitage vor dem Dunkel des Dschungels.

Sie hatten die Engstelle fast erreicht. Dunchue hob den Arm, Glover feuerte. Dunchue strauchelte, krümmte sich, fiel vornüber ins Wasser. Dann kam er wieder auf die Knie, richtete sich auf und warf. All das geschah in Sekundenbruchteilen. Und im nächsten Augenblick hatte Diana einen Hechtsprung gemacht, etwas vom Deck aufgehoben und zurückgeschleudert. Vor Applebys innerem Auge tauchte ein Bild von weißen Flanellhosen auf, von makellosem Rasen, applaudierenden Zuschauern. Die Granate explodierte vor Dunchues Füßen. Eine Fontäne spritzte auf, dann wogte nur noch die See.

Das Riff lag hinter ihnen. Sie waren wieder draußen auf dem Pazifik.

Kapitel 23

»Tüchtig war er«, sagte Appleby, »aber doch nicht tüchtig genug. Oder anders ausgedrückt, manchmal hatte er eine Art, zu phantasievoll zu improvisieren, und das kam seiner Tüchtigkeit in die Quere. Es war nicht vernünftig, vor einem erfahrenen Beobachter den Betrunkenen zu spielen; nur ein hübscher Gedanke, der ihm einfiel und bei dem er dann wohl oder übel bleiben mußte.« Appleby sprach ruhig, leidenschaftslos, den Blick auf Diana gerichtet. »Und ebenso bei Unumunu. Als ich ihm zu verstehen gab, daß ich nicht an einen Eingeborenenüberfall glaubte, hatte er auf der Stelle eine andere Erklärung parat. Er wußte, daß Poulish im Gefängnis gesessen hatte und als zwielichtiger Geselle galt. Deshalb erklärte er uns, ja, den Namen Unumunu habe er schon einmal gehört, nur könne er sich nicht mehr erinnern wo. Und eine Weile später erzählte er dir dann seine Märchengeschichte, daß im Radio etwas über Kimberley und Unumunu gekommen sei und daß Poulish ärgerliche Miene dazu gemacht habe. Da bekannt war, daß Poulish etwas mit Diamanten zu tun hatte, und da Unumunu zumindest ursprünglich aus Afrika kam, war es auf den ersten Blick glaubwürdig genug. Aber die Tüchtigkeit reichte nicht weit genug. Es war eine überflüssige falsche Spur und mußte den Verdacht auf ihn zurücklenken, wenn es sich ergab, daß Poulish und ich ein wenig besser miteinander vertraut wurden. Es war überflüssig, genau wie die Behauptung, daß Jenner George getreten habe. Nicht wahr, George?«

George, ein wenig seekrank, schloß zum Zeichen der Zustimmung nur die Augen. Aber Diana lächelte nicht. Sie war bleich. »Ich hätte sie auch einfach ins Meer werfen können«, sagte sie. »Es gab keinen Grund, sie auf ihn zu werfen. Es war ein …« Sie legte die Stirn in Falten.

»Reflex.«

»Ja. Nur weil man beim Cricket den Ball immer zum Tor zurückwirft … Ich habe ihn umgebracht.«

»Du hast ihn umgebracht. Aber er hatte noch eine zweite Granate und hätte mit uns keine Gnade gekannt.«

»Ja.«

»Und vielleicht hatte Glover ihn ohnehin vor dir erwischt. Ich glaube nicht, daß Dunchue je wieder an Land gekommen wäre.«

»Ja.« Sie reckte das Kinn vor und blickte hinaus auf den Horizont. »Tja, da wären wir also wieder. Was meinst du, wem werde ich diesmal eine Flasche über den Schädel schlagen? Rumsby?« Einen Moment lang lächelte sie.

Miss Curricle blickte von ihren vorsichtigen Annäherungsversuchen bei George auf. »Nicht ganz«, sagte sie. »Da wären wir *beinahe* wieder. Aber diesmal sind wir mit einem Fahrzeug auf See, das man mit Fug und Recht als *Schiff* bezeichnen darf. Und eine auf dem Kopf schwimmende Bar war ja nun wirklich kein seetüchtiges Gefährt. Die Verachtung für alles Improvisierte habe ich von meinem lieben Vater geerbt. Sie mögen das anders sehen. Bei Ihnen in Australien gilt es ja als Tugend, fünfe gerade sein zu lassen, wie Sie das nennen. Ich für meinen Teil sage: einfach ja, schludrig nein.«

»Wir sind nicht schludrig«, wehrte sich Diana empört. »Aber wenn *Sie* in einem Loch wohnen würden, wo sich Wombat und Wallaby gute Nacht sagen …«

»*Wo* bitte?« fragte Hoppo höflich.

Appleby seufzte. Nichts war am Horizont zu sehen, nur hinter ihnen lag die Insel noch wie ein Fleck im Ozean. Lebewohl Ararat. Sie fuhren westwärts, und er wandte den Blick wieder nach vorn und starrte über den Bug hinaus aufs Meer. Er konnte dem Lauf der Spätnachmittagssonne folgen, doch sonst sah er nichts. Keine Spur von dem Land, das ihnen einst als Trugbild in der Ferne erschienen war. Aber es hatte auch geheißen, das nächste Land sei hundert Meilen entfernt; da war nicht zu erwarten, daß es binnen so kurzem in Sicht kam.

Die See war träge, sie hob und senkte sich unter einem Himmel, der im Zenit noch immer ein wenig kupferfarben glomm; von Norden zog Nebel auf. Die Mehrzahl der Gäste hatte sich nicht gerade glücklich in die kleine Kajüte zurückgezogen; immerhin konnten sie sich glücklich schätzen, daß der Rückzug von ein paar Kratzern und Schrammen abgesehen ohne Verluste geglückt war. Und es war reichlich Wasser und Zwieback an Bord. Dafür hatte Mudge gesorgt. Fürs erste galten die Sorgen ganz dem Wetter und dem knappen Benzinvorrat. Dem und der Befürchtung, etwas könne am Horizont auftauchen, das ihnen nicht wohlgesonnen war. Denn schließlich mußte es irgendwo im Bungalow oder sonst versteckt auf der Insel ein Funkgerät gegeben haben. Oder nicht? Hätte der Funkverkehr ein solches Geheimdepot verraten? Appleby ging nach achtern, wo Mudge am Ruder stand.

»Gut hundert Meilen«, sagte er, »und noch einmal fünfzig, die wir kreuzen müßten, bis wir das Land wirklich entdecken. Haben wir Chancen, daß unser Benzin so lange reicht?«

Mudge schüttelte den Kopf. »Nicht annähernd, Mr. Appleby; sonst wäre es eine Spazierfahrt. Wir fahren so sparsam, wie wir können. Aber die Dünung zehrt die Kraft auf. Achtzig Meilen insgesamt, mehr nicht. Danach vielleicht noch ein oder zwei Knoten mit dem Segel.« Er warf einen nachdenklichen Blick über die Schulter. »Und da zieht auch wieder schlechtes Wetter auf.«

»Ein neuer Sturm?«

»Nein, Sir. Eine Art Nebel, die man in dieser Gegend recht häufig hat. Hält sich manchmal tagelang, und da hätten wir keine Chance, die nächste Insel zu sehen.«

»Schlecht.«

»Wir können uns nicht beklagen, Mr. Appleby.« Mudge war nicht aus der Ruhe zu bringen. »Haben Sie je Wartons *Freuden*

207

der Melancholie gelesen? Käuze, Sir, modrige Höhlen dunkel und feucht. Die Finsternis des Nichts, die Öde des Beinhauses. Die entsetzliche Einsamkeit der reglosen Welt. Die bleiche Schädelstätte. Das nenne ich Atmosphäre, Mr. Appleby. Um die Mittagsstunde der Nacht. Das ist Poesie, Sir. Erhebend, Mr. Appleby, ein erhebendes Gedicht.«

Für Applebys Ohren hörte es sich mehr als nur deprimierend an. Aber es ging etwas Beruhigendes von Mudges kultivierten Grabesgedanken aus. Und Mudge redete noch – passender nun, wenn auch nicht aufmunternder, von Falconers *Schiffbruch* –, als sie die Stimme Hoppos vom Bug vernahmen. »Ein Wal!« rief Hoppo aufgeregt. »Ein Wal!«

Miss Curricle, inzwischen mit George ins Gespräch gekommen, sah mit verständlichem Schrecken auf. Mehrere Gäste kamen aus der Kajüte. Appleby wandte sich um und verfolgte, wohin Hoppo mit dem Finger wies. Und diesmal war es tatsächlich ein Wal. Man konnte die Fontäne spritzen sehen, keine Meile weit fort; und binnen kurzem kam dahinter eine zweite in Sicht. In der Unendlichkeit des Meers war jedes Säugetier ein Gefährte, und die Barkasse hielt darauf zu, als freute sie sich, daß Abwechslung kam. Und weitere Wale tauchten auf; es mußte eine große Familie sein; manche Gäste sahen schon Grund zur Besorgnis. Aber Mudge ließ sich durch nichts von dem Kurs abbringen, den er genau nach Westen hielt, und das Boot nahm unbeirrt seinen Weg. Es sah ganz danach aus, als würden sie die wasserspeienden Seeungeheuer aus nächster Nähe zu sehen bekommen. Doch dann, urplötzlich, senkte der Nebel sich auf sie herab, und sie fuhren blind.

Mudge drosselte das Tempo. Die Passagiere kehrten in die Kajüte zurück. Eben war es noch hellichter Tag gewesen, bald würde es dunkel sein; bis dahin sorgte der Nebel für ein gänzlich untropisches Zwielicht auf See. Er wurde so dicht, daß sogar das Tuckern des Motors nur noch gedämpft heraufklang; bugwärts versank die Sonne in einem diffusen orangefarbenen Schimmer; aus der Kajüte drangen murmelnd die Gespräche der Gäste herauf. Und mit einem Male fühlte Appleby sich elend. Vielleicht war es Mudge, dessen Lobreden auf die Freuden der Melancholie nun allmählich zu wirken begannen; vielleicht war es auch, weil ihm diese Fahrt in einer Nußschale über den Pazifik so entsetzlich vertraut vorkam. Miss Curricles Stimme kam aus dem Schatten herüber und riß ihn aus seinen finsteren Gedanken. »Mr. Appleby«, sagte sie verschwörerisch, »kommen Sie doch bitte einmal her.«

Er ging nach vorn. Miss Curricle wies mit mißbilligendem Finger auf etwas, das unter der Ruderbank lag. »Nichts läge mir ferner als für unnötige Aufregung zu sorgen. Aber ich habe soeben einen Gegenstand entdeckt, den man, fürchte ich, nicht ohne Beunruhigung betrachten kann. Kurz gesagt, Mr. Appleby, eine Bombe.«

Appleby spähte ins Finstre. Kein Zweifel, es war eine feindliche Granate, die offenbar beim Bombardement ins Boot gefallen und nicht detoniert war. Mehr Beunruhigung, als Appleby an den Tag legte, als ihm das aufging, hätte auch Miss Curricle nicht verlangen können. Mit der Bewegung des Bootes schaukelte die Granate sanft hin und her. Sie sah ganz so aus, als würde sie mit der nächsten großen Welle kippen. Appleby hielt sie vorsichtig mit dem Fuß und rief nach Glover. Er war sich zwar nicht ganz sicher, ob Glover nicht noch aus der Zeit vor der Erfindung der Handgranate stammte, aber zweifellos war er der Mann, den man bei solch mörderischem Gerät zu Rate ziehen mußte.

Und Glover sah das gefährliche Stück mit Respekt an. »Ein Blindgänger«, sagte er. »Das einzige, was noch schlimmer ist als eine scharfe Bombe, ist eine Bombe, die beim Scharfmachen hängengeblieben ist. Am besten schmeißen wir sie über Bord.« Er beugte sich und wollte sie vorsichtig fassen; dann hielt er inne, sah sie noch einmal an, lachte leise und hob sie auf. »Aber wir tun dem kleinen Kerl unrecht – der hatte nie eine Chance.« Er hielt sie Appleby und der skeptischen Miss Curricle hin. »Wie eine Handgranate – nur größer. Man zieht einen zweiteiligen Splint heraus, und dann wirft man. Aber hier ist die eine Hälfte des Splints abgebrochen.«

»Das heißt, sie ist noch gesichert?« fragte Appleby.

»Wir können sie leicht neu sichern. Sie müssen nur ein Stück Draht suchen, und ich halte so lange den Auslöser fest.«

»Dann würde ich sagen, wir behalten sie.« Appleby lächelte. »Und erklären die Barkasse hiermit zum bewaffneten Hilfskreuzer. Ein Jammer, daß wir keine Marineflagge haben.«

Die Nacht kam, und auch die See legte sich schlafen. Der Ozean war wie schwarzgelbes Glas, und die Gäste schlummerten dankbar in der Kajüte. Der Nebel stand rundum wie eine Wand, kein Lüftchen ging.

Die einzigen Laute waren das Schwappen des Wassers am Bug und ein gurgelndes Geräusch am Heck – das und das Pochen des Motors. Mudge warf einen Blick auf seine Instrumente. »Am besten, wir drehen bei, Mr. Appleby«, sagte er. »Eigentlich müßten wir Positionslichter setzen. Aber ich habe meine Zweifel, ob die Wale und Walrösser und wie sie alle heißen sich daran halten würden.«

»Die Wale! Denken Sie, die sind immer noch da draußen?«

»Nun, Sir, ich kann sie hören.«

Glover, der sich auf der Ruderbank niedergelassen hatte, brummte ungläubig. »Sie hören, guter Mann – wie meinen Sie das? Ein Muhen? Ein Knurren?«

Die Maschine erstarb, das Klatschen der Wellen wurde zum Flüstern. Sie horchten. Die Nacht war beunruhigend still. Das Wasser war so glatt, als hätte jemand Öl darauf gegossen; nur eine langsame, gleichmäßige Dünung hob und senkte das Boot, und nicht der kleinste Spritzer weckte die Wellen aus ihrem Schlaf. Sie lauschten angestrengt, doch sie hörten nichts; sie entspannten sich und es ging ihnen auf, daß da etwas war, das sie schon die ganze Zeit über gehört hatten. Ein tiefer und weiter Laut, als seufze der Ozean, seines ewigen Auf und Abs überdrüssig geworden. Als wäre tausendfaches Stöhnen eins geworden – der Laut der Verdammten in ihrem Kreis der Hölle, der gedämpft aus der Tiefe heraufdrang. Der träge, schwere, lange Atem der Wale.

Und sie waren ganz umgeben davon. Die Barkasse schwamm inmitten eines Archipels aus schlummernden Geschöpfen, unsichtbar unter der kühlen Bettdecke des Nebels. Für jene, die aufs Meer hinausfahren, dachte Appleby, war die unmögliche Geschichte von Jonas und dem Wal glaubwürdig genug. Mutterseelenallein im Nebel, von diesem mächtigen Atmen umgeben, konnte man sich tatsächlich vorstellen, daß man im Bauch eines solchen Monstrums saß.

»Die müssen verdammt nahe sein.« Glover sagte es mit der Vorsicht des alten Kämpfers, im Flüsterton. »Sollten wir nicht einfach kehrtmachen und sehen, daß wir weiterkommen? Könnte gefährlich werden, wenn einer uns rammt. Zwei kommen auf die Idee, sich die Nasen zu reiben, und wir geraten dazwischen.«

Appleby lachte leise. »Da wären wir froh, wenn wir einen Baum hätten.«

»Hm? Was zum Teufel hat ein Baum damit zu tun?« Glover sah die Anspielung nicht.

»Wie im *Schweizerischen Robinson*, Sir. Hoppo hatte es seinerzeit vorgeschlagen.«

»Pah! Das waren Wilde. Keine Schande, wenn man vor großen Tieren Reißaus nimmt. Aber anscheinend sind wir ja mittendrin. Am besten, wenn man sich ruhig verhält. Hoffe nur, der Hund wird nicht wach.«

»Kein Grund zur Besorgnis, Sir.« Nach wie vor war Mudge die Ruhe selbst. »Solange Sie nicht mit der Harpune kommen, sind es äußerst träge Tiere, die Wale. Beschaulich wäre vielleicht das richtige Wort. Sie kommen mir ganz so vor, als führten sie ein kontemplatives Leben. Und wenn Sie sie aus der Nähe sehen wollen – hier wäre einer.«

Alle Köpfe drehten sich in die Richtung, in die er wies. Hart an der Steuerbordseite der Barkasse, wo Sekunden zuvor nur die nächtliche Nebelwand gestanden hatte, glitt etwas Großes, Schwarzes, Glitzerndes vorüber. Es schien, so verblüffend das war, in der Luft zu schweben wie der leibhaftige Leviathan, ein Tier, so unwahrscheinlich wie die Geschöpfe aus Kiplings Geschichten. Schon im nächsten Augenblick verschluckte der Nebel es wieder, und es verschwand mit einem großen, tiefen Klatschen wie ein Kieselstein, den man in einen Brunnenschacht wirft.

In dem schwachen Licht des Kompaßhauses konnte man Colonel Glover sehen, wie er sich die Stirn wischte. Appleby starrte noch immer fasziniert auf die Stelle, an der eben noch der Wal gewesen war. Es war, als wären sie auf dem Ozean eines mittelalterlichen Kartographen unterwegs, auf dem sich zwischen winzigen Barken und Galeonen die possierlichsten Seeungeheuer tummelten. An Backbord war ein Gurgeln und Spritzen des Wassers zu hören, wo ein weiterer Wal von einem nächtlichen Tauchgang wieder an die Oberfläche gekommen war. Doch diesmal bekamen sie ihn nicht zu sehen, und bald hörten sie nur noch den tiefen, leisen Atem der schlafenden Walgesellschaft.

Eine Stunde verging – eine gespenstische Stunde, in der sie den Glauben daran, daß ein neuer Morgen kommen würde, nur mühsam bewahrten. Aber irgendwann würde es wieder hell werden, ein wenig Benzin war noch im Tank, und daß sie Land finden würden, war nicht unmöglich. Es gab zahlreiche Inseln, erklärte Mudge, nur waren sie weit verstreut; mit Glück würden sie auf eine davon stoßen, und mit noch mehr Glück sogar auf eine bewohnte. Appleby hörte ein Rascheln im Dunkeln; es war Diana, die zu der Luke herausgekrochen kam, unter der sie ein Nachtquartier gefunden hatte. »Mr. Mudge, John – was ist das für ein seltsames Geräusch?«

»Wale, Diana. Und gehen dir mit gutem Beispiel voran, was den gesunden Nachtschlaf angeht. Sie schnarchen nicht einmal.«

»Wale! Nicht zu fassen.« Sie war still, starrte hinaus ins Dunkel. »Da ist einer!«

»Ich hab's dir doch gesagt.« Er drehte sich um. Noch näher als beim vorigen Mal war an Steuerbord ein riesiger Leib aufgetaucht. Er war dunkelgrau und schwankte ein wenig. Man konnte hören, wie das Wasser an den mächtigen Flanken herunterrann.

Wie ein Kind klatschte Diana in die Hände. »Hoppos Hippo haben wir auf der Insel ja doch nicht gefunden«, sagte sie. »Dann muß das hier Hoppos Wal sein.«

Appleby lachte. »Na gut«, sagte er. »Das ist Hoppos Wal. Mudge meint …«

Weiter kam er nicht. Denn draußen im Dunkel sprach Hoppos Wal.

»*Achtung!*« sagte er.

Kapitel 24

Daß Hoppos Wal sich so unvermutet als Bileams Esel erwies, war so verblüffend, daß es ihnen allen einige Sekunden lang die Sprache verschlug. Und diese Sekunden genügten, um zu begreifen, daß Schweigen Gold war. Appleby beugte sich vor und schaltete das Instrumentenlicht aus. »Mudge«, flüsterte er, »die Fangleine – wie lang ist die?«

»Zwanzig Faden.«

Wie ein Gespenst verschwand Appleby unter Deck. Das Unterseeboot war anscheinend nicht in Fahrt, aber die Dünung hatte die Barkasse ein wenig abgetrieben, so daß es nun nicht mehr zu sehen war. Am Bug war ein leises Platschen zu hören, dann war alles still bis auf das tiefe, schwere Atmen der echten Wale. Diana malte sich aus, wie George aufwachen und bellen könnte oder wie Mr. Rumsby erwachte und seine Flüche in die Nacht rief. Doch alles blieb mucksmäuschenstill; von dem gefährlichen Fahrzeug, das längsseits lag, kam kein Laut mehr; Mudge und Glover waren reglose Schatten. Minuten vergingen. Das Boot schaukelte sanft; Mudge lehnte sich vor, hievte; Appleby, wassertriefend und nach Atem ringend, war wieder an Bord. Sie warteten, und es war, als sitze selbst die Zeit im Nebel fest.

Diana hörte Mudge flüstern. »Haben Sie darauf geachtet, daß sie sich nicht in Schraube oder Ruder verfangen kann, Mr. Appleby?«

»Sitzt bombenfest.«

Wieder Schweigen. Sie wartete, malte sich eine gewaltige Explosion aus. Doch als ein Laut kam, war es nur das leise Pochen von Dieselmotoren in der Ferne. Eine Stimme brüllte ein Kommando; der Nebel dämpfte es so sehr, daß man es für einen rauhen Vogelschrei gehalten hätte. Stille. Dann kam ein Ruck, und die Barkasse bewegte sich voran.

Diana hielt den Atem an. Sie waren im Schlepptau. »John«, flüsterte sie ängstlich, »ich dachte, du würdest etwas mit dieser Granate machen.«

Sie konnte gerade noch den Umriß sehen, der sich neben ihr regte. »Das hätte nichts bezweckt. Bestenfalls hätte es das Ruder beschädigt. Wir brauchen eine offene Luke.«

»Meinen Sie, die Leine hält?« fragte Glover. »Vierzig Meter sind eine ganze Menge. Nicht daß wir nicht noch mehr Abstand brauchen könnten. Unangenehm, wenn der Nebel sich lichtet.«

»Es sollte halten, Sir. Schneller als zehn Knoten werden sie nicht fahren.« Mudge war ganz Profi. »Wir müssen nur Ruhe bewahren und abwarten. Psst!«

Mr. Hoppo war aus dem Dunkel gekommen und wollte sie mit der ein wenig forcierten Heiterkeit begrüßen, mit der er das romantische Abenteuer nahm. Auf Mudges Zischen blieb er stehen. »Was hat das …«

»U-Boot«, flüsterte Diana. »John hat unsere Fangleine einem Unterseeboot umgebunden, und das nimmt uns jetzt mit.«

»Einem *feindlichen* Unterseeboot?«

Appleby setzte sich in das nun dunkle Kompaßhaus. »Tja, Englisch sprechen sie nicht. Bald werden wir mehr wissen.«

»Oh je. Und Sie glauben, Sie können sie mit der Leine fangen wie einen Hasen in der Schlinge?« Hoppo lachte, doch angemessen leise. »Sollten wir dann nicht besser die Runde machen und alle warnen, daß sie still sind? Wenn ich an frühere Abenteuer mit dieser Barkasse denke, könnte ich mir vorstellen, daß jeden Moment das Grammophon loslegt.«

»Und der Hund«, sagte Glover. »Am besten, wir setzen ihn aus, den armen kleinen Kerl. Könnte uns leicht verraten.«

»Nein, Sir.« Mudge war respektvoll, doch streng. »Bitte um Verzeihung, aber vom Standpunkt des Seemanns muß ich dringend davon abraten. Es hat noch stets Unglück gebracht, wenn an Bord eines Schiffes einem Tier Gewalt angetan wurde. Vielleicht werden Sie sich an ein Gedicht über einen Albatros erin-

215

nern, Sir. Ein pittoreskes Werk, über weite Strecken. Aber nicht ohne bedenkenswerte Moral, Sir.«

»Meinetwegen.« Glover stimmte halbherzig zu; er schien mit seinen Gedanken nicht bei der Sache. »Ich mache die Runde und warne die Männer, wenn Mrs. Kittery das Gleiche bei den Frauen tut.«

Stunden vergingen. Lautlos glitt die Barkasse durch die stille, unsichtbare See, wie von einem mächtigen Wassergeist bewegt. Von Zeit zu Zeit hörte man leise den Klang der Dieselmotoren. Schon bald hielten sie vielleicht inne, und das Unterseeboot würde sich dann nur noch in kurzen, vorsichtigen Schüben voranbewegen. Und das war die schwierige Zeit. Appleby und Mudge hielten zwei Ruder bereit, Diana hatte die Hand an der Leine. Sobald die Leine für mehr als eine Sekunde schlaff wurde, mußten sie leise und kräftig bremsen, damit ihr Schwung sie nicht bis an das Unterseeboot herantrieb, wenn dieses stoppte.

Es konnte nicht mehr lange bis Sonnenaufgang sein, und der Nebel allein war eine gefährliche Deckung für ihr Unternehmen. Aber noch war es stockfinster; die Stunden zogen sich, das leise Plätschern am Bug war kaum noch zu hören, als das Tempo des Bootes, das sie zog, gedrosselt und noch einmal gedrosselt wurde. Vermutlich hatte die vorsichtige Annäherung an das im Nebel verdeckte Land – die auch unter anderen Umständen etwas Unheimliches gehabt hätte – begonnen. Die Barkasse bewegte sich, leise gab Diana ein Zeichen, und ebenso leise tauchten sie die Ruder ein. Das Unterseeboot tastete sich ein Stückchen vor, hielt inne, tastete sich weiter. Einmal hörten sie eine Stimme, erschreckend knapp und klar, durch einen Riß oder einen Kamin im Nebel kommen. Was vielleicht ein Zeichen war, daß der Nebel sich bald lichten würde.

Glover flüsterte Appleby ins Ohr. »Mir geht da etwas durch den Kopf. Tragen Sie sich mit dem Gedanken, das feindliche Schiff zu versenken?«

Appleby wandte sich im Dunkeln überrascht zu ihm um. »Ja.«

»Ich weiß nicht, ob ich das gutheißen kann. Ehrenwert natürlich. Aber …«

»Unsere Leute müssen das riskieren. Ich habe sie gewarnt, daß die Fahrt sehr gefährlich werden kann.«

»Das meine ich nicht.« Glover schien nicht zu wissen, wie er es ausdrücken sollte. »Verstehen Sie mich nicht miß – bei diesem Dunchue war es nur angemessen. Offizier zweifellos und ein tapferer Mann. Und wie er sich auf der Insel versteckt und den Säufer markiert hat – nichts weiter als ein feindlicher Spion. Das einzig Richtige, daß wir ihn erledigt haben. Aber die Burschen hier sind anständige Seeleute auf einem Kriegsschiff. Die sollten nur von regulären Truppen angegriffen werden, im Namen der Krone. Macht mir Sorgen, Appleby – verdammt große Sorgen.«

»Nun, Sir, Sie *sind* doch regulärer Soldat im Namen der Krone, oder etwa nicht?«

»Im Ruhestand, mein Lieber. Und dann wäre da auch noch die Frage der Uniform. Eine Armee sollte nicht in Zivil angreifen.«

»Verstehe.« Appleby überlegte, ob er sagen sollte, daß Kriege nicht mehr ganz nach solchen Maßstäben geführt wurden. Aber dann tat er es doch nicht. Und Mudge kam ihm zu Hilfe.

»Mr. Appleby, Sir, mir geht es nicht viel anders als dem Colonel. Reserve der Kriegsmarine, Sir. Ich hätte mich längst zum Dienst gemeldet, wenn ich gewußt hätte, wie ich fortkomme. Aber was die Uniform angeht, da könnte ich aushelfen; mein alter Waffenrock ist an Bord. Ich habe ihn vorne im Spind eingeschlossen – nirgendwo im Hotel wäre er sicher vor den schwarzen Langfingern gewesen.«

»Reichen Sie mir Ihr Ruder, guter Mann, und holen Sie ihn.« Glover schien sehr erleichtert. »Hallo, was war denn das?«

217

Das Unterseeboot hatte Laut gegeben – ein Klagelaut wie der letzte Schmerzensschrei eines sterbenden Tiers. Und von irgendwo in der Ferne antwortete eine Sirene mit einem Blöken, dumpf und undeutlich.

»Natürlich kann es auch ein Versorgungsschiff sein«, sagte Appleby. »Aber ich denke, wir sind wieder an unserer Insel. Und ich könnte nicht sagen, welches von beiden die verrücktere ist, die erste Ankunft oder die zweite. Da ist ein Licht. Muß recht kräftig sein, daß man es durch solchen Nebel sehen kann.«

»Der Nebel löst sich auf.« Diana stand hinter ihm. »Meinst du nicht, sie warten mit dem Einfahren, bis er fort ist?«

»Die Einfahrt hat schon begonnen. Riechst du nichts?«

»Nebel. Und – und Rauch.«

»Genau das. Wir sind keine Meile von der Eremitage. Wir fahren parallel zur Küste und halten auf das Depot zu. Weißt du noch? Am Depot gibt es kein Riff, da führt tiefes Wasser bis zum Land. Das Licht wird deutlicher. Sie blinken von oben auf dem Depot, da wo wir unser Picknick hatten. Sind Sie das, Mudge?«

»Aye, aye, Sir.«

»Das U-Boot wird jeden Moment anlegen. Wir müssen Leine einholen und so nahe herangehen wie wir uns trauen. Sie werfen; da haben Sie mehr Erfahrung als ich. Am besten vom Heck aus; der Colonel und ich sehen zu, daß wir die Barkasse wenden, sobald wir in Position sind, damit wir später keine Zeit verlieren. Diana, wenn die Leine das nächstemal schlaff wird, gibst du uns Bescheid und gehst dann zur Kajüte. Keiner darf herauskommen. Denn ganz gleich was geschieht, es wird einen ziemlich großen Knall in nächster Nähe geben. Alle Mann in Bereitschaft?«

Sie warteten, jeder lauschte dem Atem der anderen – und für ihre gespannten Nerven klang es nicht viel anders als das mächtige Schnauben der Wale. An Steuerbord war die Dunkelheit größer, und ganz in der Nähe mußte etwas Großes, Massiges sein; doch sie sahen nur nächtliche Nebelschwaden und hörten den einen oder anderen unverständlichen Laut. Plötzlich flüsterte Diana etwas, sie kam zu ihnen herüber, und sie spürten, daß die Barkasse langsam an Fahrt verlor; dann stand sie still. Noch war nichts zu sehen – aber wenn der Nebel sich verzog, mußte die Welt im ersten Morgenlicht liegen. Appleby hatte die Leine gefaßt und holte sie vorsichtig ein; inzwischen war mehr zu hören – Klappern, Rasseln, Kommandorufe. Dann hob der Nebel sich.

Der Nebel hob sich wie ein Theatervorhang, und dicht vor sich sahen sie das Heck des Unterseebootes, das längsseits neben einem zweiten U-Boot lag. Und an dessen anderer Seite mußte das Depot sein. Von den Kommandotürmen gaben Bogenlampen ein kaltes, blaues Licht; ein wärmerer Schein kam aus offenen Luken achtern. Männer huschten über die Decks. Plötzlich kam – erschreckend – ein Laut vom Ufer, ein kurzes, hartes Lachen. Und als sei es das Stichwort für den Bühnenmeister, schloß sich die Szene, wie sie begonnen hatte, und der Nebelvorhang senkte sich wieder herab.

Sie hatten die Luft angehalten, denn sie konnten sich nicht vorstellen, daß sie, wenn sie die anderen so deutlich sahen, nicht auch zu sehen waren. Aber kein Alarmruf kam; nur vom Ufer drang leiser Gesang herüber, dann eine ruhige, gedämpfte Stimme von einem der Decks vor ihnen.

Doch das nächstemal, daß der Nebel sich hob, würde es um sie geschehen sein. Denn schon das Bild, das so kurz aufgeflakkert war, hatten sie im Dämmerlicht gesehen, nicht nur im Lampenschein. Appleby murmelte etwas in Richtung Glover, und dann begannen sie mit größter Vorsicht ihr Wendemanöver. Dabei trieben sie ein wenig ab und mußten die Barkasse mühsam, das Heck zuvorderst, wieder an das Unterseeboot heranziehen. Nun konnten sie den Rumpf sehen, das gleißende Licht der Bogenlampen dahinter – und schließlich auch den Lichtschein, der aus der offenen Luke kam.

219

Mudge stand am Heck, die Umrisse ein wenig unvertraut. Sie arbeiteten sich noch näher heran. Eine schneidende, kalte Stimme fragte: »Gefallen?«

Die Antwort kam leise, nur ein paar Worte waren zu verstehen: »… eine Granate … gestern abend …« Es wurde Mitteilung über Dunchue gemacht.

Mudge ließ den rechten Arm spielen, zum Wurf bereit. Sie manövrierten mit ihren Rudern die Barkasse noch näher heran, und nun konnten sie die Umrisse der Männer auf Deck des ersten Unterseeboots erkennen. Nebelschwaden zogen. Mudge wartete. Und plötzlich kam der Gesang vom Ufer in aller Klarheit herüber, wohltönend, anrührend im Dunkel.

O Tannenbaum, o Tannenbaum,
Wie schön sind deine …

Diana spürte, wie Appleby neben ihr am ganzen Leibe bebte. Dann hob sich der Nebel von neuem, sie hatten das Unterseeboot in nächster Nähe vor sich, auf dem Turm, den Rücken zu ihnen, ein Offizier. Und Mudge rief: »U-Boot ahoi!«

Von irgendwo kam ein Suchscheinwerfer und leuchtete ihn an. Er stand da in britischer Marineuniform – einer zerknitterten Uniform, die für einen Jüngeren gemacht war; das Licht erfaßte ihn an den Füßen und wanderte aufwärts zum Kragen mit den Tressen, die für Aboukir und Trafalgar standen. Ein zweiter Scheinwerfer flammte auf und leuchtete das Deck des Unterseebootes ab, tauchte die Heckpartie in Licht. Aufgeregte Rufe wurden laut. Mudge machte eine kreisende Armbewegung. Und Glover und Appleby legten sich in die Riemen.

Die Druckwelle der Detonation packte die Barkasse und warf sie hinaus aufs Meer wie einen Ball. Aber Mudge war schon an der Maschine, und der Motor erwachte zum Leben. Große Wellen waren ins Boot geschwappt, aber sie hielten trotzdem Volldampf voraus in Richtung Ozean.

220

Diana stand achtern und blickte durch den zusehends lichter werdenden Nebel zurück. Sie sah eine schmale Stichflamme. Schon eine halbe Meile weit fort, dachte sie ... und dann geschah das Gleiche noch einmal. Die Barkasse machte einen Satz nach vorn, der ohrenbetäubende Knall einer Explosion erschütterte sie, und aus der züngelnden Flamme wurde ein lodernder Feuerwall. Sie drehte sich zu Appleby um und brüllte etwas. Sie konnte ihre eigene Stimme nicht hören und brüllte noch einmal. »Was war das?«

»Der erste Schlag war nur die Granate; das hier war das U-Boot.« Er blickte finster über das Meer. »Warte.«

Sie warteten. Es dauerte nur wenige Sekunden, bis auch das zweite Unterseeboot zerbarst. ... Sie standen beisammen im ersten grauen Licht. Aber sie sahen einander nicht an, starrten nur hinüber zur Insel.

Glover rührte sich. »Sollten sehen, daß wir Wasser schöpfen«, sagte er mit ruhiger Stimme.

Kapitel 25

Zehn Minuten darauf flog das Depot in die Luft; eine Explosion hatte jeweils die nächste gezündet, mit verheerender Wirkung. Sie waren in den Morgen hineingefahren, doch nun umgab sie wieder die düstere Dämmerung, erhellt nur von den Flammen, die wie eine einzige brennende Klippe am Ufer standen.

»Mehrere Fliegen mit einer Klappe«, meinte Appleby. »Granate, besser gesagt. Nicht zuletzt unser eigenes SOS. Bis es Tag wird, ist das Feuer weit und breit im Umkreis zu sehen. Wir können nur hoffen, daß jemand neugierig wird. Mit unserer eigenen Reichweite ist es ja nicht mehr weit her. Gerade genug, daß wir auf die Insel zurückkehren können. Und wenn niemand kommt, bleibt uns nichts anderes als die Insel.«

»Die Insel?« Miss Busst hatte eifrig ihr Spiegelbild studiert, das der ferne Feuerschein auf ein Messinggeländer zauberte. »Meinen Sie denn, sie sind alle – meinen Sie, sie sind tot?«

»Mit Sicherheit nicht alle. Wir werden uns im Dunkel anschleichen müssen und sehen, daß wir ein paar Waffen erbeuten. Ein neues Kapitel im Buch unserer Abenteuer. Wäre das schlimm für Sie?«

Miss Busst überlegte. »Ich will nach Hause«, sagte sie.

»Ah.« Mr. Hoppo, der in einem Akt christlicher Nächstenliebe Öl aus Georges Fell strich, blickte verwegen auf. »Obwohl unsere Freunde dafür sorgen werden, daß auch daheim die Feuer nicht ausgehen.« Er gluckste gutmütig über diesen grimmigen Scherz. »Was nicht heißen soll, daß ich nicht auch gern dort wäre.«

Sie saßen schweigend beisammen. Zögernd zunächst, dann immer mutiger ließ der Morgen seine Gegendemonstration zu dem gewaltigen Feuerbrand aufmarschieren. Und als nähmen sie die Herausforderung an, schlugen die Flammen höher und höher hinauf; vielleicht hatte der Wind sie über die Dünen getragen, und sie hatten nun auch den Dschungel erfaßt. Die Barkasse war inzwischen meilenweit draußen auf See, aber sie staunten doch immer noch, daß sie das Donnern und Prasseln des gefräßigen Feuers nicht hören konnten, daß sie den heißen, trockenen Atem nicht auf ihren Gesichtern spürten. Miss Curricle, die im Dämmerlicht wie von Zauberhand ihre alten, kantigen Formen wieder angenommen hatte, warf einen anerkennenden Blick zurück. Schließlich war sie an diesem gewaltigen Ausbruch aller Naturkräfte nicht ganz unbeteiligt; sie hatte guten Grund, wenn sie sich als Racheengel mit dem Flammenschwert sah. »Die Flammen«, sagte sie, »sind golden, mit Giftgrün und Zinnoberrot.«

»Zinnober?« entgegnete Hoppo. »Also das würde ich ja nun nicht sagen. Für mich ist es vor allem Glutweiß im Mittelpunkt, zum Rand hin gefleckt in Violett und Blau.«

»Gold«, erklärte Miss Curricle, »und Giftgrün. Und *wenn* eine Farbe vorherrscht, dann ist es Zinnoberrot.«

Diana blickte mit großen runden Augen zurück. »Ungeheuer eindrucksvoll ist das. Genau wie – genau wie ein großes Buschfeuer zu Hause.« Sie stieß einen Seufzer aus, plötzlich genauso vom Heimweh gepackt wie Miss Busst. »Ich habe ja überhaupt nicht gewußt, wie schön der Yarra ist oder der alte Murray mit seinem trüben Wasser, bevor ich das Meer gesehen habe, so unfreundlich und so gräßlich langweilig.«

Sanft hob und senkte die Barkasse sich auf den Wellen. Die Sonne stand am Himmel. Nun wo sich alle im gnadenlosen Licht des Tages sahen, setzte ein großes Pudern und Kämmen in der Kajüte ein. Das Feuer wütete nach wie vor, und eine mächtige Säule aus schwarzem Qualm stand darüber; massiv, aufrecht, verjüngte sie sich nach oben zu einem schmalen Kapitell wie die letzte stehengebliebene Säule eines gigantischen dorischen Tempels, der ein Raub der Flammen wird.

Auch an Bord roch es verbrannt; Mr. Rumsby kam aus der Kabine, noch von seinem Abenteuer als Meisterbrandstifter angesengt.

Er kam nach achtern und starrte lange hinaus zu dem Lei-
chentuch, das über dem zerstörten Depot hing, über den Wracks
der so kunstvoll konstruierten Schiffe, den Seeleuten, die ihr
Leben gelassen hatten. Dann drehte er sich um, und die Mühe
des Nachdenkens stand ihm ins Gesicht geschrieben. »Hören
Sie«, sagte er, »ich habe eine Dose Sardinen gefunden. Meinen
Sie, wir können die zum Frühstück essen? Oder« – sein Blick
wanderte finster zurück zum Ufer – »oder besser nicht?« Keiner antwortete. Er schüttelte den Kopf – traurig, als bekümme-
re ihn tief im Inneren die eigene maßlose Dummheit – und
schlurfte davon. Allmählich wurde es warm auf Deck; Sir Mervyn Poulish sprang mutig über Bord und badete; Mudge improvisierte ein Sonnensegel. Die Sonne stieg unaufhaltsam.

Es war Mittag. Die Insel war nun hinter dem Horizont verschwunden, und Flammen waren keine mehr zu sehen. Nur die
große Rauchsäule stieg immer weiter in die Höhe und ver-
zweigte und verästelte sich wie ein aufblühender Baum. Zwei
Mahlzeiten aus Schiffszwieback und Wasser waren ausgegeben
worden; jemand hatte das Grammophon angeworfen und Miss
Curricle hatte darauf bestanden, daß es wieder verstummte;
allen war zu Bewußtsein gekommen, daß auf dieser Barkasse
entschieden zu viele Leute waren. Unbequemlichkeit drohte –
und mit der Unbequemlichkeit der Streit. Appleby blickte hinaus zu der mächtigen, nun an den Rändern zerfließenden Säule.
Nach wie vor war sie ein wunderbares Signal. Aber Stunden
waren vergangen, ohne daß – Diana rief etwas, Leute zeigten
mit dem Finger, liefen an die Reling. Etwas war am Horizont
aufgetaucht, eine Feder, eine winzige Rauchwolke; sie wurde
größer, nach und nach nahm darunter eine Form Gestalt an; es
war ein Schiff. Ein flaches, graues Schiff – und es hielt in vollem Tempo, neugierig, auf die Insel zu, bahnte sich seinen Weg
zwischen zwei Schaumwällen, die in der Sonne glitzerten.
Wenn es den Kurs hielt, mußte es in Rufweite vorbeikommen;
es war keine zwei Meilen mehr entfernt, und gewiß hatte je-

mand an Bord sie mit einem Feldstecher bereits erspäht. Juchzer wurden laut, und George erhob sich und wedelte mit dem Schwanz.

»Ein Zerstörer«, sagte Glover; »kann jemand die Flagge erkennen?«

»Die Flagge ist ein White Ensign.«

»Eine britische Kriegsflagge? Ich habe eher das Gefühl, es ist ein Sternenbanner.«

»Die Flagge ist ein White Ensign.«

Diana tätschelte George. »Na jedenfalls ist es ein Zerstörer«, sagte sie. »Das ist doch knorke.«

Und Appleby seufzte.

Nachwort

Als der junge Anglist und Literaturwissenschaftler John Innes Mackintosh Stewart (1906–1994) mit dreißig Jahren einen Ruf an die University of Adelaide erhielt, hatte die lange Seereise von Liverpool nach Australien ungeahnte Folgen für seine Karriere, die sich sozusagen spaltete: Stewart nutzte die erzwungene Muße einer damaligen interkontinentalen Reise, um seinen ersten Detektivroman zu schreiben. Held ist Detective Inspector John Appleby, frischgebackener College-Absolvent aus bester Familie, der seinen ersten Fall in Oxford zu lösen hat – ein Jahr nach Dorothy L. Sayers' eher tragischem *Gaudy Night* (1935) der erste Universitätskrimi, der die skurrileren Seiten einer Agglomeration höchst spezialisierter Denker zu nutzen versteht (»Zuviel Licht im Dunkel«, DuMonts Kriminal-Bibliothek Bd. 1049). Mit ihm begann die Karriere des Krimi-Schriftstellers Michael Innes, die fünfzig Jahre andauern sollte, zu etwa ebenso vielen Büchern führte und einen der Großen des Golden Age noch zu unserem Zeitgenossen werden ließ. Sein Held, nicht in allen seiner Bücher vertreten, durchläuft dabei eine höchst ehrenvolle Karriere bis zum Chef von Scotland Yard und schließlich in den verdienten Ruhestand. Dabei haben die populären Innes-Romane dem seriösen Wissenschaftler J. I. M. Stewart nicht geschadet, auch er hat es schließlich bis zu einem Lehrstuhl in Oxford gebracht.

Frucht der Australienreise ist aber nicht nur der erste, sondern auch der hier vorgelegte siebte Innes-Krimi. Der Autor hat sichtlich Spaß daran, das typische Personal eines klassischen englischen Dorfkrimis auf einem Überseedampfer zu versammeln – den pensionierten Colonel Glover mit langen Dienstjahren in Indien, den in seine klerikale Bildungswelt eingesponnenen milden Landgeistlichen Hoppo, die ältliche Jungfer aus bester Beamtenadelsfamilie, Miss Curricle, die ebenso unkom-

226

plizierte wie ungebildete und lebenslustige junge Frau aus den Kolonien, Mrs. Kittery, und mitten unter ihnen John Appleby, der dienstlich nach Australien unterwegs ist, um der dortigen Polizei beim Ausbau ihres Apparates zu helfen. Sie sitzen an der Bar auf dem Sonnendeck, als ein schwer einzuordnender Schwarzafrikaner den sozialen Frieden zu stören droht. Inder einzuschätzen hat der Colonel gelernt, vom Boy bis zum Nabob und Maharadschah können sie alles sein – aber Neger? Als Spott über ihre Vorurteile bittet der junge Mann quasi um die Erlaubnis, sich in ihre Gesellschaft begeben zu dürfen, und gibt vor, aus Gründen der Akklimatisierung sich am liebsten im Affenhaus des Londoner Zoos aufzuhalten – und das mit perfektem Eton-Akzent. Von königlich afrikanischer Abstammung ist er ein angesehener Anthropologe und wurde sogar vom König zum Ritter geschlagen – Sir Ponto Unumunu.

Aber es ist Krieg, den Deutschland unter anderem als uneingeschränkten U-Boot-Krieg gegen den Rest der Welt führt. So ist der Wal, den Reverend Hoppo zu sehen glaubt, denn auch kein Wal, und unsere sechs finden sich als einzige Überlebende des versenkten Luxusdampfers wieder, das Dach des Sonnendecks ist zum Floß mutiert, auf dem sie schiffbrüchig dahintreiben, und Sir Ponto setzt seinen vielseitigen Fähigkeiten die Krone auf, indem er auf deutsch rezitiert: »Od' und leer das Meer«, eine Sprache, die das englische Fräulein in diesem Augenblick *nicht* amüsiert.

An Vorräten hat man das, was eine Dampferbar zu bieten hat – bei erster Gelegenheit wird John Appleby die gesamten Alkoholvorräte ins Meer gießen. Was wie das Szenario zu einem Krimi begann, ist zum Seeroman geworden, und bevor es zur Katastrophe kommt, mutiert alles zur Robinsonade, und die sechs landen auf einer anscheinend unbewohnten Insel. Diese gebildete Gesellschaft weiß natürlich selber, in welchem Buch sie sich gerade befinden; ausgiebig zitiert man den im englischen Sprachraum äußerst populären *Schweizerischen Ro-*

binson oder der schiffbrüchige Schweizer-Prediger und seine Familie von Johann David und Rudolf Wyss, der es als *Swiss Family Robinson* sogar bis zu einer eigenen Sektion im kalifornischen Disneyland gebracht hat. »Applebys Arche« hat sie nach Ararat (Originaltitel »Appleby on Ararat«, 1941) gebracht. Ausgerechnet das nicht mehr ganz junge englische Fräulein aus bester Familie ergeht sich in Spekulationen hinsichtlich ihrer Verpflichtungen als neue Familie Noah: Werden die sechs – vier Männer, zwei Frauen – jetzt nicht fruchtbar sein müssen, sich mehren und sich die Erde erneut untertan machen, zumal man nicht weiß, was derweil mit der Menschheit auf den alten Kontinenten vor sich geht?

Doch da schlägt die Robinsonade wieder in den Detektivroman um, und zwar in den Typ des eingeschneiten Landhauses oder des verschlossenen Eisenbahnwagens: Einer von den sechsen wird ermordet, und wenn die Insel wirklich unbewohnt ist – der Colonel will sie in einer kleinen Zeremonie für die britische Krone annektieren –, muß einer der fünf der Täter sein.

Der Literaturkenner Michael Innes spielt sein Spiel mit den Genres der Unterhaltungsliteratur mit geradezu teuflischer List und Lust, denn der Detektivroman schlägt um ins Abenteuer: Man findet den deutlichen Abdruck eines nackten Fußes im Sand, der nicht von ihnen stammen kann – Robinson Crusoe läßt grüßen, der auf seiner völlig unbewohnten Insel plötzlich mit demselben Phänomen konfrontiert war. Es gibt also ›Wilde‹ auf der Insel, und da gleichzeitig Miss Curricle unter Zurücklassung ihrer *gesamten* – wie Mrs. Kittery genüßlich bezeugt – Garderobe verschwunden ist, kommt die Theorie auf, die ›Wilden‹ hätten sie mitgenommen, um sie fortan als Weiße Göttin zu verehren – dieses Mal ist offenkundig Rider Haggards *She* der Prätext. Was die Jungfrau auf ihrem Ausflug aber wirklich erlebt hat, ist nur der Erfahrung eines Alpinisten vergleichbar, der unter unsäglichen Mühen und Gefahren einen noch nahezu unberührten Gipfel erstiegen zu haben glaubt und sich auf der

Rückseite des Gipfels plötzlich auf der Terrasse eines belebten Ausflugslokals wiederfindet.

John Appleby vom Scotland Yard hat auf dieser Insel natürlich keinerlei Befugnisse und weiß, daß sie die bürgerlich geordnete Welt, auf der ein Mord aufgeklärt und der Täter vor Gericht gehört, längst verlassen haben und aus der Welt der Verbrechen in die der Abenteuer eingetreten sind. Ihr begegnet er mit seinen angeborenen und beruflich erworbenen Fähigkeiten, Neugier, geschulter Beobachtungsgabe und einem im Schlußfolgern trainierten Verstand. Und nicht zuletzt mit seiner großen Belesenheit auch in der Genre-Literatur. Im souverän lustvollen Spiel, das sein Schöpfer Michael Innes mit all den vielen Vorbildern treibt, auf die wörtlich oder indirekt angespielt wird, stattet er sein Geschöpf mit der Fähigkeit aus, sozusagen zu wittern, in welchem Buch er sich gerade befindet. Er markiert so wörtlich den Zeitpunkt, an dem aus Wyss' *Schweizerischem Robinson* Robert Louis Stevensons *Schatzinsel* wird: Auf der keineswegs unbewohnten Insel sind unterschiedlichste Gruppen in Konkurrenz miteinander hinter demselben Schatz – oder hinter verschiedenen Schätzen? – her.

Die Lösung selbst wird früh angedeutet – unmarkiert wird auf einen der schönsten Krimis aller Zeiten angespielt: Wenn Appleby aufs Meer hinausblickt und über »the riddle of the sands«, »das Rätsel der Sandbank« nachdenkt, soll dem geschulten Leser natürlich der gleichnamige Titel von Erkine Childers einfallen, was in der Tat den Leser auf die richtige Lösung hinweist.

Und wieder schlägt das Genre um – wie, muß Ihrer Lektüre überlassen bleiben. Zuviel würde preisgegeben, wenn wir Innes' ständig die überraschendsten Haken schlagenden Erzählzügen weiter folgten. Ein veritabler Tropensturm, wie er zu allen Filmen und Romanen in diesen Regionen gehört, wird da fast zum eher beiläufigen Detail im immer neu ansetzenden und immer neue Anläufe nehmenden Finale.

Dem Detektivroman wurde schon von jeher eine Nähe zum Abenteuer-, zum Agenten- und zum Spionageroman nachgesagt. Der poeta doctus Michael Innes lotet sie aus: Wo der Raum der bürgerlichen Ordnung mit staatlicher Polizei, unabhängiger Justiz und gesetzlich geregeltem Strafvollzug verlassen wird, mutiert das Verbrechen zum Abenteuer oder, nach Fouchés Wort, im Agentenroman zum Fehler – aber das Geheimnis bleibt, und ihm gegenüber steht der Detektiv, der es löst – aus Abenteuerlust, aus Freude am Suchen und aus denkerischem Drang zur Wahrheit – und natürlich auch zur Freude des Lesers.

Volker Neuhaus

Band 1079
Michael Innes
Klagelied auf einen Dichter

Niemand ist traurig, als Ranald Guthrie stirbt. Man munkelt, der gefürchtete Schlossherr habe sich in einer Winternacht von seiner Burg in den schottischen Highlands gestürzt. Gerüchte von Eifersucht, Rache, Irrsinn und Liebe kursieren. Was nach Selbstmord aussieht, entpuppt sich als Verwechslungsspiel.

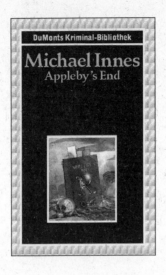

Band 1095
Michael Innes
Appleby's End

»Appleby's End« heißt die Station, an der Inspektor Appleby den Zug verläßt. Das könnte ein Zufall sein. Aber von da an häufen sich die kuriosen Zufälle in so rascher Folge, dass Appleby sich unter den Nachfahren eines exzentrischen Dichters auf die Suche begibt. Dort findet er nicht nur erstaunliche Erklärungen sondern auch eine Frau.

Band 2003
Charlotte MacLeod
Der Balaclava-Protz
(Schlaf in himmlischer Ruh', Freu dich des Lebens, Über Stock und
Runenstein, Der Kater läßt das Mausen nicht)
912 Seiten, Dünndruck mit einfarbigen Vignetten,

Band 2004
Charlotte MacLeod
Der Balaclava-Bumerang
(Stille Teiche gründen tief, Wenn der Wetterhahn kräht, Eine Eule
kommt selten allein, Miss Rondels Lupinen, Aus für den Milchmann)
1200 Seiten, Dünndruck mit einfarbigen Vignetten

Charlotte MacLeod, die »Königin des skurrilen Krimis«, feiert ihren
80. Geburtstag. Wir feiern mit! Zu diesem Anlass erscheinen in
DuMonts Kriminal-Bibliothek zwei Bände in extragroßem Format
und besonderer Ausstattung mit allen neun auf deutsch erschienenen
Krimis der Balaclava-Serie. Angefangen vom ersten Band der
Kriminal-Bibliothek, *Schlaf in himmlischer Ruh'*, von dem bis heute
über 100.000 Exemplare verkauft wurden, bis zum letzten der Serie,
Aus für den Milchmann.
In den herrlich verrückten Krimis der Balaclava-Serie wird der skurrile
Botanik-Professor Peter Shandy zum Amateurdetektiv aus Leiden-
schaft. Alle Abenteuer vom ›Sherlock Holmes der Rübenfelder‹ gibt es
nun in einer einmaligen Ausgabe!
Der Balaclava-Protz und *Der Balaclava-Bumerang*: Die ultimativen
MacLeod-Cocktails für alle Liebhaber der Krimi-Komik, über 2.000
Seiten hochwertiger Dünndruck.

»Wunderbare Charaktere. Für alle Liebhaber der heiteren Ironie.« *Brigitte*

»Mit Lust am Abgründigen inszeniert Charlotte MacLeod den tödlichen Zwischenfall.« *Stern*

»Der Professor ist nicht nur auf seinem Spezialgebiet ein Genie, er erweist sich auch als cleverer Amateurdetektiv.« *taz*

»Das pure Lesevergnügen!« *Prinz*

Für alte und neue MacLeod-Fans: Alle 9 Balaclava-Krimis in 2 Bänden! Über 2.000 Seiten hochwertiger Dünndruck, Mörderisch günstig!

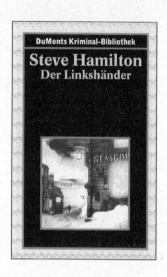

Band 1111
Steve Hamilton
Der Linkshänder

Wie gut kennt man seine besten Freunde? Eigentlich sieht sich Alex McKnight noch immer nicht als Privatdetektiv. Aber schließlich muß er seinen Ex-Rivalen Leon Prudell, der so gerne Detektiv spielt, als Partner akzeptieren. Und der wirbt unermüdlich für diese Firma ohne Fälle. So holt McKnight unvermittelt die Vergangenheit ein – zu ihm kommt ein Teamkollege aus seiner Zeit als Catcher beim Baseball. Randy Wilkins ist auf der Suche nach Maria. Er lockt Alex McKnight in ein romantisch klingendes und mehr als blutig endendes Abenteuer voller Lügen und Leidenschaft.

Band 1112
Phoebe Atwood Taylor
Todernst

Wenn Leonidas Witherall unerwartet eine nie bestellte Tiefkühltruhe geliefert bekommt, ist es kein Wunder, dass dies das Vorspiel zu einer verwirrenden Entdeckung ist: In der Truhe findet sich zwischen allerlei Tiefkühlkost eine Leiche. Der Tote ist niemand anders als der überaus gepflegte Salonlöwe Ernst Finger, ein kleiner Gauner, Betrüger und mehr. Und das ist wie immer nur der Anfang.

Band 1113
Lee Martin
Der Tag, als Dusty starb

Deb Ralston persönlichster und verstörendster Fall. Sie wird zu einem Notfall gerufen: Die 16jährige Dusty hat sich in ihrem Zimmer eingesperrt. Doch als Deb in der Wohnung eintrifft und die Tür aufbricht, ist Dusty nicht mehr da. Sie liegt 14 Stockwerke tiefer, zerschmettert.
Auf der Suche nach Antworten stößt die Polizistin auf Dustys Schwester, die jahrelang von ihrem Vater missbraucht worden ist. Und Deb Ralston erinnert sich an die Wurzeln ihrer eigenen Geschichte.

DuMonts Kriminal-Bibliothek

»Immer mal wieder wird der Detektiv totgesagt. Alles Gerüchte. Endlos wäre die Liste von Helden und Heldinnen, die man gegen die Behauptung vom Detektivtod anführen könnte. Stattdessen sei mit deutlich erhobenem Zeigefinger auf einen vorzüglich gepflegten Kleingarten verwiesen, in dem die Detektivliteratur nur so sprießt: **DuMonts Kriminal-Bibliothek.**«   *DIE ZEIT*

Band 1002	John Dickson Carr	**Tod im Hexenwinkel**
Band 1006	S. S. van Dine	**Der Mordfall Bischof**
Band 1011	Mary Roberts Rinehart	**Der große Fehler**
Band 1016	Anne Perry	**Der Würger von der Cater Street**
Band 1021	Phoebe Atwood Taylor	**Wie ein Stich durchs Herz**
Band 1022	Charlotte MacLeod	**Der Rauchsalon**
Band 1025	Anne Perry	**Callander Square**
Band 1026	Josephine Tey	**Die verfolgte Unschuld**
Band 1033	Anne Perry	**Nachts am Paragon Walk**
Band 1035	Charlotte MacLeod	**Madam Wilkins' Palazzo**
Band 1040	Ellery Queen	**Der Sarg des Griechen**
Band 1050	Anne Perry	**Tod in Devil's Acre**
Band 1052	Charlotte MacLeod	**Ein schlichter alter Mann**
Band 1063	Charlotte MacLeod	**Wenn der Wetterhahn kräht**
Band 1070	John Dickson Carr	**Mord aus Tausendundeiner Nacht**
Band 1071	Lee Martin	**Tödlicher Ausflug**
Band 1072	Charlotte MacLeod	**Teeblätter und Taschendiebe**
Band 1073	Phoebe Atwood Taylor	**Schlag nach bei Shakespeare**
Band 1074	Timothy Holme	**Venezianisches Begräbnis**
Band 1075	John Ball	**Das Jadezimmer**
Band 1076	Ellery Queen	**Die Katze tötet lautlos**
Band 1077	Anne Perry	**Viktorianische Morde** (3 Romane)
Band 1078	Charlotte MacLeod	**Miss Rondels Lupinen**
Band 1079	Michael Innes	**Klagelied auf einen Dichter**
Band 1080	Edmund Crispin	**Mord vor der Premiere**
Band 1081	John Ball	**Die Augen des Buddha**
Band 1082	Lee Martin	**Keine Milch für Cameron**
Band 1083	William L. DeAndrea	**Schneeblind**
Band 1084	Charlotte MacLeod	**Rolls Royce und Bienenstich**
Band 1085	Ellery Queen	**... und raus bist du!**
Band 1086	Phoebe Atwood Taylor	**Kalt erwischt**

Band 1087	Conor Daly	**Mord an Loch acht**
Band 1088	Lee Martin	**Saubere Sachen**
Band 1089	S. S. van Dine	**Der Mordfall Benson**
Band 1090	Charlotte MacLeod	**Aus für den Milchmann**
Band 1091	William L. DeAndrea	**Im Netz der Quoten**
Band 1092	Charlotte MacLeod	**Jodeln und Juwelen**
Band 1093	John Dickson Carr	**Die Tür im Schott**
Band 1094	Ellery Queen	**Am zehnten Tage**
Band 1095	Michael Innes	**Appleby's End**
Band 1096	Conor Daly	**Tod eines Caddie**
Band 1097	Charlotte MacLeod	**Arbalests Atelier**
Band 1098	William L. DeAndrea	**Mord live**
Band 1099	Lee Martin	**Hacker**
Band 1100	**Jubiläumsband**	**Mord als schöne Kunst betrachtet – Noch mehr Morde**
Band 1101	Phoebe Atwood Taylor	**Zu den Akten**
Band 1102	Leslie Thomas	**Dangerous Davies und die einsamen Herzen**
Band 1103	Steve Hamilton	**Ein kalter Tag im Paradies**
Band 1104	Charlotte MacLeod	**Mona Lisas Hutnadeln**
Band 1105	Edmund Crispin	**Heiliger Bimbam**
Band 1106	Steve Hamilton	**Unter dem Wolfsmond**
Band 1107	Conor Daly	**Schwarzes Loch siebzehn**
Band 1108	S. S. van Dine	**Der Mordfall Skarabäus**
Band 1109	Ellery Queen	**Blut im Schuh**
Band 1110	Charlotte MacLeod	**Der Mann im Ballon**
Band 1111	Steve Hamilton	**Der Linkshänder**
Band 1112	Phoebe Atwood Tayor	**Todernst**
Band 1113	Lee Martin	**Der Tag, als Dusty starb**
Band 1114	Michael Innes	**Applebys Arche**
Band 1115	Ellery Queen	**Das Geheimnis der weißen Schuhe**
Band 2001	Lee Martin	**Neun mörderische Monate** (3 Romane)
Band 2002	Charlotte MacLeod	**Mord in stiller Nacht** (Sonder-Doppelband)
Band 2003	Charlotte MacLeod	**Der Balaclava-Protz** (Dünndruckausgabe; 4 Romane)
Band 2004	Charlotte MacLeod	**Der Balaclava-Bumerang** (Dünndruckausgabe; 5 Romane)
Band 2005	Anne Perry	**Mehr viktorianische Morde** (2 Romane)